Estelles Eldiga Beundrare

BOKHANDELNS SKÖNHETER

BOK ETT

CATHERINE BILSON

EBONY OATEN

Utgiven av Shenanigans Press

PO Box 323, Morayfield, QLD 4506

ebook ISBN: 978-1-923727-55-7

Print ISBN: 978-1-923727-56-4

Estelles Eldiga Beundrare

När hennes far ger sig av till Frankrike för att leta efter sällsynta böcker, blir Estelle Baxter kvar att sköta Baxter's Fina Böcker – och sina yngre systrar – i den livliga staden Hatfield. Praktisk, målmedveten och alldeles för upptagen för att tänka på giftermål, är Estelle fast besluten att hålla bokhandeln vid liv och familjens rykte intakt. Men hennes ordnade värld kastas omkull när en irriterande charmig främling kliver in i hennes butik.

Felix Yates, den äventyrlige sonsonen till en lokal baron, har återvänt från sin Grand Tour utan något större intresse av att slå sig till ro – tills han möter den kvicka fröken Baxter. Förtrollad av hennes skärpa, uthållighet och bestämda sätt, dras Felix alltmer till den vackra kvinna som gör allt för att motstå honom.

När rykten sprids om Estelles pappas säkerhet och en påträngande kusin hotar att ta över bokhandeln, flätas Estelles och Felix liv allt mer samman. Kan en kvinna, som är fast besluten att skydda sin självständighet, lita på en man som alltid får som han vill? Och är Felix redo att bevisa att han är mer än bara en rik aristokrat med alltför mycket charm?

Med familjelojalitet, ekonomiska bekymmer och en busig katt vid namn Crafty som komplicerar allt, måste Estelle välja: ska hon skydda sitt hjärta, eller riskera allt för mannen som kan vara hennes perfekta match?

Innehållsvarning

- Fientlighet och känslomässigt våld från släktingar
- Föräldrars död
- Utbredd orättvisa och sexism eftersom kvinnor betraktades som andra klassens medborgare
- Katter som förökar sig okontrollerat eftersom kastrering av sällskapsdjur inte hade uppfunnits

Vi avråder också från att ta några av de örtmedel som nämns i dessa böcker. Även om vissa kan hjälpa, är de inte alltid tillförlitliga, och doser och effekt varierar från person till person. Vänligen betrakta inte något i dessa böcker som medicinsk rådgivning.

KAPITEL 1

Den första trälådan

Baxter's Fine Books, Hatfield, England,
Sena juni, 1814

Estelle Baxter, äldst och utan tvekan den mest ansvarsfulla av de fyra Baxter-systrarna på Baxter's Fine Books i Hatfield, Hertfordshire, spikade fast en grov bit säckväv vid foten av trappräcket. Sedan krossade hon färska stjälkar av kattmynta mellan händerna och gnuggade dem mot ytan, så att det grova tyget blev insmort i en brungrön ton.

En svart skugga föll ner från en bokhylla med ett mjukt duns. Crafty, familjens katt, tog sig ner från hög höjd och gnuggade genast kinden mot sin nyrenoverade leksak, nöjt spinnande. Den vita, hjärtformade tofsen av päls på den svarta kattens bröst syntes tydligt när Crafty rullade över på ryggen. Katten grep sedan tag i säckväven med framtassarna och sparkade mot den med baktassarna, som om hon var besatt av förfäder som tog ner storvilt.

"Duktig flicka, Crafty, vi klöser på stolpen, inte på böckerna."

Hon belönade den mestadels domesticerade katten med en lätt puff på huvudet, tvättade sedan händerna och tog itu med sin morgonrutin innan resten av systrarna anslöt efter att ha ätit frukost.

Estelle njöt av morgonlugnet, när hon kunde få saker gjorda innan kunderna kom.

Ljuden av hästar och människor som passerade på High Street utanför sipprade in genom bokhandelns väggar. Det livliga hotellet och diligensvärdshuset bredvid såg till att det var en stadig ström av buller, dag som natt. När diligensen kom från London var Baxter's Books ett välkommet tidsfördriv för resande medan hästarna byttes. Det gav dem en chans att sträcka på sina stela ben efter timmar i en vagn.

Bokhandelns interiör var naturligt mörk, eftersom de för länge sedan hade blockerat bottenvåningens fönster med bokhyllor. De enorma bokskåpen löste två bokspecifika problem; de skapade extra förvaring och skyddade även de värdefulla och sällsynta böckerna från solljus.

Det gjorde dock sikten rätt dämpad. Det här var ytterligare en av Estelles tidiga morgonsysslor, att tända lamporna bakom sina skyddande glas, så att kunderna kunde hitta runt i butiken. Och så kunde Estelle. Den sikten hade hon gärna haft mer av när hon rörde sig bakom disken och trampade på något blött och knastrigt, som gled åt sidan under hennes tyngd.

"Crafty!" ropade hon och försökte se vad hon hade klivit i. Linkande på ett ben nådde hon butiksdörren, drog ifrån regeln och öppnade. Butiksklockan pinglade välkomnande. Solljuset avslöjade den motbjudande sanningen: de uppslitna resterna av en fjärdedels mus på undersidan av hennes toffel.

"Åh Crafty, måste du?" sa Estelle uppgivet.

Hon kikade upp och ner längs gatan. Folk myllrade omkring framför Red Lion och väntade på nästa vagn. Mellan Baxter's Fine Books och Red Lion låg valvgången genom till stallarna på baksidan. Lämpligt nog fanns en skoskärare vid trappan till närmaste dörr. Estelle linkade dit och skrapade av musresterna från skons sula och gjorde en äcklad min medan hon höll på.

Just när hon hade gjort rent skon anlände diligensen från London, lastad med alla möjliga koffertar och resväskor fastspända på taket, och flera människor instuvade inuti.

Hon skyndade tillbaka till bokhandeln och fäste den lilla gardinen i dörrfönstret åt sidan. Den släppte in en ljusstrimma som lyste upp golvet men inte föll på några böcker.

Ljuset avslöjade ett spår av musrester som ledde till baksidan av disken. Estelle suckade och sträckte sig efter en städlapp och askskyffeln under disken, båda placerade i beredskap för att hantera denna återkommande syssla.

När hon städat upp röran gjorde Estelle en mental anteckning om att hädanefter titta bakom disken på morgonen som första uppgift. Crafty var en utmärkt råttfångare, men på sistone hade hon utvecklat de mest skamliga personliga vanor.

Hur mycket Crafty – fullständigt namn Wollstonecraft – än ställde till det, behövde bokhandeln en bra musjägare. Innan katten kom hade de försökt hålla mössen borta med rikliga kvistar lavendel och rosmarin. Det fick butiken att dofta ljuvligt, men de desperata, hungriga mössen skadade ändå flera böcker i veckan. Crafty hade tagit sig an sin utsedda roll med iver, och bokskador var nu ett minne blott.

Klockan ovanför dörren pinglade. En lång man i en käck reskappa steg in och tog av sig sin höga hatt när han kom in. Ljuset föll över hans gyllene lockar, som om ett himmelskt kerubbesök kungjordes.

Vid den aktningsvärda åldern av tjugofem år hade Estelle kanske sedan länge avskrivit tanken på äktenskap, men det betydde inte att hon inte kunde uppskatta ett ståtligt exemplar när han klev in i familjens butik. Hon lät blicken löpa över gentlemannen, från hans välskurna rock till de blanka hessiska stövlarna. *Rik*, tänkte hon. Han kunde väl knappast ha kommit med diligensen? En man som klädde sig så hade sin egen vagn, eller en fin häst att rida.

"God morgon," hälsade hon kunden.

Han ryckte till av skräck, fann sedan fattningen och vände sig mot hennes röst, med handen pressad mot bröstet. "Herregud, där är ni! Jag ser inte ett jota här inne, det är så mörkt."

"Det är för att skydda böckerna," sa hon. Hon måste verkligen få fler lampor tända. Hennes ögon hade vant sig, men någon som kom in från gatan behövde uppenbarligen längre tid.

"Jag förstår! Nå, det har just kommit en låda med böcker bredvid, de bad mig göra nytta och säga till."

Estelle klev ut bakom disken. "Tack. Jag kommer strax tillbaka. Ni är välkommen att titta runt i butiken så länge."

"Jag hjälper gärna till," sa han och bjöd på ett alltför charmigt leende.

Underligt, någon så välklädd som han såg inte ut som

typen som ägnade sig åt kroppsarbete som att bära saker fram och tillbaka. *Han vet hur stilig han är*, tänkte Estelle cyniskt när gentlemannen lade hatten på disken. Han hade börjat ta av sig handskarna också, vilket avslöjade händer som gjort föga fysiskt arbete.

Han kunde låta hjälpsam, men Estelle misstänkte att han mest skulle vara i vägen. "Ni kan se till att Crafty inte springer ut på gatan och skrämmer hästarna," sa hon.

Han såg förbryllad ut. "Crafty är...?"

"Katten. En utmärkt musjägare, vilket är nödvändigt för att skydda böckerna. Ack, hon tror att hästar är enorma möss och försöker fånga dem."

"Min själ!" skrattade han, de blå ögonen veckade sig i ytterkanterna på ett sätt som talade om att han skrattade lätt och ofta. Hon log tillbaka, lite charmad trots sina cyniska tankar om honom. Han verkade faktiskt vara en jovial typ, och om han var så rik som kläderna antydde, kunde han tänkas köpa flera böcker.

"Det var roligt de första gångerna, men jag tycker synd om hästarna. Strax tillbaka." Hon styrde stegen ut på värdshusgården där ett par kraftkarlar höll på att lyfta ner en trälåda från bagageräcket.

"God morgon, Miss Baxter," sa Mr Thomas. Han var den som tog i för ägaren av Red Lion och van vid att bära tunga koffertar och väskor upp och ner för trappor.

"God morgon, Mr Thomas. Den där ser synnerligen tung ut," konstaterade hon.

Han svarade med ett grymtande: "Det är för att den är full av böcker."

"Vi kunde ta ut några för att lätta på—"

Lådan välte ner från vagnen och slog i marken, sprack och splittrades i bitar.

"—lasten." avslutade Estelle med en plågad grimas.

Vilken röra! Med en djup suck klev hon fram för att lyfta från toppen av bokhögen, noga med att inte riva huden mot flisorna. Hon hyste en svag förhoppning om att inga böcker skulle vara alltför illa åtgångna. De var ju trots allt kända som *Baxter's Fine Books*, inte *Baxter's Skadade och Nötta Böcker.*

Oljudet fick folk att trängas runt för att se vad som stod på.

Mr Thomas ropade ner: "Ursäkta det där, Miss Baxter."

Han klättrade ner och erbjöd sig att hjälpa henne plocka upp röran. Mannen använde råstyrka, och några av dessa böcker såg gamla ut. Och ömtåliga.

"Jag staplar dem i era armar om ni vill, så kan jag sortera allt eftersom," sa Estelle, som tyckte det vore bäst om Mr Thomas inte plockade upp dem med sina inte alltför rena händer. Han höll fogligt fram underarmarna och hon lastade försiktigt upp några böcker på dem.

Den gyllene gentlemannen kom ut ur bokhandeln, uppenbarligen lockad av ljudet från den kraschande lådan, och sa: "Säg mig, blev någon skadad?"

"Allt väl," ropade Estelle tillbaka.

"Kan jag hjälpa till?" frågade han igen.

Han kanske inte såg så stark ut, men nog skulle han kunna lyfta några böcker och bära in dem. "Tack," sa Estelle och antog hans erbjudande, medan hon nickade åt Mr Thomas att bära in sin armfång.

Hon räckte två tjocka böcker till den välklädde mannen. I

dagsljuset kunde hon se hans solkyssade hy och bländande blå ögon. Ack, han kunde få en kvinna att dåna! Han hade den där lyster som kommer av att vara på varmare breddgrader. Han gav ifrån sig ett nästan ohörbart stön när han tog tag i böckerna. Sedan öppnade han pärmen på den ena och hans ögon rundades av förvåning. "Så underbart! Jag har letat efter den här i evigheter!"

Med fem böcker lastade i famnen sneglade Estelle över mot den han stod och beundrade.

Attans. I samma ögonblick hon såg titelsidan vällde en tung suck fram. "Jag är hemskt ledsen, den där är en specialbeställning som vi har väntat på i månader, den är redan tingad." Hur kunde det vara så att de hade svårt att sälja ett stort urval böcker, men när ett visst verk kom in ville två personer ha det?

"Men jag måste ha den," sa han.

"Vi kan tala om det när vi har burit in resten av böckerna," sa hon undanskyddande, utan minsta avsikt att sälja just den boken till honom. Det var ytterligare en sak hon började anta om denne man – om han hade pengar var han säkert van att få sin vilja igenom.

Nå, den här boken var redan lovad, och det var ett faktum.

Estelle kastade en blick på solen på himlen och ville få in böckerna. Åtminstone verkade det inte finnas någon risk för regn. Det dröjde inte länge förrän resten av böckerna var i säkerhet, staplade i högar på disken.

Hennes systrar kom nerför trappan och satte genast igång. Marie slog upp liggaren för att anteckna varje titel och pris. Louise granskade noga bindningen på var och en för att se vilka som behövde lagas, medan Bernadette stoppade buketter av krysantemum och hackat citronskal i bomullskuvert för att hålla oönskade gäster som silverfiskar och mal borta. Estelle gladde sig åt hur de fyra arbetade tillsammans i harmoni. De hade sagt till sin far att allt skulle vara under kontroll medan han var borta, och de hade hållit ord.

Under tiden hade deras välklädde kund försett sig med en stol och satt vid dörren i ljuset från fönstret. Han var försjunken i boken han ville ha, men inte kunde få.

"Om ni lovar att vara extra försiktig, får ni läsa den här i butiken?" erbjöd Estelle som kompromiss. Han hanterade den varsamt, vilket var glädjande att se.

Mannen skakade på huvudet. "Ack, den är inte till mig, utan en gåva till en annan."

Hon tyckte synd om honom, men situationen var bortom hennes kontroll. "Återigen, jag är förfärligt ledsen, men den boken är redan lovad och betald a..."

"Jag ger er dubbelt. Nej. Tredubbelt!"

Estelle bad en stilla bön om att inte falla för frestelsen, och förklarade sedan tålmodigt situationen för mannen igen. "Jag kan helt enkelt inte. Han är en av våra äldsta och mest värderade kunder."

"Säg mig hans namn, så ska jag få honom att inse sitt bästa."

Det lät rentav hotfullt! Och synnerligen dåligt för affärerna om de lämnade ut personuppgifter till främlingar. "Nej, sir, det kan jag inte. Jag måste insistera på att ni lämnar tillbaka boken."

Som hon misstänkt var han uppenbart van vid att få sin vilja igenom, för hans käke sköt trotsigt fram. I hopp om att han skulle vara förnuftig sträckte Estelle ut handen för att få boken tillbaka.

Med ett stön sa han: "Nåväl," och räckte över den.

Han släppte den dock inte genast.

Estelle såg på mannen, med hans fina kläder och halmfärgade lockar och läderhandskar så nya att de var släta som silke. Han var inte van att folk sa nej till honom. Inte alls.

"Tack," sa hon när han äntligen lät volymen lämna hans händer. "Finns det något annat jag kan fresta er med? Som ni ser har vi ett stort urval..."

"Nej. Tack." Med en artig nick tog gentlemannen upp sin hatt och gick, och lämnade Estelle att se efter hans rygg.

Där försvann en rik potentiell kund. Så synd att jag inte kunde sälja honom den här boken!

Senare samma dag slog Estelle in den dyrbara boken som den stilige och rike främlingen velat ha i en oljeduk, och stoppade den sedan i sin reseremväska. Louise, Bernadette och Marie fortsatte med sina sysslor medan hon tog farväl. Crafty väntade vid butiksdörren för att komma ut, men med snabba fötter såg Estelle till att hon själv kom ut medan katten blev kvar inne.

Ett par kråkor hade intagit platsen vid skoskärare och behandlade den som en buffé. Estelle gick genom valvgången till hyrstallen, där hon tog en häst för dagen.

Friden kallade när hon och den lånade hästen snart lämnade Hatfields oväsen, trängsel och lukter bakom sig.

Allt kändes lättare här ute bland fälten, som om hon

lämnade bekymren kvar i stan. Solen sken svagt bakom molnen. Svalor svepte över gräset medan får betade i närheten. Vinden kunde vara sval, men friskheten i den gjorde henne upprymd.

Ett sting högg bakom revbenen när hon jämförde det ljusa utomhuset med bokhandelns skuggor. *Jag älskar bokhandeln*, sa hon till sig själv, som om hon behövde lite extra övertygelse. Böcker var hennes levebröd och inte bara hennes framtid, utan familjens.

Men åh, så ljuvligt det var att vara ute i friska luften, rida damsadel med vinden i håret. Även om det var på en lånad häst vid namn Somerset Valley Four. Hästen verkade åtminstone lugn och hade inget emot att bära en dam i damsadel. Hans balans var god, och hon behövde inte lägga alltför mycket fokus på sin ridning.

Att resa och leverera böcker var den mest angenäma delen av hennes liv. I vissa fall var det synd att skiljas från dem, men priserna samlare betalade var alldeles för goda för att låta bli.

Med tid att tänka och bara vara gled tankarna till hennes far, som nyligen rest till kontinenten för att jaga sällsynta böcker. Hon saknade honom, som de alla gjorde, men visste att han hade ett otroligt äventyr. Nu när Napoleon tryggt var förvisad till Elba, måste en engelsman som hennes far ha en underbar tid i Frankrike. Han talade flytande franska, liksom de alla gjorde tack vare deras bortgångna mor, så han skulle göra sig väl förstådd. Nu när striderna var över skulle han ta sig fram utan hinder. Tanken på att tillbringa dagarna med att resa kring landsbygden och köpa böcker fyllde Estelle med vemodig längtan. Om hon ändå hade fått följa med sin far, som hon gjort på så många av hans lokala inköpsresor! Matthew ville dock inte höra talas om att hon följde med till Frankrike och sa att det skulle vara alldeles för farligt. Farligt? Napoleon satt inspärrad, allt var säkert igen.

Den verkliga anledningen till att han inte ville ta med henne var att hon behövdes för att ta hand om systrarna och bokhandeln i hans frånvaro, men han hade spelat på hotet om fara för allt vad det var värt.

En regndroppe stänkte på hennes ögonlock. När hon såg upp hade molnen blivit hotfullt mörkare. Skulle regnet hålla sig borta?

En droppe till träffade hennes kind.

Sommarens eftermiddagsdofter omgav henne inte längre när vinden blev kallare. Eftersom hon var så mycket inomhus hade Estelle inte utvecklat förmågan att läsa vädret. Hennes far och Louise hade den gåvan, men hon och deras avlidna mor hade aldrig riktigt förvärvat den färdigheten.

Vilket hade varit bra att ha för ungefär tio minuter sedan, när hon och Somerset Valley Four hade kunnat söka skydd i en lada vid vägen.

Ingen vits att vända tillbaka, hon skulle fortsätta och nå sin kund. Boken låg i oljeduk, så även om himlen öppnade sig skulle skatten vara trygg.

Några ögonblick senare öppnade sig faktiskt himlen.

Luften luktade snart av jord och fukt.

Hon manade Somerset Valley Four till galopp, eller åtminstone trav, och hästen satte igång villigt nog. På bara några ögonblick snubblade besten illa. Med ett ryck tippade Estelle i sadeln och grep tag i manen för att hålla balansen.

Ännu en utmärkt anledning att hon borde ha ridit grensle; som hon önskade att hon vågade! Men även om hon aldrig räknade med att gifta sig, måste hon upprätthålla viss respektabilitet i Hatfield för affärens skull.

Hästen stannade.

Regnet däremot gjorde det inte.

"Vad är det, vännen?" Estelle försökte driva hästen framåt, men efter två steg stod det klart att han var halt. Med en irriterad fnysning svingade hon benet över sadelknappen och gled ner på marken. Hon kontrollerade stackaren och lyfte hans vänstra fram från marken. Hade han tappat en sko?

Regnet piskade dem nu ordentligt och gjorde leriga pölar på vägen. De båda var genomblöta.

"Låt mig se på din hov, gubben," bad hon, och petade mjukt vid kotan.

Djuret fogade sig, och hon fann att skon satt kvar men att en valnötsstor sten hade kilat sig fast mellan skons kant och den känsliga strålen. Slät, och nu hal och blöt, stånkade stenen mot hennes försök att få tag med fingertopparna och dra ut den. Estelle rynkade på näsan och önskade att hon haft en hovkrats eller åtminstone en fickkniv. En hårnål skulle bara böjas. Hon letade omkring och hittade några korta pinnar; de två första gick av, men den tredje var stadig nog att kila in under stenen och vippa ut den. Hästen drog ett mjukt lättnadssnort genom näsborrarna.

"Duktig pojke." Lättnaden spred sig även i Estelle när hon satte ner hoven och rätade på sig. "Kan du gå?"

Somerset Valley Four gick framåt när hon manade på. När hon kastade en blick på stigbygeln vid axeln insåg hon att det skulle bli svårt att ta sig upp i damsadeln igen. Estelle spanade förhoppningsfullt efter något att stiga upp från. Det fanns inget. Kanske var det ändå bäst att låta bli att belasta hans rygg, för hoven kunde vara rejält öm efter stenen. Även om han inte verkade halt nu kunde det vara en annan sak med henne på ryggen. Dessutom, nu när hon var genomblöt skulle hon vara betydligt tyngre än när de gav sig av.

Hon tog tyglarna i handen och gick bredvid honom. Hon kunde ju ändå inte bli blötare.

Efter en timmes alltmer genomdränkt vandring skymtade Lord Ferndales gods. Ferndale Hall var en förtjusande klassicistisk stenbyggnad omgiven av skogspark och fält fulla av välskötta får. Av röken som steg ur många skorstenar förstod Estelle att hon snart skulle vara varm och torr. Förutom att vara en pålitlig kund som betalade i tid var Lord Ferndale en gammal vän till hennes far och hyste en svaghet för Estelle och hennes systrar. Hans betjäning skulle troligen förse henne med torra kläder och en stadig vagn och häst för hemfärden.

När hon närmade sig kom en stalldräng fram och erbjöd sig att ta hästen till stallet.

"Tack, och var snäll och se till hans vänstra framhov. Jag plockade ut en sten men den kan vara öm."

"Ja, Miss," sa han och klappade hästen över mulen.

Den åldrade betjänten, Mr. Thorne, gav inga tecken på att något var galet när han öppnade dörren och tog in Estelles bedrövliga uppenbarelse. Han bad henne dock vänta ett ögonblick i hallen, där hon droppade på parkettgolvet.

Han återvände med torra lakan. Miss Yates, Lord Ferndales

äldre syster som fungerade som värdinna på Ferndale Hall, anlände snart.

"Thorne sa att du skulle behöva kläder att byta till."

Miss Yates var så rar som erbjöd sig. "Tack, jag ska lämna tillbaka dem nytvättade."

Miss Yates log. "Tjafs, det behövs inte. Kom med så ordnar jag dig."

Estelle kände sig alltid bland vänner hos familjen Ferndale. Det hjälpte också att Lord Ferndale var en av deras bästa kunder.

Miss Yates hade aldrig gift sig, men gjort sig ovärderlig i Hatfields sällskapsliv, satt i många damkommittéer och gjort en mängd gott för socknens fattiga. Trots att hon var mycket förmögen och dotter och syster till en baron satte Miss Yates sig aldrig på några höga hästar och ansåg sig inte för god för att umgås med någon. Hon var, enligt Estelles mening, en sann lady, långt mer än många som faktiskt hade titlar.

Estelle torkade sig och tog på sig en av kjolarna som Miss Yates' tjänsteflicka kom in med. Det var en äldre modell med långa linnenband som löpte genom öljetter, så att den kunde dras åt eller släppas efter beroende på om en dam växte i omfång eller ej. Jackan som hörde till var av liknande snitt, med en midja långt lägre än vad som var modernt nu. De var sydda i vackert tyg och ännu viktigare, torra och bekväma.

De kunde ha blivit till för årtionden sedan, möjligen kring den tid då man kunde ha väntat sig att Miss Yates skulle gifta sig. De doftade av ceder och lång förvaring.

Sedan slog det henne. "Miss Yates, de här är från er hemgift! Jag kan inte bära så fina kläder."

"Jag har dem hellre burna än som malmiddag!" sa Miss Yates.

Nå, när hon uttryckte det så. Estelle log och strök handen över kjolens tyg.

"Behöver du eller dina systrar klänningar till assemblén?" frågade Miss Yates.

Frågan fick Estelle att stanna upp ett ögonblick. Hon hade för ett ögonblick glömt Midsommarassemblén, som skulle äga rum om några nätter. Alla av vikt i Hatfield skulle närvara, medan många fler skulle gå på liknande allmänna danser för alla gårdsarbetare.

Hittills hade Estelle antagit att en av hennes äldre klänningar fick duga. De skulle inte köpa något nytt tyg förrän deras far var hemma och hade betalat tillbaka det enorma lån han tagit för att finansiera resan till Frankrike.

"Jag är inte den som vill sticka ut," sa hon blygsamt.

"Jag skickar över några i alla fall. Miss Marie vill kanske ha något nytt. Eller gammalt, egentligen. De är ganska gamla, men ni får gärna sy om dem om det behövs. Jag har varit upptagen med att röja på vindarna på sistone; så mycket har stuvats upp där i åratal och jag vill inte att det ska gå till spillo!" Miss Yates höjde händerna när Estelle började protestera. "Nej, jag vill inte höra några invändningar. Vem annars skulle jag ge dem till? Du vet att Arthur och jag knappt har någon familj kvar, bara Arthurs sonson, som inte har någon hustru och tydligen inte har för avsikt att skaffa någon. Jag skulle gärna se att du och dina systrar fick dem."

Det var inte lönt att sätta sig upp mot den envisa äldre damen, som hade en rent militärisk glimt i ögat. Estelle gav sig, tacksamt och med grace. Det skulle vara så härligt med en ny klänning, även om hon måste sy om modellen helt.

Några extra hårnålar för att sätta upp lockarna prydligt, och Estelle och Miss Yates var redo att gå till salongen.

Lord Ferndale väntade på dem vid en dånande brasa.

"Miss Baxter, min kära," han höll ut armarna för en omfamning.

De var verkligen mer som familj än kunder, tänkte Estelle, när hon slog armarna om sin käre vän och kysste hans rynkiga kind.

"Jag kommer med goda nyheter, jag har boken ni ville ha!" Hon strålade när hon öppnade väskan och räckte över paketet.

Lord Ferndale vek av oljeduken och flämtade när han blottade den dyrbara volymen inuti. Snabbt tog han några steg mot fönstret för att se bättre, och lade det tomma omslaget på ett litet sidobord. Förfärad över att den fuktiga oljeduken placerades så nonchalant på den dyrbara rosensträfanéren grep Estelle snabbt tag i den och vek ihop den.

"Åh ja," sa Lord Ferndale, öppnade pärmen och läste titelsidan. "*The Collected Works of Philo Judæus*, och mest härligt bunden! Åh min godhet," flämtade han när han bläddrade de första sidorna och beundrade de vackert färglagda, handgjorda illustrationerna. "Jag kan inte tro att jag håller den här i mina egna händer."

"Jag är förtjust över att den är i era händer," sa Estelle och log lyckligt när hon såg glädjen i den gamle gentlemannens ansikte.

Det var något så magiskt med att matcha en kund med

hans själs bok. Och en så gammal själ som Lord Ferndale behövde åtskilliga.

"Du är en fena," sa han, medan han försiktigt vände sidorna och skannade texten. "Hur i all världen fick du tag i den?"

"Det har ni min far att tacka för. En låda kom från Frankrike i morse, och den fanns i den. Jag kom så snart jag kunde, för jag visste att ni har velat ha den länge."

"Detta måste firas, du måste stanna på te."

Lord Ferndale var oerhört rar som bjöd, och Estelle var faktiskt rätt frestad, särskilt som hon visste hur duktig hans kokerska var. "Jag borde egentligen ge mig av tillbaka," sa hon, tänkande att hon kanske *kunde* låta sig övertalas till en kopp te, och möjligen en eller två kakor. "Ni och Miss Yates har redan gjort nog; jag har torra kläder och regnet ska lätta."

Som för att göra narr av hennes ord mörknade himlen och mer regn började falla.

En man gick förbi salongens öppna dörrar. Han var nästan ur sikte när han stannade och backade några steg.

Han stirrade in i rummet.

Rakt på Estelle.

"Ni?" sa han.

Estelles uppfostran övergav henne. "Å nej. Inte ni!"

KAPITEL 2

Middag för fyra

Orden "Hur känner ni varandra?" var på Estelles läppar när hon samtidigt hörde dem uttalas högt, i mun på varandra, både av Lord Ferndale och den ljushårige gentlemannen som hade varit i Baxter's Fine Books just i morse.

Den irriterande glada och stilige mannen som likväl nästan hade drivit henne till förtvivlan.

Samtidigt gav Miss Yates ifrån sig ett lustigt ljud och sa: "Så underhållande."

Eftersom det var hans hus vände sig Estelle till Lord Ferndale, nerverna spelade henne ett spratt. Hon kände sig fullkomligt ur balans av detta oväntade möte.

Den välklädde mannen, med gyllene hår och en solbränd hy därefter, klev in i salongen, den blå blicken nyfiket fäst på Estelle.

Hennes kropp blev varm på ett sannerligen obefogat sätt.

Lord Ferndale sa: "Bäst att jag gör presentationerna.

Fröken Estelle Baxter, min dotterson, The Honourable Felix Yates."

"Åh!" sa Estelle och neg kort för mannen som hon nu insåg att hon hade varit rätt brysk mot i morse. "Det är ett nöje att göra er bekantskap, Mister Yates."

Nåväl, åtminstone hade hon haft rätt om den välbärgade biten. Hon hade mött så många människor genom att driva bokhandeln. De som lade beställningar uppgav gladeligen sina namn. Om den här mannen hade lagt en beställning hos dem i morse, hade hon kanske haft fattning nog att koppla ihop efternamnen och förstått att han var en Ferndale. Men eftersom han inte hade gjort det, gjorde hon inte det.

De såg båda på varandra och sa: "Boken!"

Estelle gömde en fnissning bakom handen och vände sig sedan mot Lord Ferndale.

Lord Ferndale såg förbryllad ut.

Estelle förklarade: "Den här unge mannen var i bokhandeln i morse, han kom samtidigt som min fars kista från kontinenten anlände!"

"Morfar, jag måste erkänna att jag gjorde mig rätt besvärlig i fröken Baxters butik just i morse. Det är ett förtjusande ställe, och det fanns en bok jag helt enkelt var tvungen att ha."

"Låt mig gissa," sa Lord Ferndale och höjde sin nya skatt. "Den här?"

"Just den!"

Miss Yates smög sig fram till Estelle och viskade: "Jag älskar lite intrig!"

"Hon ville inte sälja den till mig," sa den gyllene mannen

som hon nu visste var Felix Yates. "Jag erbjöd mig att tredubbla priset och hon blinkade inte ens!"

"Ni är alltför vänlig," sa Estelle, väl medveten om att hon faktiskt hade tvekat vid erbjudandet, om så bara i en sekund. Pengar skulle lösa många problem just nu.

Lord Ferndale såg strängt på sitt barnbarn och sa: "Var du medveten om grundpriset innan du erbjöd att tredubbla det?"

Nu rodnade Estelle och sänkte blicken. Det var rätt så dekadent att diskutera priset på saker inför andra, även om det var bland Lord Ferndales egen familj.

"Det var jag inte!" sa Mr. Yates muntert.

"Då var det lika bra att hon vägrade dig, för annars hade du behövt komma till mig och låna!"

Miss Yates viskade till Estelle: "Spelar de om pengar?"

"Inte än," sa Estelle lågt, så att bara Miss Yates kunde höra.

Det var ett fascinerande möte, och hon hade rätt roligt.

Den unge Mr. Yates sa då: "Det var på håret!"

De båda herrarna skrattade åt detta innan Lord Ferndale frågade sitt barnbarn: "Säg mig, skulle du köpa en sådan bok?"

"För att ge till dig, förstås!" sa han, och skrattade hjärtligt. "Jag visste att du skulle älska den. Och jag hade rätt!"

Han hade åtminstone humor, tänkte Estelle, och kunde skratta åt sig själv, en egenskap som hon funnit att de flesta herrar i hennes bekantskapskrets sannerligen saknade.

"Slutet gott, allting gott," sa Lord Ferndale då. "Även om, om fröken Baxter här hade accepterat ditt pris, skulle hon ha haft tredubbla summan och jag hade fått boken ändå. Så jag anser att du är skyldig fröken Baxter en ansenlig mängd pengar."

Estelle flämtade över vart samtalet var på väg. Hur kunde Lord Ferndale möjligtvis veta hur stora skulder de hade?

"Ta det lugnt," sa Mr. Yates och såg plötsligt förfärad ut.

Estelle tyckte lite synd om honom nu. Säkert skämtade familjens patriark? Hon hade redan kommit överens om ett rimligt pris för boken.

Men tre gånger så mycket skulle ha hjälpt åtskilligt.

"Jag måste bege mig hemåt," sa hon igen, i hopp om att Ferndale skulle erbjuda henne sin vagn och hästar för återresan. Även om Somerset Valley Four var frisk nog att bära henne, skulle hon bli genomblöt igen om hon red utan skydd.

"Ack, vädret är emot er, liksom mitt gods," sa Lord Ferndale och såg mellan Estelle och Mr. Yates. "Min vagn står hos hjulmakaren för reparation och det vräker ner där ute. Åtminstone följ med oss och ät något medan ni väntar ut regnet?"

"Ja, stanna på middag, gör det," uppmanade Miss Yates.

Estelle tvekade, men det var högsommar och skulle vara ljust till efter nio. Hon skulle ha gott om tid att ta sig hem efteråt. Hon visste att hushållet på Ferndale höll landsbygdstider och åt tidigt. Ännu en anledning att tacka ja: om hon åt middag här, skulle det bli mer mat över till hennes systrar hemma.

Den tanken avgjorde saken, och hon skänkte dem ett nådigt leende. "Det är mycket generöst av er, Lord Ferndale, Miss Yates. Jag skulle bli förtjust över att dinera med er."

"Strålande!" sa Lord Ferndale varmt leende mot henne. "Kom nu med in i biblioteket. Jag har förvärvat några böcker där inbindningen ser rätt sjavig ut; tror ni att er syster skulle ha tid att binda om dem åt mig?"

"Jag är säker på att Louise kan finna tiden," sa Estelle och följde Lord Ferndale till biblioteket, tänkande att även om Louise hade mycket att göra, skulle hon definitivt ta sig tid, med tanke på Lord Ferndales djupa fickor.

"Er syster binder böcker?" sa en röst bakom henne, och Estelle fann till sin förvåning och lätta irritation att Felix Yates hade följt efter dem. Lite som en glad valp.

"Vi har alla våra talanger," sa Estelle avfärdande.

"Vilken är er?"

Vilken påflugen fråga! Förbluffad vände hon sig om och såg på honom.

"Att hantera besvärliga kunder," svarade Lord Ferndale åt henne, och Estelle fick svälja en skrattfnysning. "En mycket handlingskraftig dam, fröken Baxter, och det säger jag som en stor komplimang." Sedan vände han sig till sitt barnbarn och förkunnade: "Du borde gifta dig med henne, Felix."

Estelle satte i halsen, osäker på vem hon skulle se på eller var hon skulle ta vägen, när Lord Ferndale tydligen bestämde sig för att utse sig själv till äktenskapsmäklare åt henne och sitt barnbarn.

Av alla fåniga idéer!

Vanligen brukade bibliotek lugna Estelle, men nerverna var på helspänn när Lord Ferndale fortsatte att utnyttja hemmaplan. "Unge Felix här är min ende arvinge. Jag har kallat hem honom för att han måste stadga sig," sa han. "Vem han än gifter sig med kommer att ärva detta magnifika bibliotek och en dag bli baronessa Ferndale. Hur låter det för er, fröken Baxter?"

Hettan rusade uppför Estelles hals av att Lord Ferndale var så rakt på sak med sina beslut om deras framtid. De hade precis träffats, och även om han var rätt stilig, visste hon ingenting om honom. Hon hostade artigt i den slutna handen och avstod från att svara.

"Bry dig inte om honom," parerade Mr. Yates och verkade tycka att idén var lika tokig som hon gjorde.

Hon kunde lägga till "vettig" till det hon visste om Mr Yates, för det där var ett förnuftigt sätt att reagera på en farfar som yttrade oförnuftiga kommentarer.

Miss Yates anslöt, och stötte till Estelle milt. "Du har nämnt tidigare att biblioteket är ditt favoritrum."

Å nej, nu hakade Miss Yates på också? Den rara damen kunde väl ändå inte mena allvar; detta måste vara ett skämt. En stygg tanke korsade Estelles sinne när hon tog in den gryende fasan i den stilige Mr Yates ansikte. Den unge sprätten kunde må bra av att tas ner ett par pinnhål. "Nåväl, jag skulle innerligt njuta av att ärva ett bibliotek," sa hon och lät bli att säga något om att bli baronessa.

Felix kunde inte minnas när han senast känt sig så plågsamt obekväm. Vanligtvis avfärdade han sin farfars enträgna böner, men alla hans kvicka svar övergav honom inför fröken Baxters mycket tydliga förfäran över blotta tanken på att vara gift med honom.

Trots lockbetet i form av Ferndales bibliotek framför henne. Hon fällde en retfull kommentar, men han hade inte missat den omedelbara vägran som for över hennes ansikte när hans farfar lade fram förslaget.

Varför skulle hon inte vilja gifta sig med honom? Hade hon ett bättre anbud i kulisserna? Han lutade huvudet och begrundade gåtan. Hon verkade förvisso förnäm, med det bildade talet hos de övre klasserna, men hon arbetade i en bokhandel! Hon var långt ifrån de aristokratiska döttrar som hans farfar brukade puffa i hans riktning, och de flesta av dessa var alldeles för ivriga att kasta sig för hans fötter.

Det fascinerade honom att fröken Baxter visade sådan uppenbar fasa inför tanken på en förbindelse som onekligen skulle bli ett stort kliv upp i rang.

Han hade trott att han var välklädd och eftertraktad. Men kanske var han osmaklig som äktenskapskandidat?

Det förbryllade honom verkligen, och han kände stinget djupt. Han backade ett steg, så att han inte stod i farfaderns blickfång och därmed riskerade fler gliringar. Han var ... vad hade de kallat det? Ett praktexemplar? Något åt det hållet. Damer svimmade i hans närhet, eller åtminstone låtsades de göra det. På hedersord, den här kvinnan visste sannerligen hur man bucklar en mans ego.

Hans farfar lade fram flera böcker för fröken Baxter som behövde repareras. En del lätt, andra på gränsen till sönderfall. Åtminstone hade samtalet tryggt återvänt till böcker i stället för äktenskapsmakeri, vilket lät Felix i tysthet fundera vidare över den intressanta unga damen framför honom.

Hon var söt och hennes röst behaglig, och hon måste vara klok för att kunna så mycket om böcker som hans farfar. Kvinnan drev en verksamhet, vilket sannerligen var sällsynt. Ju mer han iakttog, desto mer började han undra varför hennes ansikte uttryckt sådan motvilja vid tanken på att bli gift med honom.

Knappast hade han trott sig vara säker från inblandning förrän den odräglige farfadern förde samtalet tillbaka till giftermål igen.

"Ni vore den perfekta värdinnan för det här godset, med er kunskap och respekt för böcker. Arvet i det här rummet sträcker sig över generationer."

Felix önskade sig tillbaka till Grekland, långt från plikter och ansvar och att bli instoppad i prästkragen. Inte för att han inte alls var intresserad av att gifta sig! Det var han. Men inte riktigt ännu. Ack, varje gång han försökt lära känna någon, hade farfadern gått händelserna i förväg och förkunnat att de redan var en ypperlig match.

Delvis åkte han till Grekland från första början för att komma bort från det ständiga, virvlande larmet om familjeplikter. Några av hans vänner sa att han var löjlig, att med en så liten familj hade han det lätt, men de förstod inte pressen som följde med att bokstavligen vara det sista hoppet för en familjs linje att förbli vid liv.

Han var tvungen att få barn, annars skulle hans gren dö ut. Det var fullkomligt logiskt, och han förstod följderna av det.

Men, han ville väldigt gärna lära känna en kvinna först innan han fick henne utropad till lämplig att bli mor till hans barn. Han skulle åtminstone vilja tycka om henne, och, han hoppades innerligt, att hon kanske tyckte om honom tillbaka.

Motsatsen till vad han sett hos sina föräldrar, som ägnade större delen av livet åt att göra varandra olyckliga.

Utan farfaderns press och inblandning skulle han verkligen ha njutit av att lära känna fröken Baxter bättre. Han tyckte redan om hennes känsla för heder. Han hade erbjudit henne mer pengar för en bok som var lovad till en annan, och hon hade vägrat. Jo, det hade retat gallfeber på honom just då, men nu förstod han varför hon hade gjort det. Hon var en kvinna av sitt ord. Hon hade lovat någon en bok, och hon höll det löftet. Dessutom hade hon inte avslöjat vem boken var lovad till när han krävde att få veta det, vilket betydde att hon inte yppade personlig information ens för ett bra pris.

Han kunde heller inte förneka att fröken Baxter var mycket behaglig att se på, med sitt mörka hår, ögon någonstans mellan gröna och gyllene och en nätt, välskuren figur. Hon hade en frisk lyster. Och hans farfar och gammelmoster uppenbarligen älskade henne, vilket talade volymer för hennes karaktär.

Hur mycket han än försökte kunde han inte förbli arg på farfar. Den gamle mannen hade inte visat honom annat än vänlighet efter faderns bortgång, och hade fortsatt bekosta hans utbildning och till och med en Grand Tour.

Felix stod i stor tacksamhetsskuld till honom, men innebar det blind lydnad att gifta sig med första bästa kvinna som farfadern pekade ut? Sannerligen inte. Han var sin egen man, och han tänkte vara den som valde sin egen brud, inte farfadern.

När det var dags att lämna biblioteket och gå till matsalen saktade han in stegen för att låta de äldre gå in först. Med så låg röst han kunde mumlade han till fröken Baxter: "Ni är uppenbarligen god vän med min farfar, och han avgudar er."

"Tack," sa hon med ett milt leende. "Han har varit en stor gynnare av vår bokhandel."

"Det är gott att se honom på gott humör. Jag tror vi har upptåg att vänta."

Hon saktade in stegen ännu mer och skapade ett större avstånd mellan dem själva och de äldre. "Upptåg?"

Detta skulle hjälpa honom att lära känna henne, och att förstå om hon kunde vara med på oförargliga lekar eller tog livet på alldeles för stort allvar. "Vi kan spela med, om det skulle passa er?"

Lord Ferndale sa till sin syster, högt nog för att alla skulle höra: "Ser du, Florence? De kommer överens, precis som jag förutsåg."

Farfar Ferndale må vara baron, men hans informella läggning i så mycket sträckte sig också till måltiderna. Bordet de slog sig ner vid hade plats för sex som mest. Ferndale vid kortändan, Miss Yates vid den andra. Det innebar att Felix och fröken Baxter satt i mitten, mitt emot varandra, med bara en kandelaber som skymde sikten.

Han var nöjd med arrangemanget, eftersom det innebar att han kunde tillbringa mer tid med att betrakta hennes ansikte och avgöra vilka delar som var vackrast.

Hon bar nu andra kläder än klänningen hon haft på sig i morse, märkte han plötsligt. För hans otränade öga såg de omoderna ut. Den sortens kläder som hans farmor, Gud ha hennes själ, bar på familjeporträtten på väggarna.

Fröken Baxter tog emot skålen med potatis och lade upp åt sig, flyttade sedan kandelabern till mitten av bordet för att skapa plats att ställa ner skålen. Den blockerade Felix utsikt mot henne. Han tog potatis, serverade sig själv, flyttade sedan kandelabern ur vägen och satte skålen mellan dem.

"Miss Yates, vill ni ha potatis?" frågade fröken Baxter.

Hans gammelmoster samtyckte och skålar och fat flyttade sig igen.

Den där kandelabern hamnade återigen i vägen för hans utsikt mot fröken Baxter allt eftersom olika fat och skålar rörde sig över bordet som schackpjäser.

Det dröjde inte länge förrän Felix misstänkte att hon flyttade kandelabern med avsikt. Det fanns sannerligen stunder när det hade varit smidigare eller enklare att flytta något annat än det tunga ljusstället med flera armar, med risk för att het vax skulle droppa på hennes arm varje gång hon lyfte det.

"Stephens, det här är en fara." Felix fångade uppmärksamheten hos lakejen som bar in och ut fat. "Skulle ni kunna ställa den på skänken och tända några fler runtom i rummet, så har vi tillräckligt med ljus utan att riskera vax i syllabuben? Tack."

Ja, fröken Baxter hade definitivt använt kandelabern som sköld. Hennes mungipor drog sig ner när Stephens bar bort den, och Felix kände en liten ilning av triumf över att ha överlistat henne. Han anade att hon var rätt kvick och att hon kunde vara van vid att ha övertaget i en ordduell.

Han tyckte sig gärna vara hennes like i det avseendet och gick till anfall. "Nå, när skulle vårt bröllop passa, fröken Baxter?" sa Felix högt.

All konversation upphörde. Fröken Baxter, som hade

pratat om assemblén med hans faster, stelnade till och vände sedan långsamt på huvudet för att nagla fast honom med en isig blick.

"Jag ber så mycket om ursäkt, Mr Yates; jag måste ha hört fel."

Upptåg, formade han med läpparna. Hon blängde tillbaka.

"Efter att ha observerat era behagliga manér och er charm i kväll," började han, "finner jag mig vara av samma mening som min farfar att ni skulle bli en utmärkt baronessa Ferndale," sa Felix glatt. "Så. Ska jag gå till kyrkoherden och be honom lysa er och mig?"

"Felix," sa hans farfar uppgivet. "Det var inte det jag menade."

"Är det så här man uppvaktar damer i Grekland?" frågade hans gammelmoster. "Det är rätt rakt på sak. Vilket nöje."

Fröken Baxter önskade honom uppenbarligen långt bort, och lika tydligt repeterade hon i huvudet bitande kvickheter för att sedan förkasta dem, att döma av sidoblickarna hon gav Lord Ferndale och Miss Yates. Han kunde se hur hon kämpade mellan att förolämpa honom och att inte vilja förolämpa sin värd och värdinna.

I stället grep hon efter ett lägligt ämnesbyte. "Ni har varit i Grekland, Mr Yates?"

"Sannerligen! Tillbringade förra vintern där. Kan varmt rekommendera Aten som en ljuvlig plats vintertid." Han fångade en vemodig skiftning i fröken Baxters ansikte. "Vart har ni rest på era resor?" frågade han, för att möta henne genom att fortsätta ämnet.

"Åh," sa hon och verkade mer stukad än upplyft av samtalets riktning. "Nå, inte alls så långt som till Grekland, men det låter underbart i de många böcker jag läst om grekisk historia. En dag hoppas jag vara lyckligt lottad nog att få resa dit."

Felix förbannade sin dumma lek. Ogifta kvinnor hade inte samma frihet som han, och fröken Baxter kunde knappast ha samma medel.

"Vi borde resa tillsammans," föreslog Miss Yates. "Ni kunde vara min sällskapsdam."

Hennes ansikte lyste upp vid gammelmosterns förslag, för att sedan åter mattas när hon uppenbarligen insåg att Miss Yates var alltför gammal och bräcklig för att ge sig ut på ett sådant äventyr. Hon log vänligt mot Miss Yates ändå, och avundsjukan slog hårt mot Felix. Han skulle kunna göra åtskilliga förkastliga saker för att få ta emot ett sådant leende från fröken Baxter.

"Nåväl," förkunnade hans farfar, "Ni *ska* besöka Grekland. Vad sägs om på er bröllopsresa med unge Felix här?"

Hennes kinder rodnade och hon gav den gamle mannen ett snett leende. "Lord Ferndale, om ni varit någon annan skulle jag beskylla dem för att skämta på min bekostnad. Men ni är en så kär vän att jag omöjligt kan bli arg på er för att ni önskar mig det bästa." Sedan bytte hon ämne så skickligt att Felix bara kunde önska att han haft fjäderpenna och papper för att föra anteckningar. Klok, fingrad kvinna! Hon borde ha blivit diplomat. "Den här potatisen är utsökt. Jag tror att er kokerska har kryddat den med rosmarin till fulländning. Är det från sticklingarna Bernadette gav er i fjol?"

Farfar blinkade åt deras gäst. "Det är det. Åtta av nio sticklingar tog sig, vilket är en förträfflig träffprocent."

Hennes uttryck mjuknade när hon tycktes stå stadigare i samtalet med hans farfar.

"Faktiskt," fortsatte den gamle, "Rosmarin växer väl överallt i Grekland, gör det inte?"

En suck av uppgivenhet rynkade hennes rätt vackra bryn vid det. "Jag ... tror att den växer runt hela Medelhavet. Den trivs i värmen. Därför är det bäst att plantera den mot en stenmur i söderläge här i England."

Farfar knep åt sig en bit lamm och log, ögonen fulla av bus. "Du får ta med dig plantor hem från Grekland när du reser dit. Kanske på bröllopsresan?"

Felix kunde nästan tycka synd om fröken Baxter. Nästan. Han hade tillbringat alltför många plågsamma kvällar som måltavla för farfaderns intriger; det var rätt skönt att se den gamles uppmärksamhet fokuserad på någon annan för omväxlings skull. Och fröken Baxter gav lika bra som hon fick, och styrde undan samtalet med kvickhet och humor varje gång det blev för obekvämt för hennes smak.

Hans gammelmoster tyckte sedan uppenbarligen synd om fröken Baxter och bytte ämne. "Vi talade om assemblén."

"Vad är det?" frågade farfar.

Hon höjde rösten lite mer: "Midsommar-assemblén den tjugofjärde."

"Den kom fort i år," sa den gamle och spetsade ytterligare en bit lamm på gaffeln. Han vände sig sedan till Felix och sa: "Du kommer förstås att vara där."

Felix försökte att inte hörbart sucka åt tanken. Om han bara hade skjutit upp besöket en vecka hade det varit över och han hade sluppit bli uppvisad för varenda ung dam inom tre mil.

"Jag har inte varit på en assemblé i Hatfield på åratal," sa han. "Fröken Baxter, brukar ni alltid gå?" Hon skulle ha varit minst arton sist han var på en av assembléerna, men han mindes inte att han träffat henne. Henne skulle han ha kommit ihåg, någon så fängslande som hon. Han nämnde året, och hon skakade på huvudet.

"Jag var bortrest det året, reste med min far och köpte in böcker."

"Kommer ni att gå den här gången?" frågade han hoppfullt. "Ni är inte ute och letar böcker och undviker dansen?" Om hon var där skulle kvällen vara uthärdlig.

"Min far är i Frankrike för närvarande, så mina systrar och jag ska gå."

"Nåväl," förkunnade farfar. "Ni har några dagar på er att lära känna varandra. Det vore förtjusande om vi kunde tillkännage er förlovning på assemblén."

Han såg fröken Baxter sluta ögonen och dra djupt efter andan, som om hon sände upp en bön om styrka.

Felix försökte att inte skratta, men han hade rätt roligt åt kvällen. *Jag kunde sannerligen göra det så mycket sämre när det gäller hustru.*

Morgonen kom med den obekväma insikten för Felix att han i går kväll hade drivit *med* Estelle Baxter, eller snarare drivit *med*

henne som mål i stället för tillsammans *med* henne. Han hade gått för långt, och nu mådde han dåligt över det.

Det måste han gottgöra.

Han skulle tala med henne vid frukosten. De skulle ha ett vänligt samtal och han skulle hitta ett sätt att be om ursäkt.

Fröken Baxter må vara en god vän till hans farfar och gammelmoster, men han borde inte ha tagit den vänskapen för alltför stor familjaritet, såsom han hade gjort under gårdagskvällens måltid. Han kände henne knappt, och i dagsljus kunde han inte låta bli att tänka att han hade varit samvetslöst oförskämd.

Ett misstag han måste rätta till om han på allvar skulle uppvakta henne. Han började tycka att det faktiskt var en utmärkt idé. Han kunde så lätt föreställa sig själv i Grekland med Estelle, se solen gå ner över vattnet från en villa i Patras, efter ännu en härlig dag. Hon skulle se på honom och le och säga något ljuvligt kvickt, och han skulle vara tvungen att luta sig fram och kyssa henne och...

Magen kurrade när han gick nerför trappan, avbröt tankarna på hur Estelles grön-guldiga ögon skulle lysa i eftermiddagsljuset och informerade honom om att han behövde en het kopp kaffe och lite ägg, bacon och rostat bröd omedelbart.

Hans farfar var nästan klar med sina kippers och sin kedgeree, och två ytterligare tomma tallrikar visade att damerna redan ätit och fortsatt med sin dag.

"Du är för sen," sa farfar irriterat. "Det är vad som händer när man sover bort dagen."

Den gamle mannen viftade med handen mot fönstret.

Felix tittade ut och såg en häst och ryttare i fjärran, som blev mindre för varje sekund.

Gårdagens regn hade dragit bort och solen sken strålande.

"Där rider den bästa kvinna du någonsin kommer att möta," sa den gamle. "Om du inte ger dig av efter henne genast är du en riktig dumbom."

Felix stod där med öppen mun av chock.

"Nå?" Farfadern slog besticken mot varandra över smulorna på sin tallrik. "Stå inte där och se ut som en uppdragen fisk. Ge dig av och hämta henne!"

KAPITEL 3

Besvärliga släktingar

Den välbekanta larmet i Hatfield mötte Estelle när hon och Somerset Valley Four återvände till stan. Tack och lov verkade hästen helt okej i morse och hade glatt travat och galopperat när hon bad om det, så hon hade gjort utmärkt tid på hemvägen. Hon nämnde gårdagens incident för stallpojken ändå, så att de kunde hålla ett öga på honom. Stallpojken klappade hästen på halsen när han ivrigt dök ner med mulen i en väntande hink havre.

Om ändå hennes bekymmer hade stannat vid en skadad häst. Bokhandelns dörr stod på vid gavel när hon gick mot den. Det bådade inte gott; det var för tidigt för att ha öppet för kunder.

Hennes kusin Joshuas illavarslande röst bar ut på gatan.

Det här var inte alls ett gott tecken. Joshua kom bara någonsin på besök för att ställa krav.

Som genom ett under satt Crafty högt uppe på en bokhylla i stället för nere på golvet, redo att smita. Det här var en katt som jagade hästar för nöjes skull. Den enda anledningen till att hon kunde tänkas gömma sig så högt var för att hålla sig utom räckhåll för Benjamin, Joshuas äldste.

Sättet den pojken såg på katter fick det att ila till längs Estelles ryggrad.

Hon snappade upp en rörelse mellan några hyllor och förstod att han måste vara någonstans i butiken. Estelle stängde snabbt dörren för att hindra katten från att rymma. Senast Crafty hade sprungit ut genom den öppna dörren kom hon hem en och en halv vecka senare, halvt utsvulten och dräktig.

Utöver alla sina andra bekymmer var det sista Baxters behövde ännu en kull kattungar.

Hennes systrar stod vid disken. Joshua Baxter och hans hustru Phoebe stod på ett sådant sätt att de verkade ta upp allt utrymme i butiken.

I hopp om att hennes röst lät vänlig och inte det minsta irriterad sa Estelle: "Kusin Joshua, god morgon! Vad har vi gjort för att förtjäna nöjet av detta besök?" En sak var säker; Joshua och Phoebe var inte här för att köpa böcker. Joshua läste inget annat än sina kontoböcker, och Phoebe bläddrade bara i modetidningar, som hon beställde direkt från London. Estelle hade erbjudit sig att beställa dem åt henne till ett bättre pris, men Phoebe hade snäst av henne.

Joshua vände sig mot Estelle, hans bistert stridslystna uttryck fick hennes mage att knyta sig. "Jag kom för att mäta fönstren för gardiner, men jag ser att de är blockerade allihop. Var snäll och öppna dörren igen. Jag ser inte handen framför mig."

Phoebe lade till: "Låt en piga tända några ljus åtminstone. Någon skulle kunna falla och bryta nacken."

De hade varken ljus att slösa med eller en piga att tända dem, men det tänkte hon inte tala om för sin kusin. Estelle drog undan den lilla gardinen från fönstret i dörren. Det gav en smal ljusstrimma. Det räckte för att hon skulle se lille Barnaby, Joshua och Phoebes yngsta, sträcka sig efter en bok.

"Min älskling", sa hon och lyfte upp pojken för en kram. Det hade också fördelen att hindra honom från att röra vid de värdefulla böckerna med sina syltiga händer. Den lille var en riktig gullunge och älskade att få sagor lästa för sig. Men han verkade alltid ha så smutsiga händer! Louise kallade honom Lillkladd, och även om Estelle nog borde ha avrått från smeknamnet, hade alla systrarna börjat använda det. Så pass att hon en dag faktiskt råkade kalla Barnaby Lillkladd högt och måste snabbt rädda situationen. "Jag har en underbar historia till dig, Barnaby", sa hon medan hon tog upp en näsduk ur fickan och torkade hans runda och mycket kladdiga händer.

Mellansonen skulle befinna sig någonstans i bokhandeln. Något av ett bortglömt barn, han var tystlåten och anspråkslös, betungad med namnet Brutus. Om hans föräldrar och storebror inte hade varit så odrägliga hade Estelle inte haft något emot att ha Brutus hos sig oftare.

Hennes tankar hakade upp sig på något Joshua just sagt om fönster.

Tack och lov kom hennes syster Marie med en väl vald fråga: "Varför vill ni mäta fönstren för gardiner? Bokhyllorna stänger ute solljuset för att skydda böckerna."

Joshua tog upp en snörstump ur fickan och gjorde en grov

uppskattning av bredden på en av bokhyllorna, som hade ett fönster bakom sig. "Därför att", sa han och sträckte ut den, "jag har på utmärkt säkra håll", ännu en paus för dramatisk effekt, "fått höra att er far är död."

Estelle stod ett ögonblick stum och slutade torka Barnabys händer. Hennes systrar vid disken flämtade unisont. De såg på Estelle, som såg tillbaka på dem och undrade vad i all världen som pågick.

Marie talade för dem alla: "Han är inte död. Han är i Frankrike."

"Samma sak", sa Benjamin hånfullt bakom en bokhylla. Barnet hade ett elakt drag långt som Great North Road.

"Han är sannerligen vid liv", rättade Bernadette trotsigt. "En låda med böcker kom så sent som i går morse."

Obekymrad förkunnade Joshua: "Det betyder ingenting. Den kan ha skickats för månader sedan. Jag hör att han fick ett dåligt slut. Troligen spel."

Oro malde genom Estelle vid tanken på att deras far kunde ha omkommit någonstans på kontinenten.

Om deras far dog skulle de lida känslomässigt, men ännu mer än så skulle butiken tillfalla Joshua. Han var inte det minsta intresserad av böckerna därinne, men han åtrådde byggnaden. Om deras far var död, skulle hon, hennes systrar, deras enda piga, katten och alla deras böcker stå på gatan.

Tystnad hängde i luften medan Phoebe såg sig omkring med ett självbelåtet uttryck.

"När skulle han ha dött?" frågade Marie.

Utmärkt fråga, Marie.

"Knappast fyra veckor sedan", sa Joshua utan att tveka medan han fortsatte att mäta.

"Tack gode Gud", ropade Marie.

Inte den reaktion Estelle hade väntat sig. "Vad menar du?"

Maries röst var full av glädje. "Han kan inte ha dött för en månad sedan. Det fanns ett brev i gårdagens låda daterat", hon stannade upp lite och vek upp ett brev, "inte sexton dagar sedan. Det måste röra sig om en förväxling, käre kusin."

Estelle kunde andas igen!

När hon gav sig av i går för att leverera föregående bok till Lord Ferndale hade hon inte vetat att det fanns ett brev i lådan över huvud taget. Tack och lov att han hade skickat ett, och att hennes systrar hade hittat det.

En av pojkarna fnös av skratt bakom hyllorna. Antagligen Benjamin.

Hon kramade Barnaby av lättnad. Han var inte längre farligt kladdig, så hon tog ner en örtbok från hyllan. Den hade detaljerade illustrationer som skulle fånga hans uppmärksamhet en stund och hon öppnade den för att visa honom, ställde den på en pall.

"Visa mig brevet", krävde Joshua.

"Vi kan läsa det tillsammans", sa Marie. "Vid fönstret. Ni kommer att se att det tydligt är hans handstil och hans namnteckning längst ner. Han var vid liv åtminstone för 16 dagar sedan när han skickade lådan med böcker."

Bernadette och Louise kom fram till Estelle när Barnaby slog sig ner med boken. Hon kramade sina systrar hårt av lättnad och vilade pannan mot Louises breda axel ett ögonblick. Den längsta av systrarna och kraftigt byggd, för att inte säga junonisk, Louises stadiga gestalt var osedvanligt kramvänlig.

"Jag är så glad att det fanns ett brev i lådan", sa Estelle mjukt, utan att vilja låta Joshua och Phoebe höra.

"Vi hittade det först sent i går när vi gick igenom böckerna", sa Louise. "Jag trodde några sidor hade lossnat från bindningen, men det var pappas lapp till oss som gled ut. Han borde verkligen vara mer noggrann, vi hade kunnat missa det hur lätt som helst."

Det var inget ovanligt för deras far. Han hade förmodligen blivit så uppspelt över att hitta böckerna att det att över huvud taget skriva en rad till dem kommit som en eftertanke.

"Vi har tur att han skickade något alls", sa Estelle.

"Så sant", instämde Louise.

"Hörru, det där är en dyr bok", sa Bernadette och böjde sig ner för att ta örtboken från Barnaby. "Låt inte Lillkladd hålla i den."

"Sch!" sa Louise vid nämnandet av Barnabys smeknamn.

Det rörde sig borta vid dörren igen när Joshua ropade på sin familj. "Nåväl, kom nu, vi går!"

Benjamin Baxter marscherade ut ur butiken utan att säga adjö. Brutus, mellansonen, tittade blygt runt bokhyllan på sina kusiner och gav en liten vinkning. En så godmodig pojke med ett så illa passande namn. Estelle vinkade tillbaka till honom.

Phoebe stampade fram till Barnaby och lyfte upp honom, höll honom lite på avstånd från kroppen som om hon redan visste att hans fingrar skulle vara täckta av sylt.

En hemsk tanke for genom Estelles huvud: *Phoebe bredde*

säkert sylt över hans händer innan hon tog med honom in i butiken, bara för att reta oss.

Joshua stod i den öppna dörren tills hans hustru och söner gått ut. Han gjorde en kort bugning åt Marie och sa bara: "Jag ämnar se er snart igen."

Sedan gick han, och lämnade dörren på vid gavel.

Marie skyndade till dörren och stängde den försiktigt. Lång tid stod de stilla i tystnad och hoppades innerligt att Joshua inte skulle få för sig att komma tillbaka och köra över dem en gång till.

"De är borta", sa Marie till slut och kikade ut genom den lilla rutan.

"Tack gode Gud!"

De fyra systrarna rusade ihop i en klunga för att hålla om varandra av lättnad och glädje. Med deras far utomlands och skulderna som hopade sig var kusin Joshau och hans planer för byggnaden ett extra krångel de inte behövde.

Estelle sa: "Nästa låda som kommer måste vi leta efter brev först."

"Ja", sa Marie. "Tack och lov att du hittade det, Louise."

Estelle gav Louise en extra tacksam kram innan hon sa: "Jag borde ha kommit tillbaka i går kväll, förlåt att ni fick hantera Joshua på egen hand."

"Vi var inte ensamma", sa Lousie. "Vi tre klarade oss bra nog, även om Marie trampade på en död mus allra först i morse."

"Usch, Crafty!" klagade Estelle.

Marie fyllde i: "Just det!"

Som på sin egen uppmaning hoppade katten ner från

bokhyllorna och gick till sin klösstolpe för att gräva in klorna i säckväven där.

Estelle suckade. "Ytterligare en punkt att lägga till morgonlistan: Craftys stolpe, döda möss och sedan dagens korrespondens. Jag har betalningen från Lord Ferndale, så det borde täcka portot för korrespondensen ett bra tag."

Marie sa: "Det kommer också att betala annonserna i The Times och nästa försäkringsinbetalning, så vi kan andas ut en liten stund åtminstone."

De hade kunnat täcka så mycket mer om hon hade accepterat Mr Yates bättre erbjudande, men Estelle tillät sig inte att dröja vid den vanhedrande tanken. Faktum är att hon inte ens nämnde honom, eller det högre budet.

I stället tog hon emot brevet från deras far som Marie räckte henne.

"Tack. Jag ska läsa det här uppe; jag behöver gå och byta om. Mina kläder blev genomblöta i regnet i går och jag fick låna av Miss Yates, och även om tjänstefolket säkert gjorde sitt bästa så var min ridklänning inte riktigt torr när jag tog på den igen i morse."

"Har du ätit frukost?" frågade Louise praktiskt.

"Det har jag, och en ljuvlig middag i går kväll, ni hade blivit riktigt avundsjuka. Även om samtalet lämnade en del att önska!"

Hennes systrar såg underligt på henne.

"Allt var väldigt fånigt. Lord Ferndale var på retfullt humör och sa att jag borde gifta mig med hans sonson."

"Han sa vad?" flämtade Marie.

"Jag vet. Det var befängt, men jag spelade med ändå."

Skrattande gav sig Estelle uppför trappan för att byta om. Hon skulle inte bli borta länge, och sedan skulle hon komma ner igen för att hjälpa sina systrar när butiken öppnade.

"Behöver ni lite frukost, Estelle?" Deras husföreståndarinna, Mrs Poole, tittade upp från potatisskalningen när hon passerade genom köket.

"Tack, nej; jag åt en ljuvlig frukost på Ferndale Hall", sa Estelle glatt. Även om det nu var en god timme sedan, och de smörade sconesen på bordet såg utsökta ut... hon snappade åt sig en för att äta på väg till sitt sovrum.

Brevet från hennes far var kortfattat, tänkte Estelle och ägnade några ögonblick åt att ögna igenom det medan hon snörde sina skor efter att ha bytt klänning. Det var daterat i Orléans med en not om att han tänkte bege sig mot Tours och sedan antingen mot Angers eller Poitiers. Hon gjorde en mental anteckning om att leta upp en karta över Frankrike när hon kom ner igen, lade brevet på sin byrå så länge och kontrollerade håret i sin lilla handsspegel innan hon gick ner igen. Korrespondens från kontinenten kunde ofta bli försenad, men så länge hans brev och lådorna med böcker fortsatte att komma skulle de veta att deras far levde. Joshua hade skrämt dem fruktansvärt, men det var allt det hade varit. Han kunde inte skada dem så länge deras far levde.

Butiksklockan ringde ovanför ytterdörren just som hon nådde nedersta trappsteget. En välklädd man gick fram till disken. Estelle stannade mitt i steget när han tog av sig hatten och blottade misstänkt bekanta, rufsiga gyllene lockar.

"God morgon!" sa Mr Yates glatt till Marie, som stod bakom disken med sitt bästa kundleende.

"Och god morgon till er, sir, hur kan vi hjälpa er?"

"Jag var just på väg att fråga er detsamma", sa han och lade hatten på disken. "Behöver ni något? Hur kan jag hjälpa till?"

"Ursäkta mig?" Marie blinkade förvirrat.

Estelle blurtrade: "Inte ni igen! Vad gör ni här?"

Mr Yates vände sig mot henne, och hans leende brednade. "Nå, Miss Baxter, jag har förstås kommit för att gifta mig med er."

Den här gången tänkte hon faktiskt ta livet av honom.

KAPITEL 4

Släppa katten ur säcken

Kanske hade det varit ett misstag att börja skämta med Miss Baxter igen i samma ögonblick som han såg henne, insåg Felix så snart den olyckliga meningen lämnat hans läppar och hennes vackra ansikte mörknade till en bister min.

Han hade gått för långt.

Han hade kommit till Hatfield för att släta över allt, och han hade gjort det värre.

Miss Baxter bakom disken – så lika att de bara kunde vara systrar, även om den bakom disken bar glasögon – harklade sig och sade sedan med häpna toner: "Jag ber om ursäkt – sa ni att ni skulle *gifta er med* henne? Estelle, vem är det här?"

"Var snäll och gå bara, Mr Yates," sade hans Miss Baxter trött.

"Yates?" sade en av Baxter-systrarna. "Är det här Lord Ferndales sonson?"

"Estelle, jaga inte bort betalande kunder!" Det här var en tredje Miss Baxter, som dök upp bland bokhyllorna. Längre och stadigare än de andra två, ändå gjorde ansiktsformen, det mörka håret och de fascinerande grön-guldiga ögonen henne ofrånkomligen till en av systrarna. Felix försökte minnas hur många av dem hans farfar hade sagt att det fanns. Han bugade artigt för den nyanlända.

"God morgon, Miss Baxter. Ack, men ni är ju alla Miss Baxter, eller hur? Miss Baxter, vill ni inte presentera mig för era förtjusande systrar innan jag blir hopplöst förvirrad över vilken Miss Baxter jag talar med? Eller är ni ens Miss Baxter – vem av er är äldst?"

Den långa Miss Baxter kvävde ett skratt bakom handen, och Felix log mot henne.

"Nåväl, Mr Yates," sade hans Miss Baxter osmält. "Jag är mycket riktigt Miss Baxter. Det här är min syster Miss Marie" – hon markerade glasögonbäraren – "och det här är min syster Miss Louise. Där borta är vår yngsta syster Miss Bernadette."

Felix blinkade och såg sig sedan omkring igen. Han hade inte ens sett den fjärde systern, men där var hon, sittande bakom disken i ett mörkt hörn, där hon vek ihop något till små papperspaket. Hon kastade upp en artig liten nick mot honom innan hon återgick till det hon gjorde.

"Ah, ni är systern som binder böcker!" sade han till Miss Louise. "Min farfar talar varmt om er skicklighet, och jag beundrar verkligen kvaliteten på ert arbete. Jag avundas honom hans vackert inbundna samling med Daniel Defoes verk."

Miss Louise log ganska vänligt mot honom och sade: "Så vänligt av er, Mr. Yates! Jag har haft nöje av att läsa Defoes skandalösa berättelse om Moll Flanders, även om det inte fanns några kapitel i hela boken där man kunde ta en paus."

"Det är möjligen den minst anstötliga delen av den berättelsen," sade han med ett skratt. "Det fanns delar som fick mig att rodna!"

Miss Louise fortsatte: "Estelle tog med sig flera böcker som Lord Ferndale har beställt att jag ska binda om. Jag ska ta hand om dem i god tid, det försäkrar jag. Jag behöver ett par veckor för att få fram materialen jag behöver, men själva reparationerna borde inte ta lång tid."

"Jag uppskattar er noggrannhet," sade han och log åt henne.

De var alla vackra på sitt sätt, men det fanns något svårfångat hos *hans* Miss Baxter som fortsatte att fascinera honom. "Heder är min att få möta er alla," lade han till ridderligt.

"Så charmigt," sade Miss Baxter med en hånfull ton. "Köp nu några böcker eller gå härifrån."

" *Estelle!* " utbrast Marie och Louise unisont, uppenbart mycket chockerade. "Så där talar man inte till Lord Ferndales sonson," lade Marie till.

En okysk tanke dök upp i hans huvud. "Är det där ett sätt att tala till er fästman, Miss Baxter?" Han borde inte retas, verkligen inte, men herregud så söt hon var när hon var arg, med glittrande ögon och rosa färg som spred sig över de bleka kinderna.

"Ni är omöjlig!" Ursinnig, helt uppenbart, trampade hon förbi honom och in bakom disken, grep en bunt korrespondens från skrivbordet och vände honom ryggen medan hon låtsades läsa.

Felix log. Nå, åtminstone försökte hon inte kasta ut honom. Han såg sig omkring i bokhandeln. Kanske borde han faktiskt köpa några böcker – han behövde något att läsa, och hans farfar betedde sig med sitt bibliotek ungefär som en drake med en guldhög. Nynnande en liten gladlynt melodi för sig själv steg han längs gången för att granska en hylla med reseberättelser medan de fyra systrarna samlades bakom disken.

Småsnuttar av lågmälda samtal nådde hans öron medan han bläddrade bland böckerna.

" *Fästman?* " Den enstaka frågan var Miss Louise, trodde han.

"Absolut inte. Det är alltihop lite fånigt. Det här är ett skämt mellan oss, egentligen. Ja, Mr Yates är Lord Ferndales sonson, återkommen från en resa i Grekland. Han var på middag i går kväll, och Lord Ferndale tyckte det vore roligt att säga att vi borde gifta oss."

Kära nån, Estelle lät rent av äcklad. Återigen måste Felix undra vad det egentligen var med tanken på honom som en möjlig make som äcklade henne så. Det var sannerligen en ny upplevelse i hans värld att en dam reagerade så på idén.

"Han är mycket stilig." Den där tysta rösten, tänkte han, kunde vara Bernadette.

"Och uppenbart rik, att döma av hans kläder. För att inte tala om att han är Lord Ferndales sonson! Varför gifter du dig inte med honom?" Det *var* Louise, och Felix log åt den italienska resehandbok han bläddrade i. Han tyckte nog att Louise kunde vara en bundsförvant.

Estelles svar var tyvärr alltför lågt för att han skulle höra det. Han lutade sig mot disken, tog ett litet steg i den riktningen, och distraherades av ett mjukt jamande vid fötterna.

"Hej, kisse." Den svarta katten vars svans han knappt missat att trampa på tittade upp på honom med orörliga gröna ögon. "Är inte du ett ståtligt exemplar?"

Felix tyckte om katter, och den här var en skönhet; stor och välmående med glansig svart päls. Han böjde sig för att klia bakom kattens öron och belönades med ett dovt spinnande.

Spinnandet blev högre ju mer han kittlade katten under hakan och gned hennes mjuka öron. Ju högre hennes nöjda spinnande blev, desto svårare blev det att avlyssna samtalet. Han hörde något om deras far i Frankrike och brottstycken om äktenskap. Han skulle behöva sluta klappa katten för att höra tydligare.

När han rätade på sig igen, kurrade magen och lät ännu mer än katten.

"Mister Yates, har ni funnit något intressant?" frågade den längsta, Miss Louise, honom.

Han rätade på ryggen. Katten började stryka sig mot hans smalben och lämnade tjocka tussar av päls på tofsarna på hans stövlar.

"Äh, ja, de här reseberättelserna är fängslande," sade han. Magen kurrade igen. Hetta for uppför hans hals av förlägenhet.

Han borde köpa de här böckerna. Då skulle åtminstone de tre andra Baxter-systrarna välkomna honom i butiken. Han behövde också frukost. Han hade svårt att tänka klart eftersom han inte hade ätit något i morse innan han satte efter Miss Baxter – hans farfars uttryck av avsky hade varit sådant att Felix hade vänt på klacken i själva dörren till frukostrummet och skyndat till stallen.

Han samlade ihop tre böcker och närmade sig kvinnorna vid disken. "Jag återkommer snart och köper dessa och troligen fler. Skulle ni kunna rekommendera ett respektabelt ställe där jag kan stilla morgonhungern?"

Miss Baxter gav honom det mest bedårande leende; han undrade om hon äntligen kunde börja tina upp inför honom.

Hans familj hade bjudit henne på en fin måltid i går kväll. Hon kunde tänkas återgälda vänligheten i morse i sitt hem. Han antog att de bodde i närheten, kanske i ett hus bakom butiken?

Miss Baxter sade: "The Red Lion på hörnet är utmärkt på att förse resande med mat alla tider på dygnet."

Åh, så hon bjöd honom alltså inte att äta med dem. Medan hon hade ätit frukost innan hon lämnade herrgården undrade han om hennes systrar också hade gjort det. Kanske var de alla morgonpigga och åt i gryningen? Herregud, vilken faslig tanke att vakna så tidigt. Ändå kunde det i så fall vara dags för morgonte och kaka? Men alla tittade bara på honom i tystnad, inte en enda av dem föreslog att en tekanna och kaka vore precis vad som behövdes. Felix suckade.

Magen kurrade igen, och om han inte ville äta upp böckerna själva behövde han anta deras förslag att äta på diligensvärdshuset.

"I så fall ber jag er farväl för tillfället," sade han, gav en respektabel bugning och gick mot dörren. När han drog upp dörren och klockan ringde, slog inspirationen till. "Kanske borde jag skriva mina memoarer från mina senaste resor. Jag såg lite om ämnet Grekland på era hyllor. Mina färska erfarenheter kunde vara upplysande. Väntar ni er att få in några böcker om Grekland inom den närmaste tiden?"

Miss Baxter lutade sig mot honom, handen utsträckt, viftande. "Nej."

Hon ville uppenbart vinka bort honom, men han lät sig inte distraheras. Han skulle fråga familjens bokbindare. Hon verkade tycka om honom. "Miss Louise, ni binder böcker. Tror ni att ni skulle kunna binda en bok som jag kanske låter trycka? Efter att ni först har reparerat några av min farfars böcker, förstås?"

"Naturligtvis, Mr. Yates," sade Miss Louise. "Tryckaren vi använder ligger på Market Street, Black and Sons, jag kan rekommendera..."

Miss Baxter rusade mot honom, "Stäng..."

En svart pälsboll for förbi hans stövlar.

"... dörren!"

Å fan. Katten hade sprungit ut ur butiken och försvunnit nedför gatan.

Därför att han hade stått där och levererat ett utdraget avsked i stället för att helt enkelt gå.

Miss Baxter grymtade av frustration.

"Å kära nån," Felix hade velat hjälpa, inte ställa till med bekymmer.

"Vill ni hjälpa till?" Ett beslutsamt uttryck lade sig över Miss Baxters ansikte. "Om ni vill göra er nyttig, gå ut och hitta den där katten. Annars, om nio veckor hjälper ni oss att hitta nya hem åt ännu en kull av Craftys kattungar!"

KAPITEL 5

Estelle Baxter tänker inte finna sig i det

Den där katten skulle bli deras undergång, tänkte Estelle när hon stängde butikens dörr. Bakgården var trygg och full av sådant som kunde distrahera Crafty, inklusive krukor fyllda med örter och en hög mur som hon inte så lätt tog sig över. Vindarna som band ihop husen hörde till hennes favoritställen att leka på och jaga möss i. Till och med valkvarnen längre bort var ett acceptabelt ställe för Crafty att vara kattig på och njuta av sällskapet med människorna som arbetade där. Men ytterdörren ut mot Storgatan var där hon alltid hittade trubbel. Hon skrämde hästarna och orsakade ändlösa uppträden.

Det fanns alltid hästar på Storgatan, och en skrämd häst kunde ställa till med fruktansvärda problem. Människor kunde skada sig. Vagnar kunde gå sönder. Och hästarna själva kunde också bli skadade.

För att inte tala om att Crafty återigen löpte. De gjorde alla sitt yttersta för att hålla Crafty inomhus under de perioderna, men likväl tog hon sig åtminstone en gång om året ut, hittade en friare och nio veckor senare hade de en ny kull kattungar som de måste hitta hem åt.

Men i stället för tre bekymrade ansikten möttes hon av förakt från sina systrar.

De måste väl vara upprörda över katten också?

"Varför är du så ohyfsad mot Lord Ferndales sonson?" frågade Louise, och såg förfärligt besviken ut.

Vänta, var de upprörda på *henne*? "Det var han som släppte ut katten!" svarade Estelle indignerat. Var inte det uppenbart?

"Om du hade varit trevligare mot honom," sa Louise, "hade han fortfarande varit i butiken och Crafty hade fortfarande varit tryggt inne."

Skulle det här vara hennes fel? "Jag var inte otrevlig mot honom." Hon korsade armarna över bröstet i försvar, och ignorerade den lilla samvetesrösten som påpekade att hon knappast hade varit artig heller. "Det är han som driver med mig för nöjes skull!"

"Du var otrevlig," invände Marie. "Hans familj bjöd dig på en fin middag i går kväll och frukost innan du åkte i morse. Han ville uppenbarligen se om du skulle återgälda vänligheten och bjuda honom på te och kaka."

Estelle skakade på huvudet. "Och vi har kakor i överflöd?"

"Nå, nej. Men det är inte poängen," sa Marie. "Jag får inte riktigt grepp om dig. Han är väldigt charmig, han har uppenbarligen gott om pengar, han tänker köpa några böcker, ändå jagar du ut honom som om han vore en gatunge."

Bernadette sköt in: "Hur friade han?"

Estelle drog en djup suck. "Det är just problemet. Det

gjorde han inte. Det var ett skämt mellan Lord Fernadale och honom. Det drog ut lite för länge, det är allt. Men det var bara sagt på skoj. Det är jag säker på. Lord Ferndale sa att Mr Yates borde gifta sig med mig därför att han – Lord Ferndale alltså – tycker att jag skulle vårda hans bibliotek som det förtjänar om jag ärvde det, vilket är den mest befängda anledning till att gifta sig jag någonsin hört, rent ut sagt."

Hon drog in en stor mängd luft för att ta igen den där långa, bisarra förklaringen. För det var vad den var. Bisarr. Och befängd. "Varför Mr Yates spelade med ens för ett ögonblick kan jag inte föreställa mig. Men för att komma till kärnan: Mr. Yates bad mig aldrig rakt ut. Han bara frågade när vi skulle sätta bröllopsdatum och började tala om att åka på bröllopsresa till Grekland!"

"Åh! Grekland vore underbart för en bröllopsresa!" utbrast Louise.

Estelle blängde på henne. *Det* var vad Louise valde att fastna vid, av hela den där löjliga situationen?

Bernadette sa: "Han kanske frågar dig direkt om du visade lite intresse."

Louise och Marie började mumla sitt bifall till att Estelle borde visa Mr Yates lite intresse.

Bernadette tog det som uppmuntran. "Jag tycker du är tokig som säger nej utan att åtminstone lära känna honom lite mer. Han verkar snäll, han är uppenbart rik, han är mycket stilig, och han gillar dig uppenbarligen. Jag ser inte problemet."

Det var det frustrerande med att det var ett sådant glapp mellan den äldsta och den yngsta. Bernadette hade så romantiska föreställningar, men inte mycket verklighet att luta dem mot vid blott arton års ålder. Det var inte hennes fel och Estelle ville inte låta nedlåtande genom att rätta henne.

Louise sa: "Hon har en poäng."

Marie nickade.

Bernadette strålade.

Detta var så till ingen hjälp. Varför förde de ens det här samtalet när det fanns betydligt mer brådskande saker att bekymra sig om. Som berget av skulder deras far dumpat på dem och deras kusin som lade sig i deras liv och hotade att kasta ut dem för att själv ta byggnaden. "Han är ovan vid att få ett 'nej'. Det märkte jag i går. Och han är bortskämd."

"Och?" svarade alla tre på en gång.

Estelle bet ihop käkarna och bestämde sig för att ignorera dem, eftersom de alla tycktes kollektivt ha tappat förståndet när hon lämnade dem åt sitt eget öde i en enda natt. Hon drog fram en stol och sträckte sig efter posten som kommit på morgonen. "Här är en hel del, är det gårdagens post också?"

"Nej, och byt inte ämne," sa Louise. "Du borde gifta dig, innan du blir för gammal."

"Ha!" sa Estelle, "Jag är redan alldeles för gammal, så om någon ska gifta sig för att ta oss ur våra ekonomiska bekymmer får det bli Marie eller du, Louise."

"Varför kan det inte vara jag?" frågade Bernadette.

"Därför att du är yngst," svarade Estelle per automatik. "Du är bara arton. Att gifta sig vid arton är..."

"Något som många gör?" Bernadette stirrade på henne. "Mamma var arton när hon gifte sig med far, Estelle."

"Tiderna var annorlunda då," sa Estelle och sträckte sig

efter posten, medveten redan medan hon gjorde det att hennes systrar inte tänkte släppa ämnet.

För ingen seriös friare hade någonsin presenterat sig för någon av dem tidigare. Och hon trodde inte att någon av dem någonsin hade drömt om att en sådan friare skulle kunna vara så stilig och förmögen som Mr. Felix Yates.

Han är ingen seriös friare, påminde Estelle sig strängt. Av någon anledning hade han bestämt sig för att ta sin farfars fåniga äktenskapsplan och göra en stor lustighet av den, vilket hade varit helt i sin ordning om inte *hon* hade varit den som skämtet gick ut över.

Papperen i hennes händer påminde henne om allvaret. "Far har lämnat oss ansvaret för bokhandeln, vi har våra instruktioner. Att sticka i väg för att gifta sig fanns inte bland de instruktionerna, eller hur?"

"Om jag minns rätt," sa Louise, "sa han att vi skulle använda vårt eget omdöme."

"Det kan så vara," sa Estelle. "Därför uppmanar jag oss alla att använda vårt omdöme och hitta bättre sätt att hjälpa till att få in inkomster. Annonserna i The Times fungerar väldigt bra för att ge oss fler kunder. Vi har en mängd nya böcker och vi måste låta våra kunder veta vilka titlar som nyligen har kommit. Marie, jag antar att du har gjort klart inventeringen av böckerna som kom i går morse?"

"Bra försök," sa Marie. "Men du vet att det bästa sättet att ta oss ur våra många bekymmer är om du gifter dig med Mr Yates."

Hettan som brände genom Estelle hade kunnat sätta böckerna i butiken i brand. Hon älskade sina systrar innerligt, men just nu prövade de hennes sista tålamod. "Far skulle bli mycket ledsen om han upptäckte att vi ägnade hans frånvaro åt gräl i stället för sämja."

Det fick dem att mumla mjukt sitt instämmande. Äntligen gick något Estelles väg.

"På tal om far," sa Louise, "jag hoppas han skriver mer regelbundet, så att vi kan hålla Kusin Joshua stången. Det där var en mycket obehaglig konfrontation."

Det gav också en omgång instämmanden.

"Han har lämnat oss i en känslig situation," höll Estelle med.

Åtminstone var det fred igen i Frankrike, vilket gav dem en sak mindre att oroa sig för.

Dörrklockan ringde när nya kunder kom. De såg sig omkring och log när de klev in. En dam hade med sig ett exemplar av deras senaste annons ur The Times och frågade efter en almanacka. Estelle var mer än gärna behjälplig och slapp svara på fler frågor om giftermål och Mr Yates från sina nyfikna systrar. Snart fick hon veta mer om det trevliga paret, en Mr och Mrs Craddock, som reste norrut och hade sett till att besöka deras butik på vägen.

Snart hade de flera titlar de ville köpa, och de lovade att komma förbi på vägen söderut igen efter sommaren. Estelle skrev in deras uppgifter i liggaren och gjorde en notering om de ämnen de tyckte om.

När hon vinkat av dem vände sig Estelle om och strålade. "Låt oss få iväg nästa annons till The Times redan i eftermiddag, det är definitivt värt kostnaden."

Med ytterdörren öppen fyllde ljudet från gatan deras öron. Estelle vände sig om och såg Marie med händerna över öronen.

"Förlåt, Marie. Jag glömmer hur bullrigt det blir när postdiligensen ger sig av." Hon stängde snabbt dörren och grimaserade i sympati med sin syster. Marie var känslig för höga ljud och fick ofta migrän på gång om hon utsattes för dem för länge.

Snart arbetade Estelle och hennes systrar igenom resten av posten, sorterade beställningar och förfrågningar. Utgifterna lades i en annan hög, ordnade efter förfallodag. Det skulle bli på håret att ligga steget före dem. Estelle bet sig i läppen medan hon i huvudet räknade ihop den totala skulden; en sannerligen skräckinjagande summa. Hon sorterade om högen efter vilka borgenärer som gick att skjuta upp och vilka som inte gjorde det.

Marie expedierade flera beställningar och slog in dem ordentligt, redo att skickas med nästa postdiligens till London.

"Så länge lårarna med böcker fortsätter att komma klarar vi oss," sa Estelle, mer av hopp än av belägg. "Fars brev sa att han var på väg till Tours härnäst. Jag kan bara föreställa mig vad som kan dyka upp!"

"Jag hoppas bara att han skickar ett bättre brev nästa gång," sa Marie.

En ung dam kom in i butiken och öppnade dörren så försiktigt att klockan inte ringde. Bernadette lade ner sitt broderi och gick fram till henne. De andra tre fortsatte att prata som om ingenting hände. Det var så de gjorde, de gav Bernadette och hennes kunder avskildhet.

Louise frågade: "Var inte vår mors familj från Loiredalen?

Ligger inte Tours nära där? Eller blandar jag ihop det med någon annanstans?"

"Jo, det var Loire," sa Marie. "Kanske tar han en omväg från bokjakten och letar upp mammas släkt?"

Estelle skakade på huvudet: "Han skulle bokstavligen behöva snubbla över dem för att lägga märke till dem, så bländad skulle han vara av det väldiga utbudet av böcker."

De fnissade åt det. Deras far hade haft två stora kärlekar i sitt liv, deras mor och böcker. Ibland misstänkte de att han älskade böcker bara en liten aning mer.

"Jag kan inte riktigt klandra honom för att han åkte," sa Estelle. "Jag är fortfarande lite tvär över att han inte tog mig med. Vi brukade resa över hela England på våra bokjakter."

Louise ryckte på axlarna. "Han sa att Frankrike inte var säkert."

"Ja men Napoleon är i landsflykt, Skräckväldet är över!" klagade Estelle. "Jag hade varit trygg vid hans sida. Och dessutom var vår mor fransyska, mamma lärde mig språket också. Jag tror att jag till och med skulle kunna passera som fransyska om jag måste! Säkert bättre än far kan."

De andra ryckte på axlarna. Estelle fortsatte. "Hur som helst, mor var fransyska, och hon klarade sig."

"Nej det gjorde hon inte," sa Marie. "Hon tvingades fly Frankrike, och nästan hela hennes familj är död. Det skulle jag knappast kalla säkert."

"Jag är glad att hon gjorde det," la Louise till. "Om hon inte hade gjort det hade hon inte träffat far och ingen av oss hade funnits här."

De hörde bakdörren öppnas och stängas när Bernadette tyst tog med sin kund ut på gården för att plocka örter.

Marie sa: "Kanske, om han hittar någon av mammas kusiner, kan han få lokalkännedom som hjälper honom att förhandla fram bra priser. Jag kan bara föreställa mig hur mycket extra fransmännen begär när en engelsk accent ställer frågorna."

Dörrklockan längst fram ringde och det kom en leverans till Louise. Hon tog ivrigt emot det lilla knytet och tackade mannen. Sedan gick hon upp till köket. Efter en liten stund angrep stickande lukter Estelle och Marie.

Estelle reste sig och ropade: "Louise! Du måste stänga dörren när du kokar lim, det stinker ner hela butiken!"

"Förlåt!" ropade Louise tillbaka, "Jag glömde, och jag kan inte gå ifrån, jag måste röra hela tiden."

Estelle sprang uppför trappan och öppnade fönstret vid avsatsen, i hopp om att trappan skulle fungera lite som en skorsten och dra lukten uppåt och ut ur byggnaden.

Därifrån fick hon syn på Bernadette och den unga kvinnan som plockade örter. Den unga kvinnan såg eländig ut och fick kväljningar. Stackars flicka.

"Förlåt för lukten," sa Estelle, "Louise kokar lim igen."

När hon kom ner igen stängde Estelle bestämt dörren längst ner i trappan och höll för näsan för att dämpa lukten. Den var vedervärdig. Det enda som hjälpte var att kila upp butikens dörr mot Storgatan.

Nå, katten hade redan rymt, så skadan var skedd.

Det påminde bara Estelle om hur arg hon var på Felix Yates

för att han låtsades att de skulle gifta sig, och för att han släppte ut katten.

Det var på håret vilket av de två ämnena som retade henne mest.

KAPITEL 6

Felix och Katten

När Miss Baxter stängde bokhandelsdörren bakom honom – nästan slog igen den över hans häl – drog Felix en djup suck.

"Jag håller på att göra en ryslig soppa av det här," sade han till ingen särskild, innan han vände sig om och tittade upp och ner längs gatan i fåfäng förhoppning om att få syn på en stor svart katt. Han hade närmast trott att han blivit vän med katten. Hon hade sannerligen spann högljutt nog, och lämnat päls på hans byxben! När han kastade en blick tillbaka mot dörren mötte han kort Estelles blick genom fönstret innan hon rynkade pannan och vände honom ryggen.

"Så vacker, även när hon är arg," mumlade Felix vemodigt.

Han borde inte ha så roligt åt att retas med henne. Det var förstås inte rätt. Hans farfar hade startat hela upptåget och nu tycktes han inte kunna sluta själv.

Nå, det borde han verkligen.

Han borde vara snäll. Han borde hjälpa. Hjälpa på riktigt, och inte bara fråga om han kunde.

Han skulle hjälpa, beslöt Felix. Med att börja få tillbaka katten.

Var skulle han ens börja leta? Han sniffade i luften och nickade eftertänksamt när doften av tillagat nötkött nådde honom. Vilken kräsen katt skulle inte vilja undersöka den läckra doften? Magen kurrade igen, och Felix hade bestämt sig. Han skulle slå två flugor i en smäll, förhoppningsvis; hitta den där nedrans katten och hitta något som fyllde magen!

Den frestande doften visade sig komma från Red Lion, där man beklagande upplyste honom om att middagsmålet ännu inte var klart, men att han kunde få en bit kall vilopaj och ett stop svagdricka, om det passade.

Vid det laget hade Felix kunnat äta gammalt bröd och dricka sumpvatten, så han tackade värden artigt och åt dagens första mål, i hopp om att han inte verkade alltför ohyfsad där han satt i ett hörn av matsalen och tryckte i sig paj så fort han fick ner den.

"Jag antar att det inte har varit inne en stor svart katt här i morse?" frågade han pigan som kom med ölet.

Pigan stirrade på honom och skakade sedan på huvudet. "Mr Haye tål inga katter i Red Lion, sir. De får honom att nysa. Vi måste jaga ut dem om vi ser dem."

"Hm." Felix räckte flickan en sexpence och lutade sig tillbaka för att dricka sitt öl. Bokhandelskatten – Crafty, trodde han att Estelle hade kallat henne – var förmodligen nog klok för att veta var hon inte var välkommen. Han fick ge sig ut och leta någon annanstans. Med en ångerfull blick på de få smulor pajskal som fanns kvar på tallriken tömde han sitt stop och lämnade det på bordet.

Ju förr han fann katten, desto förr kunde han gå tillbaka till Estelle och börja vara faktiskt till nytta.

Fem timmar senare var Felix varm, trött, hungrig igen och synnerligen frustrerad. Det fanns gott om katter i Hatfield, och många av dem var svarta, men ingen av dem var det stora, slanka djur han hade klappat i bokhandeln. Lokalborna han talade med var alla ganska hjälpsamma och pekade honom i riktning mot vilken svart katt de råkat se senast, men det betydde att han gick väldigt mycket, kors och tvärs genom staden i jakt på den gäckande katten.

Hatfield var så mycket större än han mindes, men det hade gått några år sedan han sist var i staden. Delad av Great North Road sjöd den av aktivitet, och inte bara när postdiligensen kom förbi. På ett torg väster om vägen fann han en livlig marknad som frekventerades väl av ortsborna. Han såg en randig rödkatt sitta på en mans axel. Längre ner där någon sålde höns såg han en mörk skepnad och fick upp hoppet, men det visade sig bara vara en skugga. Han stannade och köpte några äpplen av en specerihandlare, i tanken att han kunde ta dem till Estelle som ett fredsoffer. Strosande längs gatan, tuggande på ett av äpplena, stannade han tvärt när ett par klara gröna ögon i ett runt mörkt ansikte vändes upp mot honom.

Katten gav ifrån sig ett frågande "Mjau?"

"Du!" Felix tappade äppelskrutten och gjorde ett utfall;

katten gled undan hans fingrar och flydde. Felix satte efter, äpplen välte ur rockfickorna medan han sprang. "Å, det ska du inte!"

Till slut fick han in katten i en gränd med murar som var för höga för besten att hoppa över; tydligen medveten om att leken var slut satte sig det fördömda djuret och började tvätta svansen nonchalant.

"Din odåga till djur." Han grep katten, kilade fast henne under ena armen och stegrade iväg mot bokhandeln. "Vilken jakt du har fört mig på."

Katten spann, fullkomligt oberörd av Felix förargelse. Felix log mot katten och kliade henne under hakan. Hon spann, även om spinnandet lät lite annorlunda. Ahhh, det var för att han var utomhus, inte i en bokhandel där ljuden var mer dämpade.

"Och jag tappade äpplena!" Ah, men det fanns fortfarande ett i fickan, insåg Felix, när det dunkade mot höften på motsatt sida om katten. Det kunde han åtminstone ge Estelle. Ett klent fredsoffer, men han måste börja någonstans.

Dörren till bokhandeln stod på vid gavel, kanske för att uppmuntra Crafty att återvända utan hinder? För att akta sig så att han inte släppte ut katten igen sparkade han bort kilen som höll dörren öppen och klockan ovanför dörren pinglade käckt när den slog igen.

Han hade katten, och han hade stängt dörren. Han gick fram till disken med ett brett leende. Till sin förtjusning var Estelle den enda av systrarna Baxter vid disken just då. Hon såg upp på honom förväntansfullt, hennes bedårande ögon gnistrade. Det värmde honom ända in i själen, och han tyckte om tanken på att få henne att le mer.

Alltför snart började hennes bryn dra ihop sig till en rynka. Hon borde le, han hade ju återvänt segerrik!

"Jag har katten!" sade Felix skyndsamt och satte ner den på disken innan Estelle hann börja förebrå honom igen. "Och ett äpple. Det är ett fredsoffer. Jag hade fler, men jag tappade dem när jag jagade katten," bad han ångerfullt.

Nåväl, äpplena som fredsoffer gick inte så bra, men han hade katten!

Estelle såg från det blanka röda äpplet han lagt bredvid katten, till katten, till Felix och tillbaka till katten igen.

Det här var inte det tacksamma mottagande han hade väntat sig. Kanske hade hon haft en besvärlig dag med griniga kunder. I så fall skulle han muntra upp henne genom att köpa betydligt fler böcker. Vad som helst för att få se henne le igen.

Hon blåste ut kinderna och verkade försöka komma på något att säga.

"Vi har kommit på fel fot med varandra," började Felix säga, "och jag skulle vilja be om ursäkt för att jag skämtade på er bekostnad. Det var illa gjort av m..."

Estelle avbröt honom: "Jag är rädd att det där inte är vår katt, Mr Yates."

"Jag... vad?" Felix såg ner på katten, som såg upp på honom med de där klara gröna ögonen och mjauade igen. Precis samma ljud som den hade gjort när han nästan trampade den på svansen tidigare, det skulle han ha svurit på!

"Om jag inte misstar mig," Estelle sträckte ut handen, tog upp katten och vände på den, tittade under svansen och nickade sedan som nöjd. "Ja. Som jag tänkte. Det här är Charles, en av Craftys söner. En hankatt, Mr Yates. Och Crafty är en honkatt, vilket jag tycker borde ha varit uppenbart för er när jag påpekade att om ni inte fann henne, skulle ni behöva hjälpa oss att hitta hem åt hennes kattungar."

"Åh."

Han hade inte ens kommit på att titta under den nedrans kattens svans.

Fullständigt stukad sjönk Felix mot disken. "Hur visste ni att det inte var samma katt, redan innan ni tittade? De är båda stora, blanka och svarta, och låter likadant."

Hur många svarta katter fanns det i Hatfield?

Estelle suckade och sade: "Crafty har en kortare svans än den här. En häst trampade på den, och hon förlorade ett par tum av spetsen. Och den här gossen har en liten bit som saknas i örat, ser ni?"

Estelle gav ändå Charles en kli under hakan och denna gång lät han mycket annorlunda än Crafty.

"Jag hör det nu. Han låter som en slemmig gammal gubbe! Craftys spinnande är mycket mer melodiskt."

Sedan gjorde Estelle något högst märkvärdigt. Hon skänkte honom ett strålande leende. Det fyllde honom med kraft nog att dräpa en drake. I verkligheten behövde han bara hitta rätt katt.

"Jag tror att ni gör bäst i att lämna tillbaka Charles dit ni fann honom, Mr Yates. Och hitta Crafty. Den riktiga den här gången." Estelle tog upp äpplet från disken, polerade det mot kjolen en sekund och höll upp det. "Tack för äpplet, i alla fall," sade hon. "Jag var lite småhungrig." Hon tog en nätt liten tugga.

Han hade blivit avfärdad. Och inte att undra på, för han hade misslyckats. Han hade kommit med fel katt. Åtminstone log hon, även om det var för att göra sig lustig över honom. Han skulle hemskt gärna vilja se henne le igen, och han skulle vilja vara orsaken till leendet. Han hoppades bara att det inte var på hans bekostnad nästa gång. Men å andra sidan, även om det var det, förtjänade han det. Att komma med en hankatt! Vilken drummel han var!

Med en suck lyfte Felix åter den foglige Charles under armen och lämnade bokhandeln med huvudet sänkt. Dörrklockan pinglade när han öppnade och stängde den.

Det verkade som om han inte kunde göra någonting rätt när det gällde att hjälpa Miss Baxter.

Förhoppningsvis skulle han åtminstone kunna lämna tillbaka Charles där han hade funnit honom utan att bli anklagad för kattnappning. Mitt på ljusa dagen, dessutom. Några människor såg snett på honom, och han antog att han såg rätt fånig ut där han tågade fram längs gatan i sin långrock och cylinderhatt med en högljutt spinnande svart katt instoppad under armen. Den här katten lämnade hårstrån över hela rocken. Tur att djur inte fick honom att nysa som värden!

Åtminstone uppförde sig Charles ganska anständigt under hela föreställningen och höll inte på att riva hål i kläderna. Felix fann platsen där han först hade sett Charles, satte ner katten och kliade honom lite bakom öronen, vilket katten tog emot med vänligt spinnande innan han smög iväg nerför en gränd.

"Tillbaka på ruta ett," muttrade Felix dystert, såg sig

omkring och undrade var han nu skulle leta efter Crafty. Eller hur han ens skulle kunna identifiera katten om han väl fann henne, bortom att ha förstånd nog att titta under svansen. Å ja, hennes svans var lite kortare än normalt. Men hur lång var en katts svans normalt, egentligen?

Han stod utanför ett apotek och medan han såg sig om i viss förtvivlan öppnades dörren och Miss Bernadette Baxter klev ut med en korg över armen. Hon log när hon såg honom.

"God eftermiddag, Mr Yates."

"Miss Bernadette!" Han lyfte på hatten och bugade artigt. Hon stängde butikens dörr och steg ner på gatan, och när hon gjorde det kunde Felix inte låta bli att märka att hon lutade en aning åt ena sidan, uppenbarligen för att kompensera korgens tyngd. "Hör ni, Miss Bernadette, den där korgen ser förfärligt tung ut. Skulle ni låta mig bära den åt er?"

Hon tvekade bara ett ögonblick innan hon sade: "Det vore mycket vänligt av er, Mr Yates. Tack."

Han befriade henne från korgen och erbjöd sin fria arm. Till hans förtjusning lade hon sin hand i armvecket med ett leende.

"Återvänder ni till bokhandeln, eller har ni fler ärenden? Jag hjälper gärna till," erbjöd Felix, i tanken att om han inte kunde hitta deras katt, kunde han åtminstone vara till någon liten nytta för en av systrarna Baxter.

"Jag är faktiskt på väg hem. Ni är mycket vänlig som erbjuder er." Hon sneglade upp mot honom medan de gick, tuggade en sekund på underläppen innan hon mjukt frågade: "Hur går er jakt på Crafty, Mr Yates?"

"Förfärligt illa," medgav han sorgset. "Jag trodde att jag

hade henne och presenterade henne triumferande för er syster... bara för att få veta att jag i stället hade funnit Charles. Jag kom inte ens på att titta under svansen!"

Bernadette brast ut i skratt. Hon satte den fria handen mot munnen för att anständigt dämpa skratten, men fnissen bubblade ändå fram och Felix fann sig själv le också, road av sin egen dumhet.

"Jag är rädd att Miss Baxter måste tycka att jag är den mest förfärliga fåntratt," erkände han, "och jag vill så gärna att hon ska tänka väl om mig."

Bernadette slutade skratta, även om hennes ögon fortfarande glittrade av munterhet. "Varför, Mr Yates?"

"Jag ber om ursäkt?"

"Varför är det så viktigt för er att Estelle tänker väl om er? Vi retade henne lite om er, det medger jag, bara för att få henne att rodna, men sanningen är att hon inte är er jämlike i anseende. Vår far är bortrest och vår kusin Joshua skulle inte skydda oss ens mot en loppa, så vi måste se efter varandra. Om er avsikt är att leka med min systers känslor, måste jag be er att upphöra och bege er långt, långt bort."

Vilken allvarsam liten sak hon var! För att visa henne den respekt hennes ord förtjänade stannade Felix och såg Bernadette rakt i ansiktet.

"Medan Miss Baxter må ha trott att min farfar skämtade när han föreslog henne som en lämplig hustru åt mig, säger Lord Ferndale aldrig något han inte menar. Om han anser Miss Baxter vara ett gott äktenskapsämne för mig, är det rekommendation nog för mig... och i sanning är det hög tid att jag stadgar mig. Mina avsikter är inte lättfärdiga, det försäkrar jag er."

Bernadette såg underligt på honom, och Felix undrade om hon hade väntat sig att han skulle säga något annat. Hon sade inget mer, utan fortsatte helt enkelt att gå, och han måste nödvändigtvis gå med eller annars rycka henne att stanna.

"Har ni köpt gott om böcker i affären för att åtminstone verka intresserad av hennes mest älskade sak i världen?" frågade Bernadette.

Böckerna! "Å kära nån, jag glömmer hela tiden. Jag bad henne lägga undan några men vi blev så distraherade av att jag kom med fel katt, och att jag skulle gå och lämna tillbaka nämnda katt, att jag inte slutförde köpet."

Kära nån, Felix, du håller på att ställa till det riktigt ordentligt.

Bernadette skakade på huvudet. "När ni kommer tillbaka med rätt katt, se till att ni köper några böcker. Då har ni något mer att tala om."

"Tack, det ska jag." Hennes råd var en ynnest.

Sedan gav hon honom ännu mer god information. "Crafty har en vit fläck på bröstet i exakt form av ett hjärta," sade Bernadette till slut när de stannade vid bokhandelns dörr. "Även om hon har haft åtskilliga kattungar som liknar henne starkt – som ni upptäckte med Charles – så vitt jag vet är hon den enda svarta katten i Hatfield med just den teckningen."

Förstås! Först nu insåg han att han hade sett just den teckningen när han kliade katten under hakan i morse! Vilken dumbom han var som inte mindes.

Bernadette sade: "Och hennes svans är lite kortare för att..."

"... en häst trampade på den," avslutade han.

"Ahhh, så ni känner till det? Nå, lycka till med att hitta den riktiga den här gången. Och när ni kommer tillbaka, se till att dörren är stängd bakom er."

När han räckte Miss Bernadette hennes korg igen lyfte Felix återigen på hatten och bugade för henne.

"Tack, Miss Bernadette, jag uppskattar verkligen er vägledning."

"Tack för att ni bar min korg," sade hon till svar, innan hon nickade och öppnade bokhandelns dörr. "God dag, Mr Yates," sade hon över axeln.

Bortsett från den nedslående uppgiften och att han inte hade någon lycka med att hitta Crafty, var det annars en strålande dag. Felix hade uppmärksammat Hatfield mycket mer än han gjort förut och fann att han växte fäst vid byggnaderna och stämningen. Ett hus i synnerhet.

Ack, han kunde inte återvända dit förrän han hittade rätt katt.

Magen kurrade och påminde honom om hur sent det var. Solen stod lågt, men det var högsommar, och den skulle inte gå ner än på en timme. En skiva vilopaj och ett äpple var ett torftigt mål jämfört med vad han brukade förtära under en dag.

"Om jag vore katt, var skulle jag vara?" frågade han sig själv medan han gick nerför ännu en gränd och spanade upp och ner.

Han drog en tung suck av nederlag och sparkade i marken. En sten flög upp och slog mot en gammal dörr som låg på sidan.

Tre katter sprang ut bakom dörren. De var delvis svarta

men hade stora vita fält på olika ställen. Till och med han kunde se på det här avståndet att de var fel.

Hårda skuggor sträckte sig över gränden från den nedgående solen. Dagen hade besegrat honom. Han gick tillbaka till Red Lion med ett mål: han skulle äta en snabb måltid och ta ett rum för natten, så att han kunde stiga upp tidigt och jaga efter Crafty.

När han steg in på Red Lion möttes han av en vägg av mänsklighet. Diligensen hade anlänt nyss och stället var fullt av resande. Doften av resetrötta människor och matos anföll hans sinnen. Han fick syn på pigan han talat med tidigare under dagen. "Finns det någon möjlighet till ett rum för natten?" frågade han.

"Ä rädd inte. Vi är fulla upp till taknocken i natt."

Han hade sannerligen ingen lycka alls i dag. "Finns det något ställe i närheten ni kan rekommendera?"

"Det enda i närheten är The Swan. Ni tar vänster vid Salisbury Street. Ni kan inte missa det." Sedan skyndade hon över till ett bord och bar bort tomma öltankard, vände sig om och gav en man en dask på armen när han nypt henne där bak. "Här håller vi tassarna i styr, kompis. Det är inte den sortens etablissemang!"

Femton minuter senare, törstig och med svullna fötter efter att ha gått runt större delen av dagen, fann han The Swan och hyrde ett rum. Det var knappast någon rusning, och han trodde verkligen att hans lycka äntligen vänt. Ack, anledningen till värdshusets brist på gäster uppenbarade sig snart. Han satt vid ett långbord med många andra middagsgäster och åt den mest osmakliga mat han någonsin fått: en flottig gryta på potatis och ett kött som han fruktade innerligt inte var nötkött trots värdens beskrivning, och bröd som var torrt och hårt utan ens smör att mjuka upp det. Till och med de minsta byarna i Grekland erbjöd bättre kost än detta. Ingen annan verkade klaga, men kanske hade de fått mer innanför västen än han. Ölet var inte lika dåligt som maten, men det vill inte säga mycket. Han borde förmodligen ha försökt få ett mål på Red Lion, även om de inte hade ett rum åt honom. Nå, han visste bättre nu. I morgon var en ny dag.

Han drack djupt ur sitt stop och var åtminstone glad att det hade den välgörande effekten att mjuka upp hans trötta muskler.

Sängen väntade. Han hoppades bara att den höll högre klass än maten.

Det gjorde den förstås inte, men han var för trött för att bry sig.

KAPITEL 7

Räkningarna hopar sig

"Var det där Mr Yates som var med dig?" frågade Estelle nyfiket när Bernadette kom tillbaka in i butiken och hivade upp sin korg på disken med ett ansträngt flämt. "Har han hittat Crafty än?"

"Jag tror att du redan vet att om han hade gjort det, så skulle han vara tillbaka här och presentera henne för dig, ungefär som en hund med en boll som han vill att du ska kasta," sa Bernadette.

Bilden som hennes ord framkallade var så rolig att Estelle inte kunde låta bli att skratta. Mr Yates var verkligen ganska lik en stor vänlig jakthund, ivrigt fånig men benägen att ställa till med oreda om han släpptes lös.

"Vad gjorde han med dig?" frågade hon när hon lyckats tygla sina fnissningar.

"Han bar min korg, mycket vänligt." Bernadette tvekade ett ögonblick innan hon erkände: "Jag frågade honom om hans avsikter gentemot dig."

"Du gjorde vad!" Estelle tog sig om halsen.

Det här höll på att gå långt över skämtstadiet om hennes systrar blandade sig i.

"Någon var tvungen!" sa Bernadette. "Och även om han uppenbart uppvaktar dig för att behaga sin farfar, tror jag inte att han gör det på skoj, Estelle. Jag tycker att du ska ta honom på allvar och ge honom en chans." Hon hivade upp korgen igen, nickade som om hon haft sista ordet och gav sig av mot butikens bakre del.

Förbaskat också, det var hon som fick sista ordet, för Estelle kom inte på någonting att säga. Hon suckade, tog upp högen med böcker som Mr Yates hade lämnat och sagt att han skulle komma tillbaka och betala för. Om han ändå hade gjort det! Chastellux' *Travels in North America* i två band var prissatt till ett pund och fem shillings, och där fanns en Lalande *Voyage en Italie* för sexton shillings samt flera billigare volymer. Över tre pund sammanlagt, om han nu kom tillbaka och betalade för dem.

Kyrkklockorna slog timmen och Estelle suckade. Klockan fyra stängde de butiken. Hon reste sig från pallen bakom disken, gick till dörren och öppnade den för att spana upp och ner längs gatan. Inga tecken på Mr Yates, och inte på några andra möjliga kunder heller. Hon stängde dörren igen, reglade den och började ställa tillbaka böckerna på hyllorna, tryckte in var och en på plats med kanske lite mer kraft än nödvändigt.

När butikens front var i ordning släckte Estelle lamporna och gick uppför trappan, rynkade på näsan när de svaga resterna av limmet som Louise hade kokat tidigare stack i näsan. Louises bokbinderi var mycket nödvändigt för butikens fortsatta lönsamhet, men det var ett kladdigt, stinkande hantverk.

"Middagen är nästan klar, Miss Estelle." Mrs Poole, deras hushållerska och sällskapsdam, såg upp från där hon satt och skar bröd vid köksbordet, med ett vänligt leende. "Varför går ni inte och tvättar er."

Någon hade fyllt vattenkannan i hennes rum igen, upptäckte Estelle tacksamt när hon kom dit, och hon hällde friskt vatten i tvättfatet, fuktade en duk och torkade av ansikte och händer. Ett ögonblick tänkte hon hoppa över middagen och falla i säng. Portionerna skulle vara små. En mun mindre att mätta skulle ge de andra lite mer. Hon var just på väg att ta av sig skorna när Mrs Poole kallade ner henne.

Det vore ohövligt att inte komma. Hon skulle ta för sig sist och se till att de andra fick nog först. Kanske kunde hon få Felix att bjuda henne på lunch i morgon, för att väga upp för hur lite de hade i huset.

"Du äter inte mycket, Estelle." Mrs Poole lade märke till det.

"Jag måste vara för trött," sa hon, sliten efter den senaste dagen. "Jag åt en stor måltid i går kväll med Lord Ferndale, och jag är väl fortfarande mätt efter frukosten i morse." Det var inte helt en lögn, hon hade ätit mycket gott.

Louise sköt in: "På tal om Ferndale, jag kommer att ha ett par av hans böcker klara till i morgon. De sitter i pressen nu och limmet kommer att ha stelnat fint till morgonen."

Estelle log mot sin syster. "Kanske är det limlukten som har tagit min aptit. Det stinker verkligen."

Louise ryckte på axlarna och sa: "Jag är van."

Då sa Bernadette: "När Mr Yates kommer tillbaka kan han ta med sig Lord Ferndales böcker, och betala kontot samtidigt."

"Och han kan köpa dem han tog från hyllorna," noterade Marie.

"Åh! Jag ställde tillbaka dem," sa Estelle.

Rop av "varför?" och "vad i all sin dar för?" fyllde det lilla rummet.

"Det verkade föga meningsfullt att låta dem ligga kvar på disken. Han hade mer än goda möjligheter att köpa dem under hela dagen, och det gjorde han inte. Jag antog att han inte ville ha dem."

Bernadette himlade med ögonen. "Du är en bedrövlig försäljerska."

"Värre än jag," sa Marie.

Aj! Marie var bra på siffror och musik, men inte på människor.

"Jag vill inte spä på familjens bekymmer," sa Mrs Poole försiktigt, "men slaktarens räkning förfaller."

Det var alltså därför det inte fanns något kött på bordet i kväll. Med en djup suck nickade Estelle åt sina systrar och insåg att hon behövde lägga sin artighet åt sidan och pressa Mr Yates att köpa fler böcker. Hennes systrars magar berodde på det.

"Förresten, är det någon som har sett Crafty? Hon stod inte och ylade åt mig medan jag lagade maten i kväll," sa Mrs Poole.

"Mr Yates släppte ut henne på High Street," sa Estelle.

"Å kära nån," sa Mrs Poole. "I så fall skulle jag lägga flera böcker till på hans hög och kräva omedelbar betalning. Lika säkert som amen i kyrkan kommer den där katten att leverera fler ungar så småningom."

Louise sa: "Jag är förvånad att du inte har hittat en behandling för det där, Bernadette."

Den yngsta Baxter-systern skakade på huvudet och sa: "Har du försökt få i en katt örter? Det är som när Herkules brottas med Nemeiska lejonet!"

Rummet fylldes av ett välbehövligt skratt.

Dagen grydde klart genom det öppna fönstret intill Estelles säng. Sorlet utifrån var hennes väckarklocka. Estelle steg upp tidigt och klädde sig för arbete. Vid foten av trappan kontrollerade hon säcken av jute och insåg att den inte hade blivit sönderriven, eftersom Crafty fortfarande var borta. Ifall katten hade kommit tillbaka, kontrollerade hon om det fanns urtuggade möss bakom disken.

Inga kroppar, vilket var bra för det var en röra mindre att städa upp. Tyvärr var det ännu ett bevis på att Crafty hade tillbringat hela natten på fri fot och inte kommit hem genom Estelles sovrumsfönster.

Hon drog upp ytterdörren och svepte blicken längs gatan. Hästar blev rastade av stalldrängar, och en diligens rullade in, lastad med människor och paket. Ingen katt som retades med dem. Blandade välsignelser, suckade Estelle för sig själv.

"Där är du," sa Louise bakifrån. "Några spår av katten?"

"Tyvärr," sa Estelle med ännu en suck.

"Hoppas hon kommer tillbaka snart. Jag hörde möss i taket i natt."

De båda rös i takt.

Det var som om mössen hade sitt eget skvallernätverk och spred ordet så fort Crafty tog en av sina obehöriga permissioner.

"Jag går till garvaren efter nytt läder till böckerna som Lord Ferndale behöver reparerade," sa Louise, "jag antar att jag inte kommer att kunna betala dem samtidigt?"

"Det kan finnas tillräckligt," sa Estelle, ledde sin syster tillbaka in i butiken och stängde dörren bakom dem. Hon letade i de små plåtburkarna bakom disken och räknade olika mynt. "Hur mycket tror du att det blir?" Det började redan se skralt ut. Hon hade kommit hem med Lord Ferndales betalning för hans raritet, men hon hade inte tagit något förskott för böckerna han ville ha bundna. Nåväl, det hade hon inte behövt, han betalade pålitligt vid leverans.

Men på sistone kändes det som att pengar hade vingar och flög ut genom dörren snabbare än de kom in. Hon suckade och började stapla mynt för att få ihop summan Louise nämnt.

"Garvaren är generös med krediten, jag kan fråga om vi kan betala honom när Mr Yates väl betalar för de där böckerna," föreslog Louise.

Ytterligare en anledning att be Felix köpa fler böcker. Att vara påstridig i försäljningen hade aldrig fallit sig naturligt för henne. Hennes far hade aldrig haft sådana skrupler. Varför skulle han? Han var en man som drev ett företag. Systrarna hade visserligen alltid varit i butiken, men det var deras far som mestadels hade skött pengarna.

"Nej, du behöver mer läder. Inget läder, inga bundna böcker, inga pengar in. Här har du."

"Estelle?" Louise såg fundersam ut när hon plockade upp mynten och stoppade dem i fickan.

"Ja?"

"Varför driver du en butik när du avskyr att be folk om pengar?"

"Gör jag verkligen det?" kontrade hon.

"Ja. Det gör du. Bernadette har förresten inga problem alls. Hon ber om pengar eller betalning in natura i förskott när det gäller örterna."

"Gör hon?" Herregud, så djärvt!

"Och de betalar henne, de som kan. Inte mycket, visserligen, men de betalar. Kanske be henne om pengar till några andra förfallna räkningar. Hon kan ha lagt undan lite."

Louise gick uppför trappan och Estelle stod kvar i butiken och gav sig själv en sträng uppsträckning. Hon måste vara mer rättfram när hon bad om pengar, hur obekvämt det än gjorde henne. Resten av familjen var beroende av henne! Och Bernadette fick sällan betalt i mynt, oavsett vad Louise sa. Estelle var väl medveten om att minst hälften av maten på deras bord hade kommit till Bernadette från folk som inte hade kontanter att avvara, men som kunde ge några potatisar eller en fisk de fångat i floden.

Nå, Estelle skulle börja med Mr Yates. Ja, han skulle bli hennes första triumf. Hon hämtade böckerna hon hade ställt tillbaka i går kväll och valde ett par till i samma anda. Sedan summerade hon totalen, skrev en liten lapp och band ihop dem med snöre, redo att räckas över när han kom tillbaka.

"Post till er, Miss Baxter." Mr Thomas, försteman bland drängarna på Red Lion, stack in huvudet genom dörren.

"Paket?"

"Nej, bara några brev." Mr Thomas lade dem på disken och såg sig omkring. "Är Mrs Poole hemma i morse?" frågade han med alltför nonchalant röst.

Estelle dolde ett leende bakom breven när hon tog upp dem. Mr Thomas obesvarade beundran för Mrs Poole var något av ett stående skämt hos Baxtersystrarna. Hushållerskan tog deras milda retande med gott humör, även om Estelle ibland undrade om Mrs Poole, om hon haft friheten att göra som hon ville, skulle ha uppmuntrat stalldrängens uppvaktning. Mr Thomas tjänade mer pengar än man kunde tro; dricksen från välbärgade resenärer fyllde hans fickor så pass att han ägde en liten stuga några gator bort.

"Jag är ledsen, Mr Thomas, hon gick ut tidigt. Kanske ser ni henne gå tillbaka lite senare."

"Kanske det," sa Mr Thomas och sjönk ihop lite. "Nå. Ha en god dag nu, Miss Baxter. Om

någon rik herre eller dam kommer förbi ska jag se till att säga åt dem att komma och köpa böcker!"

"Jag uppskattar det, Mr Thomas." En tanke slog Estelle. "Ni kan säga åt Mr Yates att komma in och betala för dem han valde!"

"Mr Yates?"

"Den långe ljushårige gentlemannen som hjälpte till att bära in böckerna när den där lådan gick sönder härom morgonen."

"Å, han. Har inte sett honom."

"Han bodde inte på Red Lion i natt?"

"Nej, Miss Baxter." Thomas skakade på huvudet, innan han rörde vid skärmmössan och gav sig av.

"Nå. Mr Yates måste ha ridit tillbaka till Ferndale Hall i mörkret." Estelle skakade på huvudet. "Dumhåla." Hon hade inte sett mycket av någon måne i går kväll. Det vore en sak att färdas den vägen efter mörkrets inbrott i en vagn med många lampor, men något helt annat för en ensam man på häst! "Jag hoppas att han inte bröt sin dåraktiga nacke," mumlade hon, fann sin brevkniv och började öppna breven. Alla tre var från stamkunder som bad henne hålla utkik efter vissa böcker åt dem; Estelle gjorde en min när hon läste listorna. Mycket sällsynta och dyra böcker, vilket skulle vara bra för deras affärer. Tyvärr hade de inga av dem i lager.

De förde en förteckning över böcker att hålla ögonen på, och vilka kunder som sökte dem. Estelle doppade en gåspenna, överförde omsorgsfullt detaljerna från breven och sandade bläcket för att torka innan hon lade ner pennan.

Butiksklockan pinglade och hon tittade upp, log när hon såg ett bekant ansikte. Unga Ruth Millings, kyrkoherdens dotter, en rar flicka som älskade att läsa och ofta tittade in i bokhandeln. Hennes far var mycket sträng och gav henne inga fickpengar alls, så Baxters hade sedan länge låtit Ruth läsa vad hon ville i butiken i utbyte mot att hon hjälpte till med små sysslor.

"God morgon, Miss Baxter," sa Ruth med glad men låg röst och tog av sig hättan. "Vad kan jag göra?"

"Lite dammtorkning kanske, och golvet behöver sopas," sa Estelle, som tänkte att det inte skulle ta så lång tid och att Ruth sedan skulle kunna hitta en lugn vrå och sätta sig med vilken bok hon än ville läsa.

"Jag gick förbi boktryckarens på vägen hit och Mr Black bad mig ge er det här." Ruth räckte över en papperslapp, vikt och förseglad med en droppe vax över viket.

Estelle knep till inombords när hon tog emot lappen, men hon behöll ett oberört uttryck när hon nickade åt Ruth. "Tack så mycket."

Ruth tog en dammtrasa under disken och försvann bort bland hyllorna, nynnande mjukt för sig själv. Estelle väntade tills hon var utom synhåll innan hon bröt sigillet på lappen från tryckaren.

"Usch," mumlade hon när hon stirrade ner på den vänligt formulerade notisen och den beklämmande stora summa som stod längst ner på papperet; det totala belopp som Baxters var skyldiga tryckaren.

En stor del av Baxters dagliga inkomster kom från försäljning av tidskrifter och pamfletter tryckta lokalt. Tryckaren måste få betalt, annars skulle bokhandeln helt enkelt inte ha varor att sälja. Varor som folk ville ha.

"Du ser bekymrad ut." En röst fick henne att hoppa till, och Estelle tappade lappen. Marie stod framför disken, med höjda ögonbryn. "Förlåt, jag menade inte att skrämma dig."

"Helt i sin ordning." Estelle plockade upp lappen och räckte den till sin syster.

Marie sköt upp glasögonen på näsryggen och läste, med läpparna hopknipna. "Oj. Tjugotvå pund. Det är mycket pengar."

"Och jag gav just det mesta av vad vi hade till Louise för att betala garvaren," sa Estelle dystert. "Även om hon får alla de där böckerna som Lord Ferndale vill ha inbundna klara och vi levererar dem på direkten, så täcker betalningen ändå inte hela räkningen."

Marie hummade eftertänksamt, gick runt disken och drog fram huvudboken ur högen. "Hur mycket gav du Louise?"

"Fyra pund och åtta shillings," sa Estelle och såg på när Marie tog pennan och skrev in beloppet.

"Om far bara inte hade lånat riktigt så mycket pengar att ta med till Frankrike," mumlade Marie, och Estelle nickade instämmande. Matthew Baxter hade förstås goda skäl att göra så; de förstod mycket väl att den rådande oron i Frankrike innebar att kontanter i handen var den enda betalning många accepterade. Att köpa sällsynta böcker, för att inte tala om resekostnader, var inte billigt. Men lånet hade lämnat hans döttrar i en prekär sits, där de behövde skapa en ständig inkomst för att inte bara betala bokhandelns löpande räkningar utan också hålla jämna steg med banklånen.

"Jag tror att vi kan skrapa ihop ungefär hälften nu," sa Marie till slut, och lyfte blicken från huvudboken. "Om de skulle acceptera en delbetalning, med löfte om att betala fullt när Lord Ferndale betalar sin beställning."

"Det är jag säker på att de gör," sa Estelle lättad. "De är alltid mycket tillmötesgående, och vi ger dem så mycket affärer."

"Utan oss är jag inte säker på att de ens skulle ha en verksamhet," sa Marie torrt. "Jag samlar ihop pengarna och ber Bernadette gå dit med dem. Tryckarens son är rätt så förtjust i henne."

"Han är femton!" sa Estelle roat.

"Det hindrar inte hans ögon från att trilla ut på skaft varje gång Bernadette ler åt hans håll." Marie slog igen huvudboken med en snärt. Klockan pinglade och två damer kom in, och gick direkt fram till disken för att fråga om de senaste modetidskrifterna hade kommit från London. Estelle försökte att inte flyga upp ur stolen för att hjälpa dem.

"Självklart, Mrs Pharell, Miss Johnson! Varsågoda häråt."

Dagen fortlöpte som dagar brukade i bokhandeln, med en stadig ström av kunder som spenderade små belopp. Bernadette gick ut för att lämna inbetalningen till tryckaren och kom tillbaka med de goda nyheterna att tryckaren gärna väntade till månadens slut på resten.

"Det är den tjugonde andra," sa Estelle och räknade snabbt på fingrarna. "Och det är bara trettio dagar i juni, så det blir... åtta dagar."

"Vid det laget har Mr Yates betalat för den där fina högen böcker och Louise har hunnit klart med sin beställning åt Lord Ferndale," sa Bernadette glatt. "Så då har vi pengarna!"

"För den där räkningen," muttrade Estelle dystert när Bernadette gav sig av igen. Hon pressade fram ett tunt leende när dörren öppnades och en elegant dam och herre klev in. De tog sig en kort paus medan hästarna byttes, gissade Estelle och värderade deras kläders kvalitet med en enda övergripande blick. Hon log ännu välkomnare.

"God eftermiddag, sir, madam! Välkomna till Baxter's Fine Books. Är det något jag kan hjälpa er med i dag?"

Det visade sig att paret inledde en lång resa till Skottland för att hälsa på familj, och båda hade lämnat London utan tillräckligt läsbart. Estelle hjälpte glatt damen till ett urval Minerva-romaner, och herrn till ett dyrt inbundet exemplar av Warners *History of the Rebellion and Civil Wars in Ireland*, även om hon, utifrån hur mycket herrn lade sig i hustruns val av romaner, snarare trodde att historieverket skulle förbli orört under resan. Paret betalade lite drygt fyra pund för sitt bokfång utan att pruta eller be om rabatt, och Estelle slog in paketet åt dem med ett lyckligt leende och många lyckönskningar för resan.

"Nå, det gör dagen betydligt bättre," mumlade hon och räknade om mynten och sedlarna innan hon noterade försäljningen i huvudboken. Hon kastade en irriterad blick på den stora högen böcker som fortfarande låg på disken och väntade på att Mr Yates skulle återvända.

"Han kommer nog inte tillbaka alls," sa Estelle högt.

"Vem då, Miss Baxter!"

Estelle for nästan ur skinnet; hon hade glömt att Ruth var i butiken. "Herregud, du skrämde mig! Jag insåg inte att du fortfarande var här." Med handen över sitt våldsamt bultande hjärta studerade Estelle den yngre flickan. Ruth Millings var bara fjorton, men hon var det sötaste lilla väsen Estelle någonsin sett, med vetegula lockar, vida blå ögon och ett hjärtformat ansikte.

"Jag ber så mycket om ursäkt, Miss Baxter. Jag läste." En

lätt rodnad steg på Ruths vackra ansikte. "Jag hörde just klockan slå fyra, dock, jag bör nog gå hem."

"Onekligen. Tack för hjälpen," sa Estelle, även om hon inte trodde att Ruth hade gjort så mycket. Antagligen hade hon gömt sig i en tyst vrå med en av romanerna från utlåningshyllan. Stackars flicka. Ruths far var så sträng att han inte ens lät henne ha en prenumeration på deras lilla cirkulerande bibliotek, och tillät bara något enstaka inköp av en bok han ansåg "tillräckligt fostrande" för dotterns sinne. Det var oftast dödligt tråkiga predikningar eller avhandlingar om varför kvinnor var födda till att vara undergivna män.

Estelle låste bokhandelns dörr efter att Ruth gått, släckte lampan och gick uppför trappan för att ansluta till sina systrar. Middagen i kväll var grönsakssoppa; av doften att döma mest potatis och morötter från den egna trädgården med en lök eller två och en nypa örter för att åtminstone göra den lite mindre fadd. Estelle kände på pengarna i fickan, de som det välbärgade paret hade betalat för sina böcker, och tänkte att de åtminstone kunde betala slaktaren och få hem lite kött till morgondagens middag.

Hon öppnade munnen för att berätta för de andra om försäljningen, men Mrs Poole hann före. "Åtminstone får vi bättre middag i morgon kväll, mina kära."

Estelle blinkade förvirrat när hennes systrar alla nickade visligt instämmande.

"Förlåt?" sa hon.

"Assemblyn!" Bernadette stannade med skeden halvvägs till munnen och stirrade på Estelle. "Midsommar-Assemblyn? Den är i morgon kväll?"

"Midsommardagen var i går," noterade Marie pedantiskt, "men de bestämde sig för att hålla Assemblyn på fredagskvällen."

Midsommar-Assemblyn var en tradition i Hatfield. Estelle hade missat de senaste två åren, då hon varit borta med sin far på bokinköpsresor, och hon hade inte tänkt så mycket om de tidigare hon gått på. De var glada tillställningar, och det förekom dans, men hennes chanser att knyta bekantskaper hade alltid varit små. Hatfield hade helt enkelt inte så många människor. När hon såg den förväntansfulla glädjen i sina systrars ansikten hatade hon att dämpa deras entusiasm, men... "Vi har inte lämpliga klänningar," sa hon.

"Det har vi visst!" Bernadette skrattade rentav. "Miss Yates skickade över några av sina för veckor och åter veckor sedan. Du har haft för mycket att göra, men vi sydde om en åt dig."

Den luriga gamla tanten! Estelle hade trott att Miss Yates var överdrivet generös och hade inte nämnt kläderna igen vid frukosten, i hopp om att de skulle bli bortglömda. Hela tiden hade hon redan skickat dem!

Det skulle inte vara svårt att göra en klänning åt henne, eftersom hon och Marie var nästan identiska i längd och form. Det var så snällt av systrarna att göra en extra klänning.

Hon kom på en annan invändning. "Det kostar. Två shillings per person, eller hur? Vi har verkligen inte råd!"

"Min kära, det är inget val." Till hennes förvåning avbröt Mrs Poole samtalet. "Intäkterna går till förmån för Hatfield Poor Society, och jag sitter i kommittén. Jag måste gå, och det skulle se mycket märkligt ut om jag inte tog er flickor med mig. Jag betalar, om ni har det så knapert..."

"Absolut inte." Estelle kunde omöjligt låta Mrs Poole betala för dem. De betalade henne, inte tvärtom. Åh, om bara hennes far inte hade lånat riktigt så mycket pengar!

Och om han bara kunde skicka hem boklådor mer regelbundet!

Motvilligt stack hon ner handen i fickan, tog upp den och lade den lilla högen mynt och sedlar på bordet. "Ett par kom in i bokhandeln i dag och köpte flera böcker. Jag antar att vi skulle kunna använda lite av pengarna för att gå..."

"Kommer din Mr Yates att vara där?" frågade Bernadette.

Värmen steg upp i Estelles ansikte. Mr Yates var inte alls "hennes", men om hon påpekade det skulle det bara utlösa en ny omgång ret. Hon lyckades få ur sig: "Jag är inte säker," och hoppades att saken snabbt skulle dö.

Mrs Poole tog till orda: "Miss Yates kommer förstås att vara där. Det var hon som startade kommittén. Och Lord Ferndale är beskyddare, så han kommer att vara där. Jag är övertygad om att unge Mr Yates kommer att infinna sig."

Bernadettes ögon glänste när hon vände sig till Estelle. "Du måste dansa med honom minst två gånger. Det blir ett muntert skvaller!"

Kaxig kände sig Estelle när hon sa: "Jag antar att om jag dansade med honom fyra gånger skulle staden aldrig höra slutet på det!"

KAPITEL 8

Felix ger inte upp

Efter en eländig natt i en obekvämt hård och knölig säng, med drag som blåste på honom hela natten, flydde Felix från The Swan strax efter gryningen. Han tog sig tillbaka till Red Lion och lyckades åtminstone få en dräglig frukost, även om matsalen beklagligt nog var fullproppad med andra gäster. När han hade ätit upp sina ägg, korv och bröd betalade han notan och funderade på vad han skulle göra härnäst. Han anade att det skulle bli ännu en fruktlös dag med sökandet efter den där förbaskade katten. Men först borde han faktiskt hämta rena kläder – han hade bara tagit med ett ombyte linne i sadelväskorna, och ett bad skulle han gärna vilja ha också. Sängen på The Swan hade inte precis varit ren.

När beslutet var fattat sköt han tillbaka stolen och reste sig. Han skulle rida tillbaka till Ferndale Hall, bada och byta om, packa fler kläder och vara tillbaka i Hatfield inom några timmar för att fortsätta leta efter Estelles katt.

Hans planer föll genast i bitar när hans farfar fann honom påklädningsbar efter avslutade morgonbestyr.

"Där är du, Felix! Jag saknade dig vid middagen i går kväll. Har du roat dig i Hatfield?"

Tvärtom. Hatfield verkade roa sig på hans bekostnad. "Farfar, det är underbart att se dig, men jag kan inte stanna. Jag är på ett uppdrag!"

"Utmärkt!" Den gamle slog händerna ihop av förtjusning. "Har hon accepterat dig?"

"Ah, inte än. Du går händelserna i förväg. Först måste jag få tag på en katt."

Tystnad hängde mellan dem en stund, tills farfadern sa: "Vet inte om jag känner till det uttrycket. Är det en ny variant på att 'dräpa en drake' för att vinna en fager jungfrus hjärta?"

Felix skrattade torrt. "Det kan det mycket väl vara. Deras katt, Crafty, sprang av misstag ut på High Street och smet. Miss Baxter har anförtrott mig att hitta henne och föra henne tryggt hem."

Den gamle log snett. "Anförtrott, befallt, sak samma."

Felix axlar sjönk. "Befallt är kanske en mer träffande beskrivning. Dock har jag utelämnat relevant information. Det var jag som lät katten komma ut, så jag måste föra henne hem."

Hans farfar skrattade honom rakt i ansiktet, och Felix förtjänade hans förakt.

"Det låter rättvist. Och jag tar för givet att du accepterade denna uppgift efter att du köpt flera böcker i butiken, upptäckt hur mycket ni har gemensamt, gått ner på knä och friat till henne?"

Felix pressade samman läpparna av frustration.

Farfadern retade honom ännu mer. "Du gav upp? Det är inte Ferndales sätt!"

"Jag gav inte upp. Rom byggdes inte på en dag, och så vidare. Jag har inte gett upp. Jag bara ..." han visste inte vad han hade gjort. Han kliade sig i nacken, grubblande. Han hade fortfarande inte köpt böckerna, vilket var en beklaglig försummelse.

Tja, han hade inte trott att det skulle ta så lång tid att hitta den där fördömda katten!

Farfar sa: "Du gav inte upp därför att du knappt har börjat, är det det jag hör?"

Den gamle kunde vara så irriterande träffsäker ibland.

"Allt ordnar sig när jag hittar var Crafty håller hus. Sedan ska jag vinna den fagra jungfruns hjärta." Han bugade överdrivet för sin farfar.

I stället för att se ett leende på den gamles ansikte såg han en rynka. "Nå? Stå inte bara där och håll högtidstal! Packa dina saker och skrid till verket!"

"Det var planen, farfar. Om du ursäktar."

"Är det Felix?" ropade en kvinnlig röst utanför dörren. "Skicka honom inte i väg igen utan en ordentlig måltid i magen, bror! Och jag vill höra allt om hur din uppvaktning av Miss Baxter framskrider!"

"Det skulle framskrida betydligt bättre om jag inte blev pressad i varje vända", muttrade Felix för sig själv, men högt ropade han tillbaka: "Ja, moster Florence, jag stannar självfallet till middagen!"

Det skulle fortfarande vara ljust nog efter middagen för honom att rida tillbaka till Hatfield i kväll, tänkte han. Fast...

kanske borde han ha reserverat ett rum på Red Lion innan han for, slog det honom plötsligt. Han rös vid tanken på ännu en natt på The Swan.

"Jag stannar över natten", beslöt han. "Åker tillbaka i morgon bitti. Tar ett rum på Red Lion i några dagar, tills jag hittar katten."

"Crafty kan ha tagit sig hem själv vid det laget", påpekade farfadern.

Ett ögonblick blev Felix uppmuntrad av tanken, men sedan sjönk axlarna igen. Ja, Estelle skulle få tillbaka sin katt, men om inte Felix var den som levererade den svårfångade kissen, skulle det inte få henne att se mildare på honom. Han skulle få hitta något annat sätt att vinna hennes gunst. Nåväl, han skulle köpa en hel koffert full med böcker, det skulle säkert hjälpa?

Följande morgon åt Felix en präktig frukost och hade packat för att ge sig tillbaka till Hatfield. Farfar följde med ut till stallet. "Nu när du är hemma vore det bra om du bekantade dig med baroniets göromål.

Det var som om någon hade hällt en hink kallt vatten över Felix. "Du är inte sjuk, eller hur?" frågade han med plötslig skräck.

"Vad?" Farfadern skrattade häpet. "Inte det minsta. Men du behöver lära dig vad som ingår. Lika bra att börja."

"Vad är det du inte berättar?" Farfadern hade alltid varit gammal, förstås, men såg han trött ut? Felix såg inga tecken på skröplighet. Men kanske hade han inte varit uppmärksam?

"Jag mår bra. Men jag behöver lite hjälp. Stadsfullmäktiges möten kan vara en pärs, och jag känner mig trängd. Jag tycker att du ska följa med mig på nästa, och börja ta på dig några av de plikter som en dag blir dina."

Det började klarna för Felix; det måste vara därför snack om äktenskap hade dykt upp så plötsligt. Farfar måste dölja dålig hälsa. "Det vore mig en ära att bistå på det sätt ni finner lämpligt", sa han, plötsligt tyngd av ansvar.

Felix satt upp och stalldrängen fäste sadelväskan. Farfaderns begäran spelade upp sig i hans huvud medan Hatfield återkom i blickfånget. Han skulle inte göra familjen besviken.

Det betydde att han inte heller skulle göra Miss Estelle Baxter besviken.

Från sin höga position till häst hade han bättre utsikt och höll skarpt utkik efter svarta katter med kortare svans och hjärtformad vit fläck på bröstet.

Sadeln gjorde honom klådig denna morgon, och han vred på sig obekvämt och undrade om stalldrängen som rengjorde den i går hade använt någon ny sorts läderolja eller så. Han var van vid att tillbringa timmar, ja dagar i sadeln efter så mycket resande, men i dag kunde han inte vänta på att få komma ner. Vilken märklig känsla. Kanske höll han faktiskt på att falla för Miss Baxter? Kanske berodde denna oro på spirande romantiska känslor. Fascinerande!

Han var glad att få sitta av vid stallen bakom Red Lion och lämna hästen åt drängarna. Han försökte lyckan igen och höra sig för om ett rum för natten och blev förtjust när de hade ett!

"Jag tar det i en vecka", meddelade han och betalade i förskott.

Det var ett rum högst upp, så han fick gå flera trappor, men bara tanken på att slippa återvända till The Swan inom överskådlig tid fyllde honom med lätta steg. Detta måste vara Ett Gott Tecken på att allt utvecklade sig till hans fördel, särskilt om han behövde stanna i stan för att fortsätta leta efter Crafty.

Närheten till Baxter's Fine Books spelade också in. Takfönstret vette över hustaken mot Miss Baxter och hennes systrar.

Han gav portern ett mynt för besväret när mannen bar upp väskan, och tvättade sedan händer och ansikte efter ritten. En sval bris strömmade in från de två öppna fönstren och förde med sig hotellets dofter. Humle, rostade grönsaker och bakverk. Det var också något jordigt fräscht och ... ja, från gatan kom även doften av färska hästhögar. Han stängde fönstren och vände sig mot sängen, i tanken på att kanske vila en stund innan han återupptog sitt sökande.

Spelade hans ögon honom ett spratt? Där på det mörkbruna överkastet låg en rund svart klump. Den svarta klumpen öppnade sina gröna ögon och jamade. Sedan sträckte hon på kroppen och gav ifrån sig ett litet ansträngt pip.

Felix sträckte sig efter henne. "Crafty?"

Katten gav ifrån sig ett jam, som om hon kände igen sitt namn.

Han kliade henne under öronen och hon lutade sig mot hans hand, spinnande på köpet. Det lät onekligen som katten från butiken. Han strök henne över hjässan och kontrollerade sedan framsidan av bröstet.

Hjärtat hoppade upp i halsgropen. Där fanns en obestridlig vit fläck. Var den formad som ett hjärta? Svårt att avgöra när katten fortfarande låg ner.

Han klappade henne igen längs kroppen. Hon vippade på svansen. Var den kortare än vanligt? Det undgick honom fortfarande. Hur kort var en kortare svans?

Med hjärtat allt snabbare lyfte Felix upp henne och granskade henne i ljuset från fönstret. Det var sannerligen en hjärtformad fläck på bröstet.

"Crafty!" ropade han. Han kramade katten tätt intill sig och tittade ut genom fönstret, över hustaken mot systrarna Baxters hem.

Han kunde inte vänta på att få se uttrycket i Estelles ansikte när han återvände som segrare.

Crafty verkade inte särskilt förtjust i att bli kramad, inte heller i att bli buren nedför trapporna och ut ur värdshuset under hans arm. Han mindes tjänsteflickan som sagt att värden var allergisk mot katter, så han såg till att hålla katten väl utom Mr Haye's synhåll.

"Ni är betydligt mindre foglig än er son," sa Felix till katten och lossade en synnerligen vass klo från ovansidan av sin hand. "Nåväl, er husmor blir glad att se er, och jag är hennes mest hängivne tjänare, även om jag tydligen ska spilla blod för privilegiet att tjäna henne." Han lyckades få upp bokhandelsdörren och kliva in med Crafty fortfarande säkrad under armen, även om hon vred sig och försökte klättra uppför hans slag, ylande högljutt.

"Crafty!" ropade Estelle förtjust och kom fram bakom disken.

Felix stängde dörren och tryckte sig bestämt mot den innan han släppte katten, som lämnade ännu en rispa på hans hand innan hon hoppade ner och for i väg mellan bokhyllorna.

"Snälla säg att det där verkligen var er katt", bad han Estelle, "och att jag inte kidnappar ännu ett stackars djur?"

"Det var definitivt Crafty." Estelle log faktiskt mot honom! Herre min skapare, hon var så vacker när hon log att Felix ville falla i svimmning vid hennes fötter. Han kunde mycket väl svimma av svedan i handen där katten rivit blodig ränna.

"Bra gjort, Mr Yates; var fann ni henne?"

Hennes röst var musik för hans själ. "Hon sov i min säng."

Estelle blinkade och lade huvudet på sned, uppenbart förbryllad.

"Jag har tagit in på Red Lion", förklarade Felix. "Det var väl bara en lycklig slump, kan jag tro, att Crafty hade valt just den sängen att ligga på."

"Crafty får inte vara på Red Lion; katter får Mr Haye att nysa. Ni hade sannerligen tur att ingen hann schasa ut henne innan ni fann henne, Mr Yates. Tyvärr, eftersom hon var ute i två nätter och jag betvivlar starkt att hon låg i det där rummet hela tiden, har hon utan tvivel varit, ah, på besök hos sina friare."

"Åh." Felix insåg vad Estelle antydde. "Kattungar?"

"Om cirka nio veckor. Ja. Kattungar."

"Nåväl." Felix rätade på sig och satte upp vad han hoppades var hans mest allvarliga och pålitliga min. "Jag är en hederlig man, Miss Baxter; jag ska göra det rätta för er katt, eftersom jag känner mig ansvarig för situationen. Jag ska bemöda mig om att hitta goda hem åt hennes ungar."

"Jag uppskattar er tapperhet," sa hon, fortfarande strålande.

Hennes leende fyllde honom med en varm inre glöd. Men svedan brände starkt på handen där Crafty plöjt en röd linje genom huden.

Miss Baxter tittade på skadan och sa: "Det verkar som att ni har betalat ett högt pris. Låt mig titta på det där."

Orden "Det är bara en skråma" var på hans läppar, men han knep ihop dem i samma ögonblick som hon tog hans hand i sina.

Beröringen av hennes händer mot hans ömma hud fick hans hjärta att sväva. Hennes milda smekningar lugnade hans själ. Han beslöt att inte säga någonting alls, av rädsla för att bryta förtrollningen.

Miss Baxter klickade ogillande med tungan och skakade långsamt på huvudet. "Jag hämtar lite salva så att det inte blir värre. Wollstonecraft har rivit djupt."

"Äh, Wollstonecraft?"

"Ja." Miss Baxter såg honom rakt i ögonen – fortfarande hållande hans händer – och blinkade med långa fransar. "Det är hennes fullständiga namn, men vi kallar henne bara så när hon har varit stygg. Och hon har varit otroligt stygg som gjort så här mot er." Sedan såg Miss Baxter sig omkring i butiken och fick syn på varelsen uppe på en hylla. "Rakt i säng med dig, Wollstonecraft, utan kvällsmat. Hör du mig?"

Med hjärtat bultande mot bröstet kunde Felix bara stå där och hoppas att inga kunder skulle komma in och avbryta dem.

Hans lycka höll i sig när Miss Baxter ropade på Marie att vakta butiken så att de kunde gå upp i köket en trappa upp och ta hand om hans blessyrer. Han följde henne uppför den smala trappan bakom butiken och in i ett förvånansvärt stort kök, väl upplyst av solsken som strömmade in genom ett högt fönster. Efter den dunkelt lampbelysta butiken var han tvungen att blinka några gånger för att vänja ögonen vid ljuset.

"Sitt, sitt." Estelle manade honom att slå sig ner vid bordet, och Felix satte sig och lät henne tvätta handen med en ren trasa och lite vatten, och sedan smeta på en ögonvattnande illaluktande gul salva på rivmärkena.

Hennes händer smekte honom hela tiden, och han slutade nästan att andas.

"Här." Hon hällde upp lite av salvan i en liten flaska och satte i en kork, och räckte den till honom. "Gnid in lite av det här två gånger om dagen tills rivsåren är helt läkta. Kom tillbaka till mig om ni börjar känna er det minsta febrig."

Felix lät blicken gå till skänken längs kökets östra vägg när hon ställde tillbaka krukan på en hylla. Där stod rader på rader av burkar och flaskor, knippen av torkade örter hängde, och inget av det såg ut att höra hemma i ett kök.

"Ni är intresserad av örter?" frågade han nyfiket när Estelle ställde på tekitteln.

Estelle stannade till ett ögonblick, kastade en blick på honom. "Till en del," sa hon lite undanglidande. "Min mor lärde mig. Det är Bernadettes passion egentligen, men vi kan alla grunderna."

"Utan tvekan en mycket nyttig färdighet," sa han uppriktigt, fascinerad av ännu en sida hos henne. Miss Baxter var en kvinna med många talanger.

"Te?" erbjöd Estelle.

"Jag skulle älska en kopp te. Med honung, om ni har."

"Har ni sötsug, Mr Yates? Jag lade märke till att ni verkligen gjorde rättvisa åt desserterna på Ferndale Hall."

Han medgav att han hade det. Det var underbart att få sitta och bara se på henne där hon rörde sig i köket, med händerna skickliga när hon tog ner två koppar och en tekanna, skopade upp teblad och ställde en burk honung på bordet. Hon öppnade också en kakburk och sköt den mot honom, med en ursäkt att hon inte hade någon kaka att bjuda på.

"Men de här doftar ljuvligt. Kummin?" Felix småbet i kakan och fann den utsökt, kryddig, smörig och spröd. "Har ni bakat dem?"

"Inte jag. Mrs Poole, som är vår hushållerska-sällskapsdam – hon bor med oss för att ge oss anständigt sällskap medan pappa är borta." Estelle såg hastigt besvärad ut. "Jag borde nog egentligen inte vara ensam med er..."

"Vi kanske blir tvungna att gifta oss?" Han log för att lätta upp stunden. "Det skulle jag sannerligen inte ha något emot."

"Har någon någonsin sagt er att ni är en odåga, Mr Yates?" Orden kunde ha varit fördömande, men hon yttrade dem så ljuvt att hans hjärta svällde. Hon log dessutom medan hon med en krok svängde av tekitteln från den heta spisen och hällde rykande vatten i kannan.

"Åh, ofta," sa han muntert. "Men min charm vinner som regel över de flesta till slut."

Hon skrattade faktiskt innan hon slog sig ner vid bordet

och själv tog en kaka. De delade en kopp te och lite ovidkommande småprat innan Estelle sa att hon egentligen borde gå ner till butiken igen.

Han memorerade scenen, där han såg henne smutta på teet och småäta på sin kaka. Han drack sitt te avsiktligt långsamt, för att förlänga deras stund tillsammans.

Till slut tog dock teet slut och hon erbjöd inte en andra kopp.

Dessutom försökte han mycket hårt att sitta still, men sätet kliade och han hade inte den blekaste aning om ifall det berodde på stolen eller på honom själv. För rädd för att titta, gjorde han sitt bästa för att ignorera det.

"Tack, Miss Baxter, för både förplägnaden och läkegörningen." Felix reste sig artigt och bugade för henne. "Och nu när jag fullgjort mitt uppdrag och återlämnat er katt kan jag fullfölja mitt bokköp. Jag behöver också hitta en present till farfars födelsedag nästa månad; kanske kan ni ge några förslag?"

Estelle såg mycket belåten ut över dessa ord och sa att hon förstås kunde hjälpa honom. "Jag lade undan några fler böcker som jag trodde kunde intressera er", sa hon när de gick nerför trappan tillbaka till butiken. "Ni är naturligtvis inte tvungen att ta dem..."

"Man kan aldrig ha för många böcker, Miss Baxter. Om jag inte redan äger dem kommer de utan tvekan att intressera mig."

Estelle visade honom den ganska stora högen böcker på disken. Felix såg bara en som han redan ägde, som han beklagligt lyfte bort från stacken. "Det där är ett intressant val", mumlade han och tog upp Shaws *Travels Into Barbary*. "Har ni några andra böcker om Barbaren, eller kanske Egypten?"

"Ett mycket fint exemplar av Nordens *Egypt and Nubia*, två volymer i en. På elefantpapper!" Estelle tog fram en nyckelknippa från bältet och låste upp ett bokskåp vid sidan av disken. "En av de bästa böcker vi har. Den kan passa som gåva till er farfar, om er börs räcker till."

"Vågar jag ens fråga vad den kostar?" Det var en stor, häpnadsväckande vacker bok, bunden i handverkad kalv i ryskt läder.

"Tretton pund."

Felix gav ifrån sig en låg vissling, men lade upp boken på disken och öppnade den varsamt, bläddrade i några av de tjocka sidorna och beundrade de vackert tryckta planscherna. "Värt det, vill jag mena. Det här är en raritet, Miss Baxter, och i magnifikt skick. Jag är lite förvånad över att min farfar inte redan har köpt den."

"Han vet inte om den än." Estelle log svagt. "Den kom i lådan med böcker som min far skickade från Frankrike – böckerna ni hjälpte till att bära in för några dagar sedan. Boken jag levererade till Lord Ferndale var en han hade letat efter mycket länge. Vi hade inte katalogiserat den här då. Jag hade tänkt visa den för honom nästa gång han kom in i butiken."

"Nå, den kommer inte att stå kvar här." Felix stängde boken. "Slå in den väl åt mig, är ni snäll. Den blir en strålande överraskning till hans födelsedag." Och han gjorde Estelle glad också genom att lägga stora pengar på böcker, tänkte han när hon tog upp boken med ett brett leende. En vinst för alla.

Faktiskt ville han, nu när han ändå var där, lägga till ännu mer på notan, om det gav fler vackra leenden från Miss Baxter.

Han gick tillbaka till hyllan med reseskildringar för att bläddra vidare och önskade Miss Bernadette en god morgon när hon kom in i butiken i sällskap med en annan kvinna. Miss Bernadette nickade som svar, men gjorde inget försök att presentera sin följeslagerska, utan skyndade snarast den andra kvinnan förbi honom mot butikens bakre del.

"Vänta här. Jag har det till er strax", hörde han Bernadette säga, innan ljudet av fötter smattrade uppför trappan.

Kvinnan stod vid trappfoten med sänkt huvud och vred sina händer oroligt. Hon såg ut som en bondhustru, inte direkt den sortens person man väntade sig i en bokhandel, och hon tittade faktiskt inte alls på böckerna, kunde Felix inte låta bli att lägga märke till.

Bernadette kom nerför trappan igen och tryckte ett paket i kvinnans händer och sa med låg röst: "Det är fem doser här. Koka te och ta det morgon och kväll. Nu, ni är säker på att ni inte har känt något liv?"

"Å jo, Miss Bernadette. Har bara missat min tid med en vecka." Kvinnan klamrade sig fast vid paketet. "Jag kan inte få en till. Vi har för många munnar att mätta som det är."

Åh. Den sortens örter. Felix vände sig diskret bort medan Bernadette försäkrade kvinnan om att hon gjorde det rätta och följde henne ut ur butiken.

"Bernadette!" Hans skarpa öron snappade upp Estelle som väste åt sin syster. "Du måste vara försiktigare!" Hon talade franska, registrerade han med plötslig förvåning. Felix talade flytande franska, då han sedan liten haft handledning i moderna språk av sin farfar. Estelles franska kunde vara ännu bättre än hans, tänkte han när hon fortsatte, snabb och vardaglig, med perfekt uttal. Var hade en ung kvinna från Hertfordshire lärt sig tala franska så?

Nyfikenheten väckt gick han tillbaka till disken med ytterligare två böcker i handen. Bernadette flydde med bara en snabb sidoblick mot honom; han gav vad han hoppades var ett lugnande leende. Bernadette ägnade sig åt kvinnors angelägenheter som absolut inte rörde honom, bedömde han.

"Ni talar utmärkt franska", anmärkte han när Estelle packade hans böcker och slog in dem noggrant i brunt papper. "Var har ni lärt er det, och med så gott uttal?"

"Vid min mors knä." Estelle slog ett grovt snöre runt ett paket och säkrade det med en fast knut. "Hon var fransyska, från Loiredalen. Pappa träffade henne där 1785, innan revolutionen började, och de gifte sig och kom tillbaka till England. Tur var det. Hennes föräldrar var aristokrater. Vi har inte hört av någon i hennes familj, förutom en avlägsen kusin, på mycket länge."

"Jag beklagar. Lever er mor fortfarande?"

Estelle skakade på huvudet, sorgen drog över hennes ansikte. "Hon gick bort för fem år sedan."

"Ni måste sakna henne väldigt mycket", sa Felix mjukt. Han kände sig ansvarig för skuggan av sorg som föll över hennes vackra drag.

"Alltid." Hon fick fram ett litet leende. "Hur är det med era föräldrar? Jag vet att Lord Ferndale sa att ni är hans arvtagare... er far?"

"Gick bort när jag var ganska liten. Min mor lever; hon

gifte om sig när jag var elva och bor nu på Irland. Hennes nye make har ett gods nära Wexford, i söder."

Affären närmade sig sitt slut när han räckte över pengarna. Hans hand vilade på böckerna, men hans fötter ville inte föra honom bort från Estelles närhet.

"Förskräcklig historia, det som hänt i Frankrike", sa han och startade en ny konversation som ursäkt för att stanna i butiken.

Estelle nickade och sa: "Det är lite tryggare nu åtminstone, när korsikanen är förvisad till Elba."

"Ni måste vara fruktansvärt oroliga för er far?"

Estelle gav ifrån sig en suck. "Vi lär inte känna verklig lättnad förrän han är tryggt hemma."

"Jag ville faktiskt ta mig över för att strida", sa han. "Men farfar lade in sitt veto, eftersom jag är den ende arvingen till Ferndale."

Hon skänkte honom ännu ett leende som fick hans hjärta att stärkas och frågade: "Gör ni alltid som er farfar ber er?"

Han uppfattade dubbelmeningen i frågan och gav ett artigt skratt. "För det mesta, ja. Jag är förstås fullt kapabel att fatta egna beslut. Och begå misstag. Men han är en förnuftig man och har ett utomordentligt gott huvud."

Detta samtal var förträffligt och han fann att han tyckte mycket om Estelles sällskap. De borde ha fler av dem, beslöt han. De skulle lära känna varandra medan de talade om böcker och resor och språk.

Klockan plingade och fler kunder klev in i butiken.

"Ursäkta mig, Mr Yates", sa Estelle. "Tack för er generositet, den kommer mycket lägligt."

Åh ja. I en bokhandel skulle det ofta komma andra kunder. Han kunde inte lägga beslag på Miss Baxter hela tiden. "Självklart!" nickade han och lyfte sin digra bokskörd. Sedan talade han lite högre för de nya kundernas skull. "Tack för dessa underbara böcker, som är i utmärkt skick."

Han lämnade butiken – noga med att inte släppa ut katten igen – och kisade mot ljuset. Klockan pinglade när dörren slog igen bakom honom. Han gick raskt tillbaka till sitt rum på Red Lion och ställde ner böckerna på sidobordet. I nästa stund kliade han sig på armen medan han övervägde att lägga sig en stund och börja läsa i någon av dem. Doften av nybakat letade sig in genom fönstret i den varma sommarvinden. Kanske skulle han först skaffa sig något att äta och sedan återvända och vältra sig i boklig njutning.

I allmänna rummet satt flera redan och åt. Han nickade åt tjänsteflickan att han ville ha ett bord. Inom några minuter satt han nära ett fönster och tog för sig av en mättande gryta med nybakat bröd och en liten skål flott bredvid. Byxbaken kliade, men han var på ett värdshus och det här var inte platsen att klia sig. Kanske var han allergisk mot katter, liksom värdshusvärden? Men då borde väl handen klia mer, om så vore fallet? Han var inte säker på hur allergier fungerade, då han lyckligtvis aldrig hade erfarit just den plågan.

Klådan gick mestadels att ignorera om han fokuserade på maten. Ja, det skulle hjälpa storligen. Och ölet. Det smakade bättre på Red Lion än på The Swan. När flickan kom för att ta hans tallrik frågade Felix om att reservera ett bord för kvällens måltid. Han hade fått den lysande idén att bjuda systrarna

Baxter och även deras hushållerska, om hon ville, på en härligt mättande måltid.

"I kväll?" Tjänsteflickan fnös medan hon dukade av hans tomma sejdel. "Församlingen är i kväll. Ingen äter här nere. Halva stan ska dit upp. Där finns det mat att äta."

"Är det i afton?" Han måste ha tappat räkningen på dagarna. Inte så underligt med hans fokus på Estelle och sökandet efter hennes katt. "Hinner jag tillbaka till Ferndale House för att klä mig passande?"

"Det skulle jag inte bekymra mig om, sir. Ni är den bäst klädde där ändå, så som ni är!"

Hela stan, sa hon? Felix log åt tanken att systrarna Baxter skulle vara där. En av dem i synnerhet.

KAPITEL 9

Estelle känner sig vacker

När hon låste dörren i slutet av dagen, suckade Estelle lyckligt för sig själv. En jämn ström av kunder hade kommit in på Baxter's och hon hade hittat böcker åt nästan allihop. Ett brett leende spred sig över hennes ansikte när hon och Marie räknade dagens generösa dagskassa. Om ändå varje dag kunde vara så här bra. Eller åtminstone varannan. Estelle var inte girig.

"Jag är glad att du har tagit mitt råd och blivit mer bestämd med att be om betalning," sa Marie.

"Jag kan inte ta hela äran. Mr Yates betalade för sina böcker utan uppmaning, och han köpte flera till, inklusive en dyr från det låsta skåpet!" I samma ögonblick som hon nämnde Mr Yates, visste hon att hennes syster skulle fråga om honom, så hon fortsatte prata om många av de andra kunderna i ett försök att avleda henne. "Får vi några dagar till som i dag borde vi kunna betala alla våra räkningar. Jag undrar när nästa låda med böcker kommer?"

"Bra försök," sa Marie när de gick upp till köket. "Kommer Mr Yates till sammankomsten i kväll?"

Frågan antydde att de hade diskuterat sammankomsten, men ämnet hade inte kommit upp i deras samtal sedan de talat om det på Ferndale Hall. "Det kan vara lite deklassé för honom?" sa Estelle, osäker på om hon önskade att han skulle vara där eller inte. Mannen förbryllade henne något så oerhört; i den här takten skulle hon snart blanda ihop vänster och höger!

"Varför skulle du säga det?" Marie räckte över pengar till Mrs Poole så att hon kunde betala räkningarna hos slaktaren och handlaren. "Miss Yates är ordförande i sjukhuskommittén, och Lord Ferndale skulle aldrig låta henne gå utan honom. Jag är säker på att Mr Yates kommer att vara där för att stödja dem. Och det är det perfekta tillfället för Lord Ferdale att visa staden att hans sonson är hemma."

I köket höll Bernadette på med Louises hår, fäste upp en massa tunna flätor i en krona.

"Era klänningar är så förtjusande!" utbrast Estelle. "Herregud. Och ni har gjort dem av klänningarna som Miss Yates skickade över?" Hon kunde inte föreställa sig att Miss Yates hade burit något så moderiktigt.

"En del av de där gamla klänningarna använde meter efter meter tyg." Marie svängde sin smala kjol runt anklarna. "Jag hade nästan kunnat göra två klänningar av det!"

"Vänta tills du ser din," sa Louise.

"Sluta rör på huvudet, Lou," kommenderade Bernadette.

Louise fortsatte att prata. "Du har haft världen på dina axlar på sistone, Estelle, du förtjänar något fint."

"Åh!" Estelle skakade på huvudet. "Men ni hade inte behövt besvära er. Jag är alldeles för gammal för sammankomster."

Marie log snett och sa: "Du ändrar dig när du ser klänningen."

Mrs Poole och Marie delade ett sammansvuret skratt och tog fram något från en galge bakom dörren.

Estelles mun föll öppen när de visade henne klänningen; en skimrande längd av grönt – var det *silke*? – broderad överallt med fin silvertråd. "Den är otrolig!"

Louise sa: "Du kan tacka Miss Yates personligen när du ser henne i kväll. Hon kommer att bli förtjust över att se oss."

"Sluta rör på huvudet!" krävde Bernadette uppgivet. "Marie, du börjar nog med Estelles hår, annars blir vi alla sena!"

Snart var alla fem klara. Estelle tog sin mors ametistkors ur den lilla skattkistan på byrån och hängde det i ett lila band runt halsen, förundrad över sin spegelbild. Hon såg inte ut som den studerande, flitiga Miss Baxter på Baxter's Fine Books; hon såg ut som en ung dam av modet.

"Inte en tanke i mitt huvud annat än lättsinne och dans," mumlade hon och skrattade åt den tokiga bilden. Visserligen var det högst osannolikt att någon ens skulle bjuda upp henne, men hon tänkte ändå njuta av musiken och kanske se sina systrar ta ett varv eller två på golvet. Varenda giftasvuxen ungkarl skulle utan tvekan vilja dansa med Bernadette.

De låste bokhandeln för natten och lämnade Crafty i köket, tuggande på ett fiskhuvud som Bernadette köpt på marknaden.

De tog sig uppför trapporna på Red Lion till de stora

rummen på första våningen, som ofta användes till bröllopsfester, sammankomster, skördefester och varje evenemang i Hatfield där tjugo eller fler människor skulle vilja samlas på samma ställe. Musiken spelade redan, en hurtig melodi från fiol och piano, men ännu hördes inga danssteg, bara ett ständigt ökande sorl ju närmare dörrarna de kom.

Marie grimaserade och saktade ned, med en min.

"Kommer du att klara dig?" frågade Estelle medkännande och stannade bredvid sin syster.

"Det är ganska högt," sa Marie, men hon satte på sig ett tappert leende. "Jag klarar det, jag får så få tillfällen att dansa, och jag tycker verkligen om det."

Estelle hakade arm med Marie. "Kom, låt oss gå in tillsammans."

Rummet var ett myller av starka färger, damer i klänningar i regnbågens alla nyanser och några av herrarna i västar lika klara. Estelle kunde inte låta bli att le när hon tog in den bländande synen. Ljudet av lyckliga människor omslöt dem, liksom den varma blandningen av parfymer och pomador när folk hade klätt upp sig för tillfället.

"Tror du att du kommer att dansa med Mr Yates?" frågade Marie slugt. Estelle missade ett steg och snubblade, tacksam för sin systers arm som hjälpte henne att inte falla pladask.

"Han kommer inte," sa hon med ett misstroget skratt. "Herregud, en sammankomst som denna? Alldeles för alldaglig för en som honom."

Varför måste de fortsätta nämna den mannen? Bara för att han var stilig och rik och sonson till en av deras äldsta familjevänner betydde inte att han var lämpligt gifte. Inte för att Estelle ens hade övervägt den saken. Alltför mycket.

"Jag tror bara att du inte vill att han ska vara här," påpekade Marie. "Lord Ferndale och Miss Yates är redan här," lade hon till och vinkade åt dem.

Estelle ville säga åt sin syster att vara tyst, vilket kanske hade startat ett gräl, men de avbröts av att deras kusin Joshua marscherade fram och ställde sig framför dem, mönstrande dem uppifrån och ned med en hånfull grimas.

Usch, den mannen! Estelle stål satte sig för ännu en konfrontation.

"God kväll, kusin Joshua," sa Estelle så artigt hon förmådde.

"Var fick ni tag i de där klänningarna?" krävde Joshua utan ens en hälsning tillbaka. "Det är löjligt av Matthew att lämna barn ansvariga för en rörelse, när ni spenderar alla vinster..."

"Vi är inte barn, kusin Joshua," sa Estelle med en skarp ton medan hon höll andningen jämn. Hjärtat slog redan snabbare, men hon var fast besluten att inte låta honom kujonera henne. "Och jag tror bestämt att rörelsens finanser inte angår er."

Marie flämtade i chock. Ärligt talat skrämde Estelle sig själv med hur djärv hon lät. Joshuas ansikte blev purpurrött, men Estelle stod kvar och vek inte undan. Hon var innerligt trött på att kusin Joshua kritiserade dem och körde med henne och hennes systrar; hans flagranta lögn för några dagar sedan om deras fars frånfälle hade varit droppen. Hon längtade efter att nästa låda med böcker skulle komma. Hon skulle triumferande vifta nästa brev från hennes far i Joshuas ansikte.

"Finanserna *är* min angelägenhet," kontrade Joshua. "Villkoren för arvet är att en rörelse måste bedrivas i den där byggnaden, annars är den förverkad. Det är knappast att driva en rörelse om det inte finns någon vinst."

Vilken ränksmidare att ta upp det! Det fanns inget sätt att fortsätta den här diskussionen utan att den föll ned i skandal. Att han tog upp det på en offentlig sammankomst var helt enkelt oerhörtt. Hon hade det på tungan att ge honom en näsbränna när de avbröts med den mest perfekta tajmning man kunde tänka sig.

"Miss Baxter!" utbrast en förtjust röst. Estelle drog efter andan när Mr Yates kom stega nde genom folkmassan, blicken fäst vid henne som om det inte fanns en enda annan person i rummet. "Vilken glädje att se er här! Miss Marie." Han gav Marie en snabb bugning, även om blicken snabbt återvände till Estelles ansikte. "Miss Baxter, säg att ni har en dans ledig för mig? Jag blir fullständigt förkrossad om alla era danser redan är utlovade!"

Hans uppdykande var sannerligen den mest lyckliga tajmning, där Joshua Baxter stod och inte visste om han skulle säga något eller gå sin väg.

Väntade han på en presentation? Estelle var nära att skratta åt den komiska tanken att Felix trodde att hon skulle vara så populär att hon inte hade en enda dans ledig på sin kort. Hon hade knappt kommit; hur skulle alla hennes danser kunna vara utlovade när hon inte hade talat med en själ än?

"Ni är alltför vänlig, Mr Yates," sa hon, eftersom han hade ingripit i exakt rätt ögonblick. "Jag är helt tillgänglig att dansa med er." Det skulle ha den trevliga bieffekten att ge en flykt från kusin Joshua. Det kunde också göra honom irriterad att se henne ha det gemytligt och roa sig.

"Utmärkt! Och eftersom jag inte betvivlar att ni är alltför korrekt för att dansa mer än en eller två omgångar med mig, Miss Baxter, skulle det vara mitt nöje att dansa med era systrar också – ni sparar väl en åt mig, Miss Marie?"

"Jag skulle bli förtjust, Mr Yates." Marie såg högeligen road ut när Mr Yates bugade för henne igen innan han grep Estelles hand, lade den på sin arm och förde henne ut på dansgolvet för att ansluta till de andra paren som formerade sig för första omgången, och lämnade kusin Joshua stirrande efter dem med ett förnärmat uttryck i ansiktet.

"Ni är alldeles bedårande," sa Mr Yates beundrande när de stod mittemot varandra och väntade på att musiken skulle börja.

Estelle kunde inte låta bli att rodna. "Tack," mumlade hon.

"Inte för att ni inte är exceptionellt söt jämt, men den där färgen är rentav slående på er. Den framhäver det gröna i era ögon. Jag är förtrollad!"

Han var fånig, men han lät så uppriktig att Estelle fann sig le uppriktigt mot honom. Han log brett tillbaka, och med lätt hjärta trippade hon längs raden av par och fick i förbifarten syn på Lord Ferndale och Miss Yates som såg på med överseende leenden.

Dansen var en landsplåga – en country dance – som bara förde dem samman som par någon minut då och då, men Estelle njöt i fulla drag ändå. Det var alltför länge sedan hon deltagit i en dans, och stegen kom tillbaka till henne som ett kärt minne.

När musiken tog slut, bugade sig Mr Yates graciöst för henne och hon neg.

Hon vände sig om för att gå av dansgolvet, men möttes av en vägg av sura, ogillande ansikten. Kusinerna Joshua och Phoebe, några av Phoebes vapendragare som ansåg att inget borde ske i Hatfield utan deras godkännande, och kyrkoherde Millings, kyrkoherde i St John's.

Estelle förstod aldrig varför kyrkoherden alls kom på sammankomster och andra evenemang. Han var en sådan som ansåg att alla former av nöje eller lättsinne var en genväg till helvetet, och han lät aldrig bli att säga det i sina söndagspredikningar. Han blängde ned på henne med ogillande nu, men eftersom hon var rätt van vid ett sådant uttryck från honom, tog det inte lika hårt som förr. Hon kunde nästan ignorera honom för detta var hans standardansikte.

Kusin Phoebe var däremot lite svårare att ignorera, särskilt som hon grep tag i Estelles armbåge och nöp till. Estelle anade att hon skulle få ett blåmärke där i morgon, och ryckte skarpt undan armen.

"Hur känner du Lord Ferndales sonson?" väste Phoebe, och utan att invänta svar fortsatte hon genast, "och hur vågar du låta bli att presentera honom för oss, du måste introducera oss omedelbart!"

Estelle var på väg att fråga varför inte Miss Yates redan hade introducerat dem, med tanke på att Phoebe redan hade stått nära Ferndales, och att hon visste vem Felix var. Ljudnivån i kvällen dränkte förmågan att tänka ut en anledning att vägra, men Estelle tog god tid på sig ändå. Hon nickade långsamt åt

Phoebe att hon hade hört begäran, vände sig sedan lika långsamt för att leta över rummet efter var Mr Yates tagit vägen.

Han var inte med sin farfar eller gammelmoster, vilket förvånade henne. Ah, där var han, vid lemonadbordet.

Phoebe grep henne hårt i armbågen och puttade dem båda framåt. "Där är han, kom nu!"

Det fanns en ton av desperation i kusinens röst som varnade Estelle för att kvällen kunde bli mycket värre om hon inte lydde. Hon skulle inte bli förvånad om Phoebe fick ett mycket offentligt utbrott och iscensatte en enorm, fasansfull scen där hon framställde Estelle som skurken.

När de kom närmare Mr Yates gav Phoebe ifrån sig ett plötsligt, teatraliskt skratt och sa: "Kusin Estelle, så du skojar!"

Hon hade inte sagt något, för Phoebe ville bara dra uppmärksamheten till sig själv. Det hade önskad effekt att få Mr Yates att vända sig om. Han såg Estelle och strålade ett hjärtesmältande leende mot henne. Sedan fick han syn på kvinnan bredvid henne och en lätt rynka for över hans panna.

Han var så oerhört förträfflig i att genomskåda kusin Phoebes taktik, när han levererade en underbar tillrättavisning: "Jag tror inte att vi har träffats?"

Phoebe låtsades att det var ett muntert skämt och gav ifrån sig ännu ett överdrivet entusiastiskt skratt.

Estelle tog till orda: "Mr Yates, tillåt mig presentera min ingifta kusin, Mrs Baxter."

Phoebe kastade en blick mot henne och Estelle kunde inte riktigt förklara varför hon hade lagt till förtydligandet.

"Mrs Baxter, det gläder mig att få möta ännu en av de

aktningsvärda Baxter-damerna i Hatfield. Den här staden är sannerligen välsignad att ha dem."

Phoebe vred och vände på sig så att hon lyckades knuffa undan Estelle. Sedan lade hon besittningsfullt sin hand i armvecket på honom. "Jag är Mrs Joshua Baxter; min make är den högst ansedde Magistraten i Hatfield."

Under det att hon talade lyckades hon styra bort Mr Yates från lemonadbordet och från Estelle, vilket varit hennes avsikt hela tiden. Snart försvann de två in i folkmassan och lämnade Estelle ensam. En liten oro stack till, men hon tänkte att Mr Yates nog skulle klara av Phoebe.

En lemonad skulle vara precis rätt, så hon tog ett glas. Sedan fick hon syn på Miss Yates i närheten och hämtade ett åt henne också.

"Miss Baxter, ni är en ängel!" sa Miss Yates och tog emot glaset med förfriskning. "Den där färgen klär er så förträffligt!"

"Jag kan inte tacka er nog, Miss Yates, för er generositet. Mina systrar var så lyckliga över att ha material till så många nya klänningar."

"Jag är så glad att se kläderna komma till god användning. Och ni är strålande i det gröna, det är min favoritfärg också."

"Tack igen." Ärligt talat, om Estelle tillbringade hela kvällen med att tacka Miss Yates skulle det ändå inte vara nog. Den kära damen var så generös, nästan till överdrift.

"Säg mig, kära, vad gör Mrs Baxter med vår Felix?"

Estelle lät namnet Felix rulla runt i huvudet och märkte att hon tyckte rätt bra om det. För hon måste medge att hon faktiskt började tycka om honom. Inte bara för hans utseende, utan sättet på vilket han hade räddat henne från Joshua tidigare, och var på sin vakt men artig mot Phoebe, hade verkligen höjt honom i hennes aktning.

"Mrs Baxter ville bli introducerad, och nu försöker hon och kusin Joshua och kyrkoherde Millings tala honom till rätta. Jag skulle våga gissa att de pratar om hur olämpliga sammankomster är."

"Inte så olämpliga att de inte går dit, märk väl," kvickreplicerade Miss Yates.

Estelle fnissade bakom handen. "Jag gissar att de måste vara närvarande för att bevittna så mycket fördärv. Vi får en sträng predikan på söndag, det är jag säker på."

Nu var det Miss Yates tur att fnissa. "Jag tycker om ert sällskap och ert sinne, Miss Baxter, ni får mig att känna mig ung. Nå, hur går det för er och Felix i kväll? Jag såg er dansa. Jag är glad att han tog mitt råd. Jag hoppas han inte krossade era tår?"

Långt därifrån, han dansade som i en dröm, och hon kände hur hon blev en aning varm om kinderna vid minnet. "Han är en utmärkt dansör, Miss Yates, och han skonade mina tår."

Miss Yates ställde ifrån sig sitt tomma glas på ett sidobord intill.

Tvärs över rummet vände Felix tillbaka blicken mot Estelles plats och såg ut att forma ordet "hjälp".

Estelle sa: "Det verkar som att han behöver räddas. Ska vi?"

"Äh, han har överlevt segling på Medelhavet. Han överlever några minuter med din kusin. Jag är säker på att det är karaktärsdanande."

Ett sug i magen talade om för Estelle att hon verkligen borde erbjuda hjälp. Han hade kommit till hennes räddning, hon borde återgälda tjänsten. Kanske ville någon av hennes systrar dansa? Han hade nämnt att han gärna skulle underhålla dem. Marie borde stå näst på tur; hon föredrog verkligen att få en dans innan det blev för högljutt, som det ofta blev längre fram på kvällen.

Men nej. Från deras plats tvärs över rummet såg det ut som om kusin Phoebe presenterade Felix för sin hjärtevän Mrs Grey, som hade tre döttrar att få bort; den äldsta Miss Grey log inställsamt upp mot Felix när han artigt bugade över hennes hand. Phoebe och Mrs Grey antydde uppenbart väldigt starkt att Felix borde bjuda upp Miss Grey. Det skulle vara synnerligen ohövligt om han vägrade. En stund senare hade Felix och Miss Grey – Estelle tillrättavisade strängt sig själv och kallade honom Mr Yates i huvudet – anslutit till nästa formerande omgång.

Estelle vände bort blicken, lätt illamående. Hon kunde helt enkelt inte se på. Det borde inte spela någon roll att Mr Yates dansade med den söta, blonda, moderiktigt klädda Miss Grey. Det borde det verkligen inte.

Men på något vis gjorde det det, väldigt mycket, och Estelle tyckte inte om den krypande, nypande känslan i magen, den heta ilskan som brände i halsen.

Jag är svartsjuk, insåg hon, och ogillade sig själv grundligt för det.

"De där ser läckra ut, min vän," sa Miss Yates, kanske i ett försök att distrahera Estelle, när en piga ställde fram ett fat med små piroger och smörgåsar på bordet bakom dem. "Varför tar du inte något att äta?"

Estelle samlade ihop ett leende. "De ser goda ut. Får jag göra en tallrik åt er också, Miss Yates? Vi kan sitta precis här."

De satte sig och smäät förnämt. Strax anslöt Mrs Poole, som glatt pratade med Miss Yates om Hatfields fattigsällskap och hur bidragen från sammankomsten skulle användas. De två goda vännerna satt i några av stadens kommittéer, däribland sjukhuskommittén. Hatfield hade ännu inget sjukhus, vilket var varför de behövde en kommitté för att se till att de till slut fick ett. Det var mild underhållning att lyssna på Mrs Poole och Miss Yates när de utbytte skvaller, och där fanns en liten pärla som fick Estelle att le för sig själv. Mrs

Phoebe Baxter hade försökt så innerligt att bli inkluderad i de där kommittéerna, men på något vis missade hon mötestiderna.

Det krävdes ingen stor detektiv för att förstå att Miss Yates och Mrs Poole var de som satte de där mötestiderna och avsiktligt-utan-avsikt lade dem just när Mrs Baxter var upptagen med annat.

Estelle satt och såg på dansen, och fann sig själv dras till Felix. Han hade ett jovialiskt uttryck när han dansade med Miss Grey. Sedan lät hon blicken glida till där Phoebe och Mrs Grey följde skeendet uppmärksamt.

Det var något med Phoebe Baxter som hade förmågan att suga glädjen ur kvällen, och Estelle kände sig plötsligt oerhört trött.

"Oroa dig inte, vännen," lutade sig Miss Yates över, "Det blir inget av *det där*," sa hon och nickade mot Miss Grey.

Det borde inte spela någon roll vem mer Felix – Mr Yates – dansade med. Hon hade trots allt börjat kvällen halvt hoppandes att han inte ens skulle vara här. Hon hade fått en dans, och mer än två med samme herre skulle få tungorna att börja gå. Alltså måste Mr Yates dansa med fler damer helt enkelt av artighet och gästfrihet.

"Kanske vill Marie gå hem," funderade hon, men nej; Marie var inte där Estelle väntade sig. Hennes syster dansade, med en stadig ung man som hon på avstånd kände igen som en arrendator från Ferndales ägor. Suckande sippade Estelle på sin lemonad och lät sig dras in i samtalet mellan Miss Yates och Mrs Poole. Deras förslag var rätt intressanta, särskilt om behovet av ett sjukhus i Hatfield och var det kunde ligga. Snart glömde hon bort den frustrerande Mr Yates och Miss Grey och gick helt upp i ämnet.

Hon hade blivit så distraherad att hon inte hörde musiken ta slut.

"Ni lovade mig en andra dans, gjorde ni inte, Miss Baxter?" En djup röst alldeles intill örat skrämde henne, och hon vände sig om och såg Mr Yates stå bredvid henne, böjd för att tala med henne.

Han såg så belåten ut med sig själv att hon genast blev gramse på honom. "Jag tyckte ni verkade ha det alltför roligt för att göra något sådant." Omedelbart ville hon ta tillbaka den bitska kommentaren så fort den lämnat läpparna. Vad var det för fel på henne i kväll?

Han svalde lite, men återfick sedan snabbt fattningen och det där bedårande leendet var tillbaka. "Jag skulle omöjligt kunna ha roligare än jag får av att dansa med er igen. Er kusin Mrs Baxter tycks fast besluten att presentera varenda giftasvuxen ung dam i Hatfield för min gunst, och jag föredrar att säkra ännu en dans med er innan alla mina danser är uppbokade." Han kastade en lätt jagad blick över axeln, vände sig sedan tillbaka till henne och sa: "Snälla?"

Det där enda ordet smälte hennes motstånd och hon visste att han behövde räddas. "Jag skulle bli mycket glad att dansa med er," medgav Estelle, "och ni nämnde ju tidigare att ni önskade dansa med mina systrar också. Även om jag inte håller er till det, kan ni använda ett sådant löfte som förevändning för att slippa bjuda upp varenda ung dam som min kusin presenterar för er."

Mr Yates lyste upp när hon kom med förslaget. "Ni är lika briljant som ni är vacker, Miss Baxter," berömde han.

Den skyldiga och lätt illamående känslan i Estelles mage lättade. Det var som om Mr Yates hade upptäckt hemligheten att få alla han mötte att känna sig fullständigt charmade i hans närvaro.

De snappade åt sig samtal medan de dansade igen, han berömde hennes klänning och hon i sin tur hans dansskicklighet. De höll sig så långt från Phoebe som möjligt, men det fanns stunder då dansstegen krävde att de promenerade förbi hennes klick. När det hände sa han något smickrande om Estelle som fick henne att rodna, och alltid tillräckligt högt för att alla i närheten skulle höra.

Några steg senare var de på väg bort från Phoebes grupp. Han såg nästan blyg ut när han kliade sig i nacken. Han kunde väl ändå inte vara nervös? Kanske var han det. Tidigare, när de hade samtalat, hade det varit i butikens stillhet. Kanske var han lite som Marie till sin läggning, där hög musik gjorde det svårt att koncentrera sig. Även när hon hade läxat upp honom för att han lämnat tillbaka fel katt, hade han inte verkat så nervös eller blyg att – han gjorde det igen, gnuggade sig i nacken innan han tog hennes hand för att leda henne i en piruett.

När han rörde sig tyckte hon sig se ett rödaktigt märke ovanför kragen. Det var precis där han hade kliat. Kanske hade han använt kölnvatten och utvecklat en allergi? Hon log mot honom, vände sedan på huvudet för att leta i rummet efter Bernadette. Hennes yngsta syster kunde ha en salva för en sådan åkomma, men Estelle kunde inte se henne just då.

De fortsatte att dansa och prata när de kom samman i korta ögonblick.

"Jag uppskattar verkligen hur mycket ni bryr er om min gammelmoster," sa han. "Hon håller er och era systrar mycket högt."

Det var lätt att svara på. "Miss Yates är en kär vän och en mycket älskad medlem av samhället."

Igen verkade han nervöst gnugga insidan av armen mot nacken, som om han var nervös eller hade någon sorts irritation. Nästa gång de kom samman och höll händer, drog hon skickligt upp hans ärm en aning. Tre upphöjda prickar i rad. Blixtsnabbt drog hon ner ärmen igen och höll andan. Hon var säker på att ingen hade sett henne, och fortsatte att dansa och småprata för att verka så normal som möjligt. Hon talade om vädret, bara för att säga något. "Ja, det är en härlig, mild kväll. Vi har tur att det inte är för varmt, och inte regnar det heller."

Till sist tog musiken slut och hon mumlade försiktigt att de borde smita undan utan att låta någon se dem.

Mr Yates strålade av förtjusning, men hon rynkade

pannan. Hon hade helt klart gett honom fel intryck och skulle behöva ta ned honom varsamt.

När ingen kunde höra dem, levererade hon beskedet. "Mr Yates, jag vill inte ställa till en scen, men jag fruktar att ni visar tecken på vägglöss. Möt mig i valvet bredvid bokhandeln om fem minuter."

Hans ansikte blev allvarligt och hon kände genast medlidande. Hon försökte inte ordna en månskensrendezvous med honom, hon försökte skydda honom, och i förlängningen familjen Ferndale, från social ruin.

KAPITEL 10

Klådan som måste stillas

Två minuter senare var Estelle på den lilla gården bakom bokhandeln och plockade örter i mörkret. När hon försiktigt gnuggade bladen frigjordes dofter som berättade att hon hade plockat rätt sort, citrongeranium. Ytterligare en minut och hon var tillbaka vid valvgången bredvid Red Lion, där en herr Yates-formad skugga väntade på deras möte.

"Det här är allt lite märkligt," sa han och gnuggade ärmen.

"Kanske kan vi med tiden se tillbaka på detta och skratta, men just nu ska du stoppa de här örterna upp i ärmarna och ... öh ... ner i byxorna." Hon var oerhört tacksam för mörkret, så att han inte skulle se hennes flammande rodnad. "Nu tar du på dig den här rocken och drar åt den ordentligt. Du ska följa efter mig genom butiken. Gå snabbt och smidigt så att vägglössen inte droppar av in i butiken och äter upp böckerna."

Vägglöss i en bokhandel skulle innebära ekonomisk och social ruin. Detta var en katastrof.

På en halv minut var de på gården där hon tog fram en

liten stormlykta. Där fanns en stor tunna som samlade upp vatten från taket. Bernadette använde den för att vattna växterna om det inte hade regnat på några dagar.

"I med er," hon markerade tunnan.

Herr Yates tog av sig rocken och letade efter bästa stället att hänga den.

"Lämna den på marken. Den måste ner i tunnan den också. Om ni ger mig skorna kan jag fylla dem med geranium och slå in dem i oljeduk."

Herr Yates lyfte upp skjortfållen lite och blottade sin släta mage för stormlyktans sken. Han hade upphöjda prickar på huden där också.

Han stönade. "Inte igen!"

"Har ni haft vägglöss förut, herr Yates?"

"På båten tillbaka från Grekland," bekräftade han. "Hemska saker. Attans också, jag borde ha förstått tidigare vad det här var." Han klev ner i tunnan och pep till av den plötsliga kylan. Vattnet skvätte friskt över kanterna och Estelle fick backa. Han försökte så gott det gick att sänka ner sig, men det var ingen särskilt stor tunna.

"Vet inte vad som är värst," sa han, "det kalla vattnet eller stickorna jag kommer att få av tunnan."

I skenet från stormlyktan såg Estelle på tok för mycket av detaljerna på hans överkropp genom den våta skjortan.

"Jag måste hämta en hink vatten och lite lut," sa hon.

I köket drack Estelle först ett glas kallt vatten själv, sedan tog hon en soppslev med sig ut på gården. Hon började känna hur det kliade nu, men det kunde bara vara *tanken* på vägglöss, inte själva krypen. Hon hade inte dansat så nära herr Yates.

Tack och lov hade det inte varit en vals, inte för att en sådan skandalös dans någonsin skulle förekomma på Hatfield Assembly!

Hon räckte över soppsleven och sa: "Ni behöver blöta håret och börja tvätta er. När ni sedan är redo att kliva upp, lämna de blöta kläderna i tunnan så att lössen stannar i dem och drunknar."

Hon vände sig om för att låta honom sköta sitt, men han ropade: "Ni tänker väl inte överge mig i en kall vattentunna, eller hur?"

"Öh, jag tänkte faktiskt, öh, ställa på tekannan."

"För att värma mitt bad?" Han lät hoppfull.

"För att göra te till oss." Hon skulle behöva en extra sked honung för att stilla nerverna när allt detta var över.

Felix reste sig, den genomdränkta skjortan klibbade mot kroppen när han skalade av den.

Estelle hade kunnat sätta eld på bokhandeln med hettan som strömmade genom ansikte och hals. Inte för första gången var hon tacksam för mörkret.

"Berätta om Grekland," var allt hon fick fram. Inte illa med tanke på att hennes hjärna hade förvandlats till kall havregröt.

"Grekland är vackert. Och varmt. Och så väldigt annorlunda på så många sätt. Det är ett land med en gammal själ men en livfull, ung anda."

Sting av längtan sköt genom Estelle. Att resa måste vara så ljuvligt, men också så ouppnåeligt för henne att hon lika gärna kunde hoppas på att besöka månen.

"Ni skulle älska det," lade han till.

"Jag är säker på att jag ska. Jag menar, skulle. Jag menar ...

jag vet inte riktigt vad jag menar. Det låter underbart." Hon bet sig i läppen för att sluta pladdra. Sedan slog en praktisk tanke till. "Jag måste hämta torra kläder åt er."

Det gav henne en ursäkt att smita iväg och låta hjärtat sluta rusa så förfärligt. Hon brann av genans över den situation de båda befann sig i. Tack och lov hade hon fått ut honom från tillställningen när hon gjorde det, även om säkert flera, däribland Phoebe, skulle lägga märke till deras frånvaro. Hon skulle få klura ut en passande lögn att dra till med när kusinerna nästa gång kom och ställde krav.

Medan hon gick igenom några av sin fars kläder, tänkte hon tillbaka på kvällen. Hade någon varit nära herr Yates på tillställningen? Å kära nån, kusin Phoebe hade lagt sin hand över hans arm! Hon bad att lössen hade stannat på herr Yates och inte tagit sig in på ny mark. Hur lite hon än tyckte om sina kusiner, önskade hon dem inte ohyra.

Några ögonblick senare hade hon en ren skjorta och ett par av sin fars byxor åt herr Yates.

"Det är inte det fina tyg ni är van vid," sa hon när hon gick tillbaka till gården. Han stod i baljan, hans våta hud glänste gyllene i stormlyktans sken medan han hällde en slev vatten över huvudet. Det forsade nerför kroppen och påminde henne om klassisk skulptur.

Han måste inte ha hört henne, för han gjorde inte minsta ansats att vända sig i överraskning eller skyla sig.

Estelle harklade sig högt och sa: "Jag lämnar det här till er, när ni är redo. Jag sätter på teet."

Felix stelnade när han hörde de sista orden från fröken Baxter innan hon gick tillbaka in i bokhandeln. Hur länge hade hon stått där? Hon måste tycka att han var en libertin, men han hade trott att han var helt ensam. Hur annars skulle han få av sig sina angripna kläder utan att resa sig i tunnan? Åtminstone hade han fortfarande byxorna på! Han skulle behöva kliva upp och ta av dem. Innan han gjorde det blåste han ut stormlyktan så att mörkret gav honom blygsamhetens skydd.

Att dra på sig rena kläder över fuktig hud var ingen angenäm upplevelse, men snart nog var han klädd. Med de lusangripna fina kläderna lämnade i tunnan för att blötas upp, famlade han barfota tillbaka in med månens svaga ljus till hjälp.

"Aj," muttrade Felix när han slog tån på väg uppför trappan. "Åh, aj, aj!"

"Är ni helt okej, herr Yates?" Estelle dök upp framför honom med en lykta i handen, oro skriven över hennes vackra, uttrycksfulla ansikte.

"Jag tror att jag har fått en sticka i tån!" Han halvhoppade bort till bordet, slog sig ner utan finess och lyfte upp foten på motsatt knä, försökte kika på tåspetsen.

"Låt mig."

Han hörde skrattet i fröken Baxters röst och slöt ögonen i tyst förödmjukelse när hon graciöst knäböjde och ställde lyktan på bordet. *Jag förödmjukar mig ständigt inför denna beundransvärda kvinna. Hon måste tycka att jag är den allra dummaste.*

"Ett ögonblick." Estelle reste sig och gick till skänken som Felix i tankarna kallade "apotekarbänken". Hon öppnade en låda och kom tillbaka med ett litet instrument av mässing i handen.

"Vad är det där?" frågade Felix nervöst. Det såg rätt vasst ut.

"Pincett." Hon höll fram instrumentet, och han såg att det i princip var en tunn mässingsbleckremsa vikt på mitten, där ändarna möttes i en skarp spets. "Stickan är för liten för att jag ska kunna ta den med fingrarna, men jag tror att jag kan få ut den med den här. Den sitter under tånageln, jag fruktar att det kommer att göra ganska ont att dra ut den."

Hans tå bultade redan rätt ordentligt, så Felix ryckte på axlarna. "Bättre ut än in, skulle jag tro!"

"Håll stilla då." Hon kände försiktigt på tån.

Hon rörde vid hans hud och skickade stötar av något rätt ljuvligt ut i hans ådror.

Felix väste när Estelle försiktigt drog ut stickan, men dunkandet avtog omedelbart och han drog en suck av lättnad.

"Vänta där." Hon gick tillbaka till skänken och kom med en burk salva, duttade omsorgsfullt lite på tåspetsen. "Jag ska hitta ett par strumpor åt er; jag behöver lägga örter i era stövlar över natten, och tyvärr är min fars fötter rätt mycket mindre än era, så hans extra skor kommer inte att passa."

"Det gör inget. Jag tar mig tillbaka till mitt rum på Red Lion..."

"Det ska ni då rakt inte! Det rummet måste saneras och... åh, Marie."

Den yngre fröken Baxter hade just kommit in i köket och stirrade på Felix där han satt vid bordet i bara en fuktig skjorta och byxor, med gapande mun.

Estelle skyndade fram till sin syster och tog henne om

armbågen, drog henne tillbaka in i trapphuset. Felix kunde inte höra deras samtal. Estelle kom tillbaka in i köket när det var slut.

"Jag har skickat Marie att hämta era saker. Allt måste saneras, alla era kläder, och linnet på Red Lion. Om det sprider sig..." Estelle skakade på huvudet. "Mr Haye kommer att bli rasande."

"Jag sov inte ens där!" protesterade Felix.

"Ni tillbringade två nätter på The Swan?" frågade Estelle, låtande tvivlande.

"Nå, nej, jag stod bara ut en, så jag åkte hem till Ferndale Hall..."

Estelle slängde upp händerna i fasa. "Ni tog vägglöss till Ferndale Hall! Å, herregud. Jag måste låta Miss Yates få veta."

Felix hängde med huvudet, eländig. "Vilken förfärlig röra jag ställer till med," mumlade han.

"Åh, herr Yates." Han hörde medkänsla i Estelles röst, och en sekund senare svepte hon förbi honom och gick till spisen. "Låt mig göra en kopp te och hitta något att äta – fick ni ens smaka på maten på tillställningen?"

"Inte ett dugg," sa han sorgset och märkte att magen började kurra.

Estelle svarade, med en antydan till skratt i tonen: "Jag vet redan att er aptit kräver regelbunden tillfredsställelse." Hon ställde fram en halv limpa på bordet, och en burk honung, följt av ett äpple och en skål hallon. "Varsågod. Det bästa jag kan åstadkomma så här dags."

"En festmåltid!" Felix livades upp, tog kniven hon räckte

honom och skar en tjock skiva av brödet. "Lite åt er också, fröken Baxter?"

"Kanske lite." Hon ställde tekopparna på bordet och slog sig ner mitt emot honom, tog emot skivan han skar åt henne och ringlade lite honung över.

"Bröd och honung och frukt," sa Felix drömmande. "Jag kunde nästan vara tillbaka i Grekland, även om det hade varit fikon och apelsiner snarare än äpplen och hallon."

"Jag skulle gärna höra mer om Grekland," sa Estelle, och han hörde en vemodig längtan i hennes röst. "Hur länge var ni där? Såg ni Parthenon och Akropolis?"

"Det gjorde jag sannerligen!" Det här kunde han åtminstone göra; han kunde underhålla henne med historier från sina resor.

De var så försjunkna i samtalet att han knappt märkte när Marie kom in; hon stannade till för att säga till Estelle att alla hans kläder lagts i tunnan, innan hon tyst ursäktade sig och gick till sitt rum.

De pratade fortfarande en timme senare när musiken intill tystnade och Mrs Poole kom in med de yngre Baxter-systrarna. Alla tre stannade i dörröppningen och gapade åt honom.

Estelle for hastigt upp. "Lämnade Lord Ferndale och Miss Yates?" utbrast hon.

"Ja, för ungefär en halvtimme sedan," sa Mrs Poole, uppenbart förbryllad. "Mr Yates..."

"Jag sa ingenting till dem om vägglössen!"

Ordet *vägglöss* fick förståelsen att gry på alla tre ansiktena, och Felix var lättad över att de alla verkade ta det för givet att

Estelle skulle ha släppt allt för att hjälpa honom med hans problem.

"Så ni stannar i Mr Baxters rum i natt då?" frågade Mrs Poole med en vis nick. "Jag går och bäddar åt er, Mr Yates."

"Tack så mycket, Mrs Poole."

"Ni verkar vara rätt bekant med Mrs Poole," frågade Estelle nyfiket när Mrs Poole och de två yngsta systrarna lämnade köket.

"Mrs Poole har suttit i kommittéer med min gammelmoster i åratal. Hon hade alltid en karamell i fickan till en hungrig liten pojke." Han log varmt. "Hennes omständigheter försämrades rätt mycket efter att hon blev änka, tror jag? Var det då hon flyttade in hos er?"

"Mr Poole och min mor dog under samma influensaepidemi," sa Estelle med en nick.

"En tragisk förlust." Felix nickade deltagande. "Det är förfärligt att förlora en förälder."

"Hur gick er far bort, om ni ursäktar frågan? Han måste ha varit ganska ung."

"Inte ens trettio." Felix åt det sista hallonet och skakade på huvudet. "Jag var bara en pojke; jag minns inte särskilt mycket av honom. Han hade ändå litet intresse för mig." Han borde inte tala om sin eländiga barndom, när han i själva verket hade vuxit upp med alla materiella bekvämligheter pengar kan köpa.

Estelle spärrade upp ögonen. "Varför i hela världen inte?"

"Min far hade föga intresse för något i livet som inte uteslutande tjänade hans egen förströelse och njutning. Han var, rent ut sagt, en slarver och en stor besvikelse för min farfar. Jag gör mitt yttersta för att vara honom så olik som möjligt."

Estelle stirrade på Felix i chock. Så fruktansvärt att känna så för en av sina föräldrar! "Är det er farfar som har berättat detta om er far?"

"Inte bara min farfar. Alla som någonsin kände honom har sagt detsamma, fröken Baxter." Felix skakade beklagande på huvudet. "Tro inte att det bara är farfars besvikelse som talar. Det enda nyttiga min far någonsin gjorde var att gifta sig med min mor – utvald åt honom av farfar, och en synnerligen förnuftig kvinna – och avla en arvinge på henne. De kom inte överens, alls. Han dog när han ramlade av sin häst, blinddrunk, på väg hem från ett besök hos sin älskarinna."

"Herregud." Estelle täckte munnen med handen. "Så fasansfullt!"

"Han saknades av få, i synnerhet inte av min mor. Och även om hon tyckte mycket om Farfar och Gammelmoster Florence, så när hon träffade en lämplig gentleman som friade till henne i London några år senare, gav de gärna sitt bifall till att hon gifte om sig."

"Men hon flyttade till Irland och lämnade er kvar?" frågade Estelle och kände ett stort medlidande med den unge pojke Felix måste ha varit. Faderlös, och sedan i praktiken övergiven av sin mor också!

"Nå, jag måste ju gå på Eton, och det är för långt att resa hem på loven. Och jag är arvtagare till Ferndale."

Felix log ömt. "Farfar har lärt mig om godset sedan jag var liten. Han har bett mig sitta med på nästa stadsfullmäktigesammanträde, så jag kan lära mig hur man sköter dem. Jag är fast besluten att bli en värdig efterträdare."

"Jag tvivlar inte på att ni blir det," sa Estelle uppriktigt.

"Verkligen?" Det fanns förvåning i hans blå ögon när han mötte hennes blick. "Ni tror inte att jag är..."

"Vad?" frågade hon, förbryllad.

"Tja... lite av en dumbom. Jag verkar oupphörligen göra mig till åtlöje inför er." Han gestikulerade hjälplöst mot sig själv, mot den fuktiga, illa sittande skjortan, som för att peka på hela vägglösshistorien.

"Vägglöss kan drabba vilken stackars själ som helst, herr Yates. Likaså att slå i tån, eller att råka släppa ut en löphona till katt som är fast besluten att rymma. Det som spelar roll är att ni är villig och kapabel att åtgärda situationen, och att ni lyssnar på dem som vill hjälpa."

"Ni menar det," sa han mjukt. "Ni tycker inte att jag är en narr."

"Nej, jag tycker inte alls att ni är en narr."

De stirrade på varandra i tystnad, den varma lampans ljus gjorde att det kändes mycket nära och intimt, som om de var de enda i huset, kanske de enda i hela England.

Mycket långsamt, som för att ge henne tid att dra sig undan om hon ville, sträckte Felix ut handen och lade den ovanpå Estelles där den vilade på bordet.

Hans hand var mycket varm.

Hon rörde sig inte.

"Estelle," sa han stilla, och att han använde hennes dopnamn skickade en stöt längs hennes ryggrad. Hennes ögon spärrades upp.

"Felix," nästan viskade hon till svar.

"Jag är glad att ni inte tycker att jag är en dumbom. Jag kan verka fånig ibland, men jag lovar er, jag är en allvarlig man, jag tar mitt ansvar på allvar – och jag menar det när jag säger att ni är den enda kvinna jag någonsin på allvar har övervägt att uppvakta."

"Jag tror er," viskade hon in i den laddade tystnad som föll efter att han tystnat.

"Och eftersom ni inte avfärdar mig direkt, får jag ta det som en liten uppmuntran?" Han log, och sedan reste han sig långsamt och gick runt bordet, utan att släppa hennes blick.

Estelle satt alldeles stilla.

"Jag går till er fars rum nu. God natt... Estelle."

"God natt," sa hon, och Felix lutade sig ner och tryckte sina läppar mot hennes.

Kyssen var mjuk och trevande, en varm beröring som skickade gnistor över hennes hud och tände berusande, skrämmande känslor. Estelles hjärta rusade när Felix läppar dröjde mot hennes, söta och varsamma. Hon kände hur världen runt dem upplöstes till intet; inga bekymmer om vägglöss eller ansvar – bara de två i sin egen bubbla av gemensam upptäckt.

Hans beröring var försiktig, som om han var rädd att spräcka ögonblicket, och hennes tankar rusade iväg med sådant hon aldrig riktigt tillåtit sig att tänka fullt ut.

Vågade hon verkligen omfamna detta spirande band? Men när han drog sig undan, med en flyktig skymt av osäkerhet över ansiktet, insåg hon att detta var en dörr som öppnades, och hon ville inte låta den slå igen.

"Felix..." började hon mjukt, osäker på hur hon skulle ge röst åt känslostormen inom sig.

"Förlåt, jag borde inte ha..." började han och tog ett litet steg tillbaka. "Jag menade inte att gå för långt..."

"Nej," avbröt hon, pulsen ökade. "Nej, jag ville säga..." men orden dog bort, tyngden i stunden tryckte på. Hon hade inte orden för att uttrycka sig.

Ett halvt leende spelade över hans läppar, och han rörde vid hennes kind mjukt innan han tog ett steg tillbaka. "God natt," sa han stilla. "Sov gott."

Estelle såg honom korsa köket och gå nerför korridoren till hennes fars rum, och värmen i bröstet blommade ännu starkare. För han hade inte pressat henne; han hade sett hennes tvekan och förvirring, och han hade backat och gett henne den tid och det utrymme hon behövde för att reda ut sina egna känslor.

Sov gott. Hon var nära att skratta åt hans sista ord. Med så många tankar som jagade runt i hennes huvud som en kull av Craftys kattungar med ett nystan, skulle hon ha tur om hon fick någon sömn alls!

KAPITEL 11

En lyckobubbla

Som hon hade förutspått sov Estelle dåligt. Hennes tankar var fyllda av en blåögd man med gyllene lockar, hans läppar mot hennes. Grynig i ögonen steg hon upp ur sängen i de tidiga morgontimmarna och tog sig nerför trappan. Hon måste avsluta arbetet från kvällen innan och se till att vägglössen blev utrotade. Till sin bistra tillfredsställelse flöt det små synliga insekter uppe på vattenytan. Hon drog upp Felix kläder, snärtade dem i luften för att få bort eventuella kvarvarande kryp. Sedan vred hon ur dem så gott hon kunde och hängde dem på väggkrokarna vid lavendelbuskarna för att torka i solen. Marie kom ut för att hjälpa till när hon var halvvägs genom jobbet. Tillsammans välte de tunnan, sköljde den med en färsk spann vatten från pumpen och lät den rinna av och torka.

"Puh." Estelle torkade svetten ur pannan. Det var redan en varm morgon, perfekt för att torka kläder. "Tack för hjälpen."

Marie nickade till svar, tvekade sedan innan hon långsamt

tog upp något ur fickan. "Det här kom igår. Jag ville inte göra dig upprörd före sammankomsten."

"Åh." Estelle såg på det vikta papperet som hennes syster höll fram ungefär som man ser på en giftorm. Till slut tog hon av sig förklädet, torkade händerna på det innan hon tog emot papperet av Marie. "Tack," mumlade hon, och Marie nickade innan hon vände sig tyst bort.

Det är alltså illa.

Med en suck gick Estelle in i bokhandeln och satte sig på pallen bakom disken, tacksam åtminstone för att det var lördag och att hon inte behövde öppna butiken.

Hon vecklade upp papperet och satt och stirrade på det i några ögonblick.

En ofattbar summa stirrade tillbaka mot henne från papperet.

"Åttio pund," mumlade hon, innan hon stödde huvudet i händerna, med armbågarna på var sin sida om papperet på disken. "*Åttio pund*. Herregud."

Det var ett brev från banken där deras far hade tagit sitt lån innan han reste till Frankrike. Där stod rakt på sak att de hade nåtts av rapporter om att Matthew Baxter hade gått bort, och därför begärde de tidigarelagda och större amorteringar på lånet.

Kusinen Joshua, tänkte Estelle dystert. Hjärtat började banka i bröstet av outtalad vrede. Det här bar tydligt Joshuas elaka signum.

Hon trodde att de hade blivit av med honom, men han låg redan ett steg före. Medan systrarna hade kunnat vederlägga kusin Joshuas lögn med det faktum att de hade Matthews brev, hade det räckt med en notis till banken om att han kanske aldrig återvände för att de försiktiga bankmännen skulle gripas av panik.

Kusin Joshua hade förmodligen underrättat banken först, innan han hade kommit förbi den där dagen och så nonchalant tagit mått på fönstren för gardiner.

Och nu måste Estelle på något sätt få fram en betalning som var fyra gånger större än hon hade räknat med. Inte ens Felix enorma inköp dagen innan skulle täcka det, för att inte tala om de andra skulder hon redan i tankarna hade öronmärkt de pengarna för.

Ett golvbräde gnisslade och fick henne att titta upp. Där kom Felix från trappan genom bokhandeln mot henne. I butikens dunkla ljus kunde hon inte se glimten i hans ögon, men minnet placerade den där ändå. Han bar hennes fars kläder, skjortan för säckig men ärmarna för korta. Hans strumpfötter var tysta, men byggnadens ålder gjorde att bokhandelns trägolv gav efter på några ställen.

Felix stannade tvärt när han fick syn på henne, och Estelle insåg att hennes panik och förtvivlan över bankens brev måste synas i ansiktet. Hennes kinder var våta, och hon strök hastigt bort tårarna och försökte samla sig.

"Jag är glad att vi inte har öppet idag," sade hon och försökte låta skämtsam, "för den som klev in i bokhandeln just nu skulle förstå att du hade tillbringat natten här. Det vore en riktig skandal."

"Estelle," sade han lågt och avstod från chansen att skämta med henne. "Vad står på? Vad har hänt?"

Hon tvekade och såg på hans vackra ansikte, bekymret som

stod skrivet där. *Han är en bra man. Kanske borde jag bara ... gifta mig med honom. För att rädda bokhandeln, rädda mina systrar. Lösningen står alldeles här framför mig, serverad på silverfat.*

"Snälla, låt mig hjälpa till." Han sträckte sig över disken och lade en hand ovanpå hennes. "Vad det än är. Låt mig hjälpa till."

Hon var så nära att ge efter. Nu stred hon med sig själv och undrade varför hon kämpade emot så mycket. Vad var hon så rädd för att ge efter för? Ett liv i bekvämlighet, en stilig make och inga skulder för hennes systrar? Det borde hon gripa med båda händerna. "Menade du det verkligen?" frågade hon. "Att du vill gifta dig med mig?"

Felix tvekade inte. "Ja. Jag menade det. Jag menar det fortfarande."

Det var hon som tvekade, och han såg uppmärksamt på henne innan han tog bort handen från hennes. Hon kände tomheten efter hans beröring och undrade om han drog sig undan. Nej, han kom närmare, rundade disken för att ställa sig bredvid henne.

"Jag vill gifta mig med dig, Estelle," sade han lågt när hon tittade upp på honom. "Men jag vill att du ska säga ja för att *du* vill gifta dig med *mig*, inte för att jag kan lösa ett problem åt dig. Jag hjälper dig även om du inte vill gifta dig med mig, för jag beundrar dig mycket och min farfar och gammelmoster tycker oerhört mycket om dig och dina systrar. Du behöver inte gifta dig med mig för att få min hjälp."

Då började tårarna rinna på allvar, och Felix gav ifrån sig ett lågt stön som om han hade ont.

"Estelle, älskade, snälla gråt inte! Jag står ut med allt utom det." Han lutade sig fram, som för att kyssa henne, tog ännu ett steg för att komma tillräckligt nära... Estelle slöt ögonen och väntade på den ljuvliga känslan av hans varma läppar mot hennes igen.

Ett besynnerligt, mjukt knastrande ljud hördes och Felix läppar nådde inte fram till hennes.

"Usch," sade han i stället.

Estelles ögon flög upp.

Felix såg ner på sina fötter, med en underlig illamående min i ansiktet.

Estelle tittade ner hon också.

"Å nej. Crafty!"

"Vad *är* det där?" Felix backade mycket försiktigt, och såg med fasa på kladdet på sin strumpklädda fot.

Estelle visste inte om hon skulle skratta eller gråta åt oredan. "Jag är rädd att det verkar vara en uppsprättad mus. Säg att du har stark mage?"

"Hyfsat." Han såg ändå lite blek ut, vilket Estelle hade all förståelse för.

"Stå still," varnade hon, i hopp om att undvika att kladdet spreds över golvet. "Jag springer upp och hämtar rena strumpor."

"Tack," instämde Felix, som försiktigt satte sig på pallen när hon lämnade den, och Estelle skyndade mot trappan, medan hon i tankarna dömde Crafty till helvetets eldar för den malplacerade avbrotten. "Du skulle säkert trivas där. Ha Lucifers hantlangare till ditt förfogande," muttrade hon när hon gick förbi Crafty uppe på en av bokhyllorna, där katten noggrant tvättade tassarna.

Crafty bemödade sig inte ens om att lägga märke till henne, och Estelle suckade. "Jag antar att det är lika bra. Jag behöver klart huvud för att tänka, och hans kyssar är väldigt förvirrande!"

En stund ensam tänkte hon tillbaka på bankens kravbrev. Kanske kunde de gå med på att återgå till den ursprungliga betalningsplanen om hon visade dem sin fars brev som kom med senaste boklådan? Det skulle åtminstone lugna deras farhågor om att han inte skulle kunna betala tillbaka lånet. Men visst, de kanske inte ens skulle gå med på att ta emot en kvinna i samtal om hon inte hade en ... å kära nån, om hon inte hade en make med sig för att föra talan.

Den enda vägen ur den här röran var stigen som ledde till att gifta sig med Felix Yates. Inte ett helt och hållet förfärligt förslag, men hon kunde fortfarande inte riktigt få allt att gå ihop. Det kändes inte rätt för Estelle att gifta sig av bekvämlighet. Han var sannerligen en älskvärd man, men hur väl passade de egentligen ihop?

När hon kom ner igen med ett par rena strumpor i handen hade Bernadette hunnit ner till bokhandeln till Felix och höll på med en trasa för att göra sig av med resten av Craftys gåva. Bernadette försökte uppenbart hårt att inte skratta åt Felix belägenhet, och Estelle gav henne en sträng blick. Stackars Mr Yates behövde sannerligen inte deras skratt ovanpå allt annat! Han hade varit förvånansvärt hjälpsam, även om han verkade ställa till det lite först.

Det bästa sättet att få bort munterheten från Bernadettes

ansikte var att visa henne bankens kravbrev. Det hade sannerligen sopat undan hennes egen goda sinnesstämning i ett nafs.

"Å kära nån," sade Bernadette. "Det där gör mig mer illamående än att torka upp musinälvor."

Estelle räckte över strumporna till Felix och han klev undan för att klä på fötterna.

Till sin yngsta syster sade Estelle: "Jag undrade om vi borde skicka dem fars brev? För att bevisa att han fortfarande är i livet?"

Bernadette skakade på huvudet och sade: "Jag skulle hålla det där brevet nära. Tror du att det här är kusin Joshuas verk?"

"Tajmningen är alldeles för misstänkt för att vara en slump," bekräftade Estelle. "Den här katastrofen bär vår kusins manipulerande fingeravtryck överallt."

Det fanns ingen annan anledning till att banken plötsligt skulle kräva betalning just nu. Om inte något hade inträffat i Frankrike som nått bankens öron men inte deras, vilket också var en skrämmande tanke.

Bernadette bet sig tankfullt i underläppen. "Så länge lådorna och fars brev fortsätter komma vet vi att han lever. Marie är bra med brev, hon vet vad som är rätt att skriva till banken."

Felix sade: "De här är mycket bekväma. Jag tackar. Jag beklagar att jag lyssnar på ert privata samtal, men skulle ett brev från mig till banken på något sätt kunna vara till hjälp? Att ha en farfar som är baron jämnar ibland ut vägen."

Hela Estelles kropp kändes på helspänn, som om Felix trots allt satt inne med lösningen på deras problem, utan äktenskap.

Bernadette puffade på Estelle och sade: "Ser du, att ta emot någons hjälp är trots allt inte världens undergång."

Orden "det ska du få igen" låg på tungspetsen när Mrs Poole ropade nerför trappan att frukosten var klar.

Felix mage kurrade hörbart, vilket fick dem alla tre att fnissa trots bekymren.

De begav sig till köket för frukost. Mrs Poole hade ställt fram en extra stol vid bordet och de satt lite närmare varandra än vanligt. Mrs Poole anvisade stolen bredvid Estelle åt Felix. Han drog ut Estelles stol åt henne och hon tog tacksamt emot hjälpen.

"Jag måste tacka dig, Miss Bernadette," sade Felix. "Du visar en anmärkningsvärd talang för örter. Tack vare din salva har rivsåret Crafty gav mig nästan helt läkt redan." Han höll upp handen och visade hur litet och tunt snittet såg ut. Det hade dragit ihop sig och var inte det minsta rött, till Estelles lättnad. Hade det blivit rött och hett kunde det ha infekterats.

"Tack, Mr. Yates. Jag lärde mig allt om örter vid min mors knä," sade Bernadette.

"Vilka slags åkommor behandlar du?" frågade Felix.

Louise kastade en snabb blick mot Estelle som om detta kunde vara en fälla. Estelle såg på Bernadette och skakade svagt på huvudet. Hennes yngsta syster himlade med ögonen.

Klart att hon inte tänker berätta för en man – nästan en total främling – vad hon egentligen gör! Estelle gav ett litet ursäktande leende för att hon tvivlat på Bernadettes goda omdöme.

"Många småsaker," sade Bernadette. "Inget som tar brödet ur munnen på stadens doktor förstås. Jag märker att det lugnar folk att prata en stund. Örterna doftar gott och får folk att må bättre när de lägger dem i te. Ingefära, när jag kan få tag i det, är väldigt bra för den som har en klen mage. Jag skulle innerligt gärna odla det, men själva plantan är svår att hitta."

"Är det där lämpligt bordsämne?" frågade Marie. "Jag försöker njuta av min frukost, inte höra om folks klena magar."

Den kommentaren tystade samtalet ett ögonblick, tills Felix sade: "Det här fläsket är utsökt, Mrs Poole, tack." Sedan vände han sig åter till Bernadette och frågade: "Lord Ferndale har en hosta som kommer om natten. Det bekymrar mig lite. Skulle du kunna rekommendera något?"

"Å ja. Nattlig hosta är vanlig när solen går ner och nattluften svalnar. Jag har en gurk- och minttonik som kan hjälpa."

"Tack, och jag är säker på att Lord Ferndale kommer att uppskatta det mycket."

Louise sköt in: "Jag är nästan klar med resten av hans bokband. Limmet borde vara torrt på det sista vid middagstid."

Felix gav henne ett strålande leende, och Estelle kunde inte låta bli att värmas av bara farten. I går kväll hade han lett mot en annan kvinna och svartsjukan hade huggit till inom henne. Men nu log han mot hennes syster och det kändes så naturligt, som om han redan var en del av familjen.

"Säg, Miss Louise, hur kommer det sig att du är så skicklig på bokbindning och reparationer?" frågade han och verkade uppriktigt intresserad.

Louise försökte vifta bort komplimangen. "Jag har väl hållit på så länge att det är lätt för mig nu."

"Jag har sett vad du redan har gjort åt Lord Ferndales favorittitlar. Jag lät laga några böcker i London för många år sedan, och kvaliteten var inte i närheten av din."

Louise rodnade och ryckte lite på axlarna. "Tack," sade hon och bredde sylt på sin rostad brödskiva. "Det är viktigt att skära till lädrets kanter i rätt vinkel, annars blir det för klumpigt när man viker över det."

"Så klokt," uppmuntrade Felix. "Jag lovar att inte avslöja dina yrkeshemligheter."

"Nå, min far visade mig hur, och jag funderade ut några bättre sätt, så jag provade dem, och de fungerade. Hemligheten sitter i det stinkande limmet som alla avskyr. Jag är inte överförtjust i det heller, ska sägas, men det fungerar väldigt bra. Det tar lite längre tid att torka men det är det värt för bokens livslängd."

"Jag tackar för din omsorg," sade Felix. "Har du funderat på att marknadsföra dina tjänster till läsare i London? Jag är säker på att du skulle kunna ta bättre betalt av Londonkunder."

Marie fyllde i: "Det är en god idé. Ska jag lägga till det i vår nästa annons i The Times?"

Felix tillade: "Så länge du inte plötsligt blir överhopad."

Louise nickade. "Jag har två bokpressar för att hålla böckerna på plats medan limmet sätter sig. Det sätter en gräns för hur många böcker jag kan laga samtidigt."

Felix frågade: "Finns det plats i din verkstad för en press till eller två?"

Louise stammade: "Äh, tja, det finns plats."

Estelle hörde den outtalade fortsättningen – *det finns plats, men det finns inga pengar till extra pressar och tvingar.*

Felix hade lyft en utmärkt poäng. Louise var otroligt skicklig på det hon gjorde, även med den hemska lukt som följde med limdagarna. Om de kunde utöka kunde de kanske till och med ta in en lärling.

Pladdret vid bordet mellan Felix och hennes systrar verkade lugna Estelle. Hans frågor visade att han hade uppmärksammat deras liv och färdigheter, och han visade genuint intresse för deras värv. Hon småtuggade på sin rostad brödskiva och såg hur han vände uppmärksamheten mot Marie, frågade om hennes intressen och hobbier och lyssnade när Marie blygt sade att hon gärna spelade på pianoforte när hon hade tid.

Jag tyckte att han var självisk och bortskämd, bara intresserad av sina egna nöjen när vi först möttes, men jag hade grundligt fel. Han försöker inte bara imponera på mig heller. Han bryr sig på riktigt.

Allt Estelle fick veta om Felix Yates var ytterligare ett argument för att hon skulle acceptera hans frieri.

"Nå." Felix slog händerna samman och såg sig runt bordet. "Eftersom det verkar som att jag får vänta tills mina kläder och stövlar torkar, hur kan jag göra mig nyttig här hos er idag?" Han log lite snett. "Eftersom jag har ett visst längdövertag även över Miss Louise, kanske ni kunde sätta mig i arbete med att damma ovanpå möblerna och dörrkarmarna?"

"Åh nej, sir, vi kan omöjligt förvänta oss att du arbetar," sade Mrs Poole omedelbart, precis samtidigt som Estelle sade: "Det är ett utmärkt förslag, Mr Yates."

"Estelle!" Mrs Poole gav henne en varnande blick.

"Vadå? Han vill hjälpa till, och lördagen är vår städdag!"

"Han är gäst!" Mrs Poole skakade förebrående på huvudet.

"Kanske vill du tillbringa dagen med att läsa, Mr Yates?" föreslog Bernadette diplomatiskt. "Om det är något vi inte lider brist på, så är det läsning, och det finns en mycket bekväm läsfåtölj i fars rum..."

"Verkligen inte." Han reste sig från bordet och bar sin tallrik till tvättstället. "Ingen gentleman sitter och drar sig medan damerna omkring honom gör allt arbete. Jag börjar med att diska de här tallrikarna, och sedan kanske jag bär upp lite mer vatten åt er?"

Att bära tunga vattenhinkar uppför den smala trappan var ett slitgöra som alla avskydde, och inte ens Mrs Poole kunde förmå sig att tacka nej till ett så generöst erbjudande. Estelle blev faktiskt ganska road en halvtimme senare, när hon upptäckte att hon inte var den enda som med uppskattning såg på hur Felix lätt som en plätt hivade upp tunga vattenhinkar på köksbordet innan han hällde dem i separata kannor att bära till sovrummen. Mrs Poole, som var upptagen med att knåda deg, hade blicken mer på Mr Yates breda axlar som rörde sig under hans tunna linneskjorta än på sin bröddeg.

Estelle själv gav upp varje ansats att damma örtskåpet och bara stirrade.

Han var, trots allt, rätt mycket värd att titta på. Särskilt i går kväll, när vattnet droppade från hans överkropp i lampljuset. Fast det borde hon verkligen inte tänka på!

Mrs Poole viftade sig lite med handen när Felix tog de tomma hinkarna och begav sig nerför trappan igen. När hon märkte Estelles blick gav den äldre kvinnan ifrån sig ett lite generat skratt.

"Ståtlig karl, Mr Yates," konstaterade Mrs Poole, med rosa kinder.

"Det är han verkligen," höll Estelle skamlöst med. Vad hon än kunde ha invänt mot Mr Yates – och det blev allt mindre att invända mot ju bättre hon lärde känna honom – så hade hans utseende definitivt aldrig hört dit.

Däremot var distraktionen de orsakade verkligen ett bekymmer, för hon stannade upp för att se på honom när han bar in mer vatten och råkade knuffa ner en stor keramikkruka med lavendel från skänken, som genast gick i bitar och spreds över golvet.

"Vi ska städa, inte stöka ner!" förebrådde Bernadette medan hon kom fram för att hjälpa Estelle städa upp.

"Nå, huset kommer i alla fall att dofta gott," skämtade Estelle och slet sig med möda från Felix.

Vanligtvis drog tiden på städ-lördagar, men med Felix kunniga handräckning gick allt så mycket snabbare än vanligt.

Hela tiden de arbetade pressade Felix inte Estelle en enda gång om sitt frieri, eller om hjälpen med lånet. I stället fortsatte han att föra samtal med hennes systrar som tog sikte på deras intressen, och han lyckades till och med locka fram ett entusiastiskt samtal med Mrs Poole om hennes skicklighet i köket.

Som han lovat utnyttjade Felix sin längd för att nå högst upp på bokhyllorna. Crafty försökte fånga ändarna på dammvippan när han svepte den över trät. Felix gjorde en lek av det, som varade i goda femton minuter.

Förståelsen grydde hos Estelle. Hon var skyldig den här hederlige mannen en ursäkt. Han var inte så lättsinnig och tomskallig som hon först hade trott. Han var en realist som lyckades hitta glädje i vardagen. Han var barnbarn till en baron, arvtagare till en ansenlig förmögenhet, men här stod han och utförde kroppsarbete. Han hade erbjudit sin hjälp och hållit sitt ord. Men medan han hjälpte tog han också vara på stunden att uppskatta lite harmlös lek när tillfälle gavs. Att se Felix leka med Crafty tills katten var närapå utmattad gav ytterligare en insikt. Någonstans på vägen hade Estelle förlorat förmågan att uppskatta de lyckliga stunder som dök upp i livet. Med tanke på de senaste åren var det knappast märkligt. Deras mor hade gått bort bara för några år sedan. Sorg och saknad hade följt. Sedan hade deras far lämnat dem att sköta verksamheten medan han reste i Frankrike, och tagit ett enormt lån som banken nu ville ha tillbaka med mycket större inbetalningar. Lägg därtill kusin Joshuas försök att få dem ut på gatan, och det var knappast förvånande att hon inte hade mycket glädje i sitt liv.

Att gifta sig med Mr Yates skulle lyfta en synnerligen stor del av deras börda, och att vara nära honom skulle säkert hjälpa henne att hitta mer glädje i det vardagliga?

Med ett extra par händer som hjälpte så förtjänstfullt blev de klara med städningen tidigare än vanligt. De varma sydvindarna hade torkat Mr Yates kläder och snart var han tillbaka i sin vanliga eleganta uppsyn.

Crafty hade inte bara somnat efter leken med Mr Yates, hon hade däckat. Hon låg utsträckt på fönsterbrädan, benen åt alla håll som en lurvig svart sjöstjärna och snarkade smått.

Felix log mot katten och vände sig till systrarna, som alla satt samlade vid köksbordet och njöt av en välförtjänt kopp te. "Mina damer, jag tackar er ödmjukast för att ni har tagit så väl hand om mig och skonat Red Lion från en invasion av vägglöss. Låt mig bjuda er alla på middag där i kväll, som ett litet tecken på uppskattning."

"Ja tack," sade Bernadette genast.

Louise log brett och puffade på Marie, som om de delade en outtalad förståelse. Hade de slagit vad om något?

Estelle sade: "Det är vi som borde tacka dig, Mr Yates, för allt du har hjälpt oss med idag."

Mrs Poole torkade händerna på förklädet och sade: "Vi kan diskutera vem som ska tacka vem över middagen. Jag skulle i alla fall uppskatta en fin måltid som jag slipper laga."

"Utmärkt uttryckt, Mrs Poole," sade Felix.

Estelle visste när hon var i minoritet. Men hon tänkte också att hon borde vara på sin vakt och uppskatta det goda när det dök upp. Med början nu. "Tack, Mr Yates, det vore mycket generöst av dig."

Red Lion var fullt av värme och munterhet. Resande som lämnade och återvände till London, flera vänner från Hatfield vid andra bord och dofterna av fin matlagning. Det brann i härden, men så här års var det mer för stämning än för behov.

Deras bord för sex åt de finaste rostade grönsakerna, krispiga till fulländning i talg. Felix beställde så mycket rostbiff att det räckte till två skivor var. Han drack svagöl medan de drack ratafia. Estelle såg med uppskattning hur Felix höll låda, samtalade med hennes systrar om deras olika projekt. Han deltog livligt och delade deras intressen. Det var skratt och lätthet, och mätta magar. Vecket mellan Mrs Pooles ögonbryn mjuknade när trycket från de senaste månaderna ebbade bort.

Estelle präntade kvällen i minnet, allt medan hon blev

ännu mer fast besluten att njuta när sådana stunder gavs. Bokföring och banklån och till och med tankar på kusin Joshua kunde inte tränga in i hennes lycka just nu.

Det var som om en magisk bubbla av ljus omslöt deras bord, och den som var ansvarig för den bubblan satt bredvid henne och skänkte dem alla välbehövligt gott mod.

När kvällen var slut hade hon ont i ansiktet av att ha lett så mycket, och hon tänkte att hon faktiskt inte kunde minnas när hon senast hade känt sig så lycklig och tillfreds.

Felix stannade på Red Lion, tog rummet han hade betalat för men ännu inte använt, och systrarna Baxter och Mrs Poole återvände hem. Estelle föll ner på sin säng och somnade med ett leende på läpparna.

KAPITEL 12

Felix sätter Estelle högt

Felix väntade utanför St John's Church i Hatfield med sin farfar och sin gammelmoster, ivrigt påpassande Baxtersystrarnas ankomst. Särskilt den ena av dem. I ett ögonblick undrade han om han hade matat dem för mycket och tröttat ut dem i går kväll så att de försovit sig. Det vore sannerligen dålig stil av honom.

Till slut kom de i sikte, och Felix skyndade dem till mötes med ett ivrigt leende. "Miss Baxter, det vore mig en ära om ni, era systrar och Mrs Poole ville slå er ner i Ferndales bänk tillsammans med oss. Det finns gott om plats för alla."

Mrs Poole skakade på huvudet men log sedan. "Jag har en... eh... annan bänk."

Hon for i väg åt ett annat håll för att ansluta till en liten klunga vänner som väntade utanför.

"Har jag förolämpat henne på något vis?" Han mådde förfärligt vid tanken att han kunde ha gjort det.

Estelle skakade lugnande på huvudet, lutade sig lite närmare och sa: "Hon får inte mycket tid till att umgås."

"Ah, jag förstår," sa han och gav Estelle ännu ett leende. Lättnaden sköljde genom honom. Sedan undrade han också: "Skulle ni, eh, också hellre vilja umgås?"

Estelle strålade tillbaka mot honom, och hans hjärta lyfte. "Jag skulle mycket gärna sitta i Ferndales bänk med er och Lord Ferndale och Miss Yates. Det blir utmärkt umgänge för mig, och för mina systrar!"

För första gången, kanske, gjorde hon inte motstånd. Estelle hade genast gått med på hans första förslag. Han undrade kort om systrarna hade talat om honom med Estelle i går kväll, efter att han dragit sig tillbaka för natten till sitt rum på Red Lion. De tittade alla på honom nu där de stod i kyrkträdgården. Louise lutade sig över för att viska något i Bernadettes öra som fick Bernadette att skratta, ögonen glittrande när hon hastigt täckte munnen med handen.

"Miss Baxter." Lord Ferndale log varmt när han steg närmare. Felix strålade över hur sams de var numera; hans farfar skulle vara nöjd, det var han säker på. "Så trevligt att se er. Har min odåga till sonson lyckats förbättra er uppfattning om honom?"

"Mr Yates är ihärdig i sina ansträngningar," sa Estelle diplomatiskt.

Felix ville stöna av frustration över detta icke-svar.

Han hade ju trott att hon tinade upp för honom!

Farfar skrattade godmodigt, vilket bara fick Felix att känna sig en aning illamående.

Klockorna tystnade i samma stund, vilket var signalen att alla skulle bege sig in i kyrkan. Estelle gick värdigt vid hans sida och nickade åt vänner och bekanta när de passerade, och Felix såg mer än ett par ögon vidgas när han ledde Baxtersystrarna till Ferndales bänk längst fram i kyrkan. Matronor lutade sig mot varandra och viskade, huvudena vaggade vishetsfullt, och han kände hur Estelles handflata blev stel där den vilade på hans arm.

Hennes leende var fortsatt förbindligt, men han tyckte att hon verkade spänd. "Vi väcker uppståndelse, verkar det som," sa han lätt när de slog sig ner.

"Mina systrar och jag är redan föremål för nog med skvaller i Hatfield, Mr Yates. Vår respektabilitet..."

"Vad kunde vara mer respektabelt än att gå i kyrkan i inbjudet sällskap av traktens mest respekterade familj?" frågade han milt.

Hon såg ut som om hon varit på väg att säga något mer, men pastor Millings hustru slog sig ner vid orgeln och spelade inledningstakterna till första psalmen. Det var dags att resa sig och sjunga, så han skulle inte kunna fortsätta samtalet.

Ljuvlig sång fyllde hans öron. Baxtersystrarnas röster bar melodierna mycket vackert. Visst, han var helt partisk, men han var säker på att Estelles stämma var den vackraste av dem alla. Himmel hjälpe honom – och han var på rätt plats för den sortens hjälp – han hade blivit fullständigt förtjust i Miss Estelle Baxter.

Han hade talat sanning när han sagt henne att hon var den första kvinna han allvarligt övervägt att uppvakta. Men när hade det där allvarliga övervägandet egentligen börjat? Inte när de skämtade vid middagen, och inte när han misslyckades med att köpa böckerna.

Kanske var det under kattjakten? Han kunde verkligen inte sätta fingret på ögonblicket då hans första intresse övergått i aktning.

Han hade inte känt Miss Baxter länge, men han beundrade redan Estelle som en kvinna som tog saker på allvar och med omtanke. Hon brydde sig djupt om sin familj och sina vänner och verkade vilja allas bästa. Och hon var så förtvivlat vacker att titta på. Han hoppades att hans egen röst skulle räcka till för att matcha hennes när de kom till andra versen. Deras fingrar snuddade vid varandra när de båda försökte vända blad i psalmboken de delade. En gnista tändes vid hennes beröring.

Han anade en rodnad på hennes kinder och undrade om hon kände gnistan också.

Pastor Silas Millings eld-och-svavelpredikan kunde nog injaga fruktan i många stadsbor, men Felix var alltför fylld av lycka för att låta orden sjunka in och dämpa hans sinnelag. Bredvid honom sänkte Miss Baxter huvudet som en botfärdig kvinna. Först när han sneglade längre såg han hur läpparnas ytterkanter drog sig till ett snett, torrt leende.

Munterhet rullade genom hans kropp. Han var tvungen att se bort hastigt, annars kunde han komma att skratta i kyrkan. Han kunde mycket väl vara arvtagare till en baroni, men hans namn vore kört i botten om han begick en sådan synd som att göra sig lustig över deras andlige ledare.

Predikan tycktes pågå i en evighet. Och trodde prästen

verkligen på allt han sa, om att Kvinnan var satt på jorden för att locka Mannen bort från helighet? Det var ganska länge sedan Felix läste Bibeln, men han var tämligen säker på att där stod något om Lucifer förklädd till orm som den ursprunglige frestaren. Felix tittade på prästens hustru, där hon satt på pallen framför orgeln med händerna stilla i knät och blicken fäst i golvet, och tyckte synd om den stackars kvinnan. Hon såg nedbruten ut, som om hon aldrig hade anledning att le.

Prästen var inte ens en intressant talare; han malde på i all oändlighet och Felix kände ögonlocken börja falla. Kyrkan var ganska varm mitt i sommaren, fylld av människor som den var. Han nöp sig i handen för att hålla sig vaken och hörde ett litet kvävt ljud bredvid sig. Estelle hade sett gesten och kvävde ett skratt, hennes ögon glittrade av förtjusning när han sneglade på henne. Blicken förbi Estelle sade honom att åtminstone en av hennes systrar faktiskt sov – Maries huvud vilade mot Louises skuldra och hennes ögon var slutna, skuggade av hättan.

Pastor Millings dundrade något om kvinnor som en frestelse för männens ögon, och Felix bet tillbaka sitt eget leende och vände blicken mot koret igen. Ja, Estelle var mycket frestande för hans ögon.

Till slut kom predikan till sin omständliga slutkläm och Felix gav Estelle ännu en munter blick och formade "Äntligen!" Hon gav ifrån sig ett mjukt sch-ljud just som predikan tog fart igen. Den var inte över alls – den andlige herrn hade bara stannat för att dricka vatten innan han gav sig in i akt två.

Detta var olidligt. Han kastade en blick på Farfar och lade

märke till att han stirrade stelt på väggen bakom prästen. För allt han visste hade hans farfar kanske fulländat konsten att sova med öppna ögon.

Det fanns dock vissa ljuspunkter. Felix var tacksam för att så många böjde huvudet i bön, så att han också kunde fånga glimtar av hur Estelle rodnade svagt varje gång han sneglade åt hennes håll.

Äntligen avslutade prästen sin retorik och kören reste sig åter för att leda församlingen i en psalm. Felix var glad för det; han hade suttit så länge att hans bakdel hade blivit rätt så domnad. Tack och lov kliade den inte alls, och han var än en gång synnerligen tacksam för Baxtersystrarnas bistånd i det avseendet.

Han borde föreslå för sin gammelmoster att hon skaffade några fler kuddar till Ferndales bänk, tänkte han när gudstjänsten led mot sitt slut. Trots sin leda och sin ömma bakdel fann Felix sig nästan önska att prästen fortsatt tala, så att han fått sitta lite längre bredvid denna förtjusande kvinna.

Estelle och hennes systrar tackade hans farfar och gammelmoster, och sällskapet tog sig nerför mittgången ut i solskenet för att prata med vänner.

När han kisade mot solen som strömmande in genom dörrarna kunde han inte låta bli att tänka att St John's Church i Hatfield skulle vara en vacker plats att gifta sig i. Kanske med en annan präst som förrättade, så att han inte somnade på sitt eget bröllop.

Felix stod i dörröppningen, just på väg att ta trappstegen ner till gräsmattan, när hans farfar och pastor Millings drog in honom i ett samtal om att samla in medel till kyrktakets reparationer. Sliten mellan lojalitet mot farfadern, som med all sannolikhet skulle pressas hårdast att ordna fram medlen, och viljan att vara med Estelle denna ljuvliga dag, stod Felix kvar. Han må ha stått bredvid sin farfar och sett på prästen, men hans öron var bestämt riktade åt Estelles håll. Han kände sig som en hund som sträcker i kopplet, ivrig att släppas fri för att följa sitt villebråd, och log för sig själv.

En kvinnas röst som han inte genast kände igen sa något om "en skandal".

Ack då! Han låtsades hosta och såg åt hennes håll. Med sjunkande mage insåg han att det var Estelles kusin, den förfärliga Mrs Baxter, som gjort sig till ett kungligt besvär på Assemblén för två kvällar sedan, fast besluten att slänga sina vänner och deras döttrar på Felix – och uppenbarligen lika angelägen om att hålla honom långt borta från Estelle. Mrs Baxters make var med henne, och efter deras hållning och fingervevande att döma var de grundligt förargade på Estelle av någon anledning.

Kanske var de helt enkelt sådana, och kanske behövde de ingen anledning?

"Ja, naturligtvis," sa han skyndsamt till pastor Millings. "Vi ska göra detta till vår högsta prioritet." Han ville avsluta samtalet omedelbart, men pastor Millings tog detta som en chans att inleda ett nytt utfall mot ogudaktigheten som spred sig i Hatfield.

Medan han stängde ute prästens sonora ton, fångade hans öron den högre registeringen hos Estelles kusin, Mrs Baxter, som nästan skrek medan hon viftade med fingret under Estelles näsa.

"Ni hör inte hemma i Ferndales bänk, ert påträngande fruntimmer! Ni är inget mer än en butiksinnehavare, ni borde veta er plats!"

Pulsen dunkade i hans tinningar och händerna knöt sig i tyst vrede.

"Ursäkta mig," sa han till de båda äldre männen och gick därifrån utan att se sig om. Estelle var i uppståndelse och han behövde ingripa. Bakom honom hörde han prästen säga något upprört, och Lord Ferndales torra svar: "Eftersom min sonson ännu inte ansvarar för utbetalningen av medel från Ferndale tror jag inte att han behövs i detta samtal, pastor. Ska vi fortsätta?"

Välsigne er, Farfar, tänkte Felix tyst och skyndade på stegen.

Mrs Baxter avslutade sin harang innan han nådde fram till Estelle och marscherade i väg med näsan i vädret, handen på sin makes arm. Skulle han gå efter dem och säga ett och annat? Nej, det fick anstå. Estelles plågade uttryck och tårfyllda ögon skar honom i hjärtat. Han ville slunga armarna om henne, men med tanke på att nära femtio personer säkert hade fri sikt till dem höll han armarna längs sidorna och stod stelt framför henne.

"Jag kom så fort jag kunde, men jag är för sent ute. Jag är så ledsen."

"Ack, kära nån," snörvlade Estelle och tryckte handen mot munnen, sänkte huvudet i uppenbar förhoppning om att de runtomkring inte skulle se hennes tårar.

Han räckte henne sin nystrukna näsduk.

Hon torkade ögonen och frågade: "Hur mycket hörde ni?"

"Nog för att veta att de inte är värda att putsa era stövlar!" Han var rasande. Hur vågade Baxtrarna döma henne? Hur vågade de döma hans rätt att bjuda in vem han behagade till sin familjs bänk i kyrkan?

Hon gav ifrån sig ett skört skratt-gråt och duttade ansiktet igen.

"Jag ska säga dem ett och annat!" sa han och tog ett steg för att följa efter.

Hon grep hans ärm och drog honom tillbaka. "Gör det inte, snälla. Det gör bara saken värre. Och i alla fall har de inte fel. Jag *är* blott en butiksinnehavare."

"Miss Baxter, ni är värd tio av era kusiner, det ser vilken dåre som helst."

Hon suckade och torkade de sista dropparna ur ögonen. Sedan gav hon honom ett litet leende och räckte tillbaka näsduken.

"Behåll den."

Hon snörvlade och stack in den i ärmen. "Tack. Ni är mycket vänlig, Mr Yates – som ni alltid är."

"Ni inser väl," sa Felix hoppfullt, "att om ni vore Mrs Yates, så vore er rättmätiga plats i Ferndales bänk."

Han bet sig i läppen och höll andan medan han iakttog hennes uttryck. Hon sa inget på en stund, men till hans stora glädje verkade hon ge hans förslag djup eftertanke. Kunde hon faktiskt vara på väg att säga ja? Hon hade sett nästan ut som om hon skulle göra det i går morse i bokhandeln när hon tittade på det där dokumentet, innan han trampade i musinälvorna.

"Ah, Felix!" sa Lord Ferndale när han närmade sig, med Miss Yates vid armen.

Han såg upp. Hans farfar och gammelmoster var bara några steg bort. Och de förstörde också stämningen. Han älskade dem båda innerligt, men just i den stunden önskade han dem långt, långt bort.

KAPITEL 13

Fler kryp!

Estelle drog ett lugnande andetag för att hälsa på Lord Ferndale och Miss Yates. De var rara vänner, men om de hade hållit sig på avstånd bara en liten stund till, hade hon kanske hunnit svara Felix jakande.

Dit var hennes tankar, och hennes hjärta, på väg. Kusin Joshua och Phoebe var vedervärdiga mot henne och hennes systrar. De tycktes spara det starkaste giftet åt henne, kanske för att hon var äldst. Men Felix hade haft rätt. Om hon gifte sig med honom skulle Estelles ställning i Hatfield stiga till Felix nivå, som låg långt över kusinernas.

De skulle aldrig kunna tala till henne på det där sättet igen.

Men innebar det att de bara skulle rikta sitt galla mot Marie i stället? Ljuvliga, kloka och milda Marie som aldrig hade ett ont ord om någon och som var så känslig för världen omkring sig. De kunde försöka lyckan med Louise, men hon skulle förmodligen skratta bort dem. Eller hälla stinkande klister på dem. Den tanken fick henne nästan att fnissa.

Eller skulle de ge sig på Bernadette?

Tanken fick hennes mage att knyta sig.

Om Estelle bara hade behövt oroa sig för sig själv, hade hon kanske redan sagt ja, men det verkade inte finnas något enkelt sätt att göra det utan att beslutet påverkade så många andra.

Miss Yates gled intill Estelle och sa: "Det var så fint att se er med unge Felix." Sedan sänkte hon rösten och sa: "Jag kunde inte hitta någon av er på den sista dansen på assemblén. Jag hoppas att ni inte blev alltför trött av dansen?"

Estelle uppfattade budskapet genast. Deras frånvaro hade noterats, men det var sannerligen inte av den anledning Miss Yates trodde. "Miss Yates, det är en ömtålig sak vi måste tala om."

Kvinnans ansikte ljusnade och hon föreslog: "Kärlekens första kyss?"

Färg for upp i Estelles ansikte. Ja, men det var inte saken. Minnet av hennes kyss med Felix sköljde genom Estelles kropp, men hon var tvungen att skjuta undan det för en betydligt allvarligare fråga. "Det var inte därför vi var borta. Förstår ni, Felix hade," hon kastade snabbt en blick över axeln för att försäkra sig om att de inte blev överhörda och sänkte rösten, "*vägglöss.*"

Miss Yates drog efter andan och sa: "Från The Red Lion? Sannerligen inte!"

"Ni har rätt, det var inte därifrån. Felix försökte boka ett rum men de var fullbokade, så han tillbringade natten på The Swan. Där fick han vägglössen. Jag kunde inte låta honom föra in dem på Red Lion, så vi smet i väg och jag hittade ombyte åt honom ur min fars garderob."

Värmen spred sig över hennes ansikte vid minnet av Felix i den där klibbiga våta skjortan i tunnan.

Miss Yates vred blicken åt sidan medan hon räknade i huvudet.

"Ni har rätt igen", sa Estelle, "Efter att han bodde på The Swan återvände han till Ferndale Hall där han sov i sin egen säng. Jag är rädd att den sängen högst troligt har vägglöss."

Miss Yates klappade sig ängsligt över bröstet och sa: "Jag kan inte ens tänka var jag ska börja för att lösa något sådant. Måste vi bränna möblerna?"

"Nej, Miss Yates, det är inte smittkoppor, så det behöver vi inte. Men ni måste instruera tjänstefolket att tvätta allt sänglinne och nattkläder och så många andra vanliga kläder som möjligt. Gardiner också, för säkerhets skull."

"Det är för mycket!" Miss Yates såg ut som om någon bett henne hoppa hela vägen till London. Baklänges! "Det är omöjligt. Ni måste helt enkelt komma till Ferndale Hall och hjälpa till."

Estelle skakade tveksamt på huvudet. "Er hushållerska, frun..."

"Hur är det med Mrs Sykes?" Lord Ferndale, som i ett ögonblick talat med någon annan, anslöt till samtalet. "Hon har tyvärr inte varit kry, Miss Baxter."

Miss Yates flikade in: "Vilket är varför jag har bett Miss Baxter komma och stanna hos oss en tid för att hjälpa mig med problemet, bror", sa Miss Yates. När Lord Ferndale såg förbryllad ut lutade hon sig fram och viskade högt: "*Vägglöss.*"

Lord Ferndales ögon blev klotrunda. "Käre nådige, nej, inte på godset! Miss Baxter, ni måste förbarmar er över oss!"

Hon kunde inte säga nej till deras desperata vädjanden. "Jag antar att jag kan packa en väska och komma i en eller två dagar", sa hon osäkert.

"Ack ja, ni måste absolut! Gå hem nu och packa några saker så kör vi fram vagnen och hämtar er om en halvtimme." Lord Ferndale nickade belåtet. "Felix! Följ Miss Baxter tillbaka till bokhandeln genast, är du snäll."

"Ja, farfar", sa Mr Yates, och Estelle gav honom en misstänksam blick, som om de på något sätt hade planerat detta. Han bar dock en tillräckligt allvarlig min, så kanske var hon alltför misstänksam? När de började gå tillsammans tillbaka till bokhandeln bröt dock ett leende fram på hans läppar.

"Det här är allt ditt fel, se inte så självbelåten ut över det", anklagade hon irriterat. "Jag kan verkligen inte bara överge mina ansvar så här!"

"Min farfars order är rätt svåra att stå emot", sa Felix i en tydligt icke-behjärtad ursäkt.

Estelle suckade. "Ni har inte fel i det, Mr Yates, och sant är att jag inte kunde säga nej till Miss Yates, men åh, om ni ändå inte hade stannat den där natten på The Swan!"

De hann i kapp hennes systrar som just kom tillbaka till bokhandeln, och Louise vände sig om och såg på Estelle medan Marie låste upp dörren.

"Överge vilka ansvar?"

Hon suckade förargat. Hon hade inte insett att hennes röst hade burit så. "Miss Yates behöver min hjälp på Ferndale Hall. Deras hushållerska är sjuk. Vägglössen", förklarade hon vidare.

"Självklart måste du åka", sa Bernadette genast. "Låt mig göra i ordning ett stort paket med örter som du kan ta med."

Hon skyndade först uppför trappan och drog fram en axelremsväska ur ett skåp under byrån. "Lite av den där toniken för Lord Ferndales hosta också, Mr Yates!" ropade hon över axeln och rafsade åt sig flaskor och paket.

"Jag kan inte bara lämna er andra att sköta allt", sa Estelle olyckligt.

"Det kan du visst", invände Marie bestämt. "Vi har klarat oss utmärkt utan dig förr, när du och far var i väg på bokinköpsresor."

"Men bankbrevet..."

"Kommer fortfarande att ligga här när du kommer tillbaka, och jag vet inte vad du tror att du kan göra åt det ändå." Marie ryckte på axeln. "Jag ska ägna lite tid åt räkenskaperna. Skicka en annons till The Times igen, de går alltid väldigt bra."

"Och du kan ta Lord Ferndales böcker, de är klara!" sa Louise, och även om hon inte sa det inför Mr Yates, var den outtalade undertexten *och få honom att betala för dem*. "Jag packar in dem!"

"Du gör bäst i att lägga några kläder i en resväska", sa Marie, "kom, jag hjälper dig."

"Och du sätter dig där, Mr Yates, så ska jag koka lite te", sa Mrs Poole på sitt vanliga glada moderliga sätt, "och ni kan få några småkakor."

"Ni är en pärla, Mrs Poole", sa Felix entusiastiskt och slog sig ner vid köksbordet.

Estelle lät Marie halvsläpa henne till sovrummet och drog fram en resväska under sängen, men satte ner foten när Marie öppnade garderoben och tog varenda aftonklänning från galgarna.

"Marie! Jag ska bara vara borta en dag eller två, jag behöver sannerligen inte tre aftonklänningar!"

"Man vet aldrig", sa Marie och tittade ugglelikt på Estelle över glasögonen medan hon lade ut klänningarna på sängen. "Och de klär om till middagen på Ferndale Hall. Du vill se fin ut, eller hur?"

"Tja, ja, men..." Hon väntade inte ens att stanna i tre dagar. Vad skulle hon med tre aftonklänningar till?

"Jag lånar dig min gula prickiga muslin och mina bästa handskar också, och du gör bäst i att ta din extrahatt. Kom nu, sätt i gång och packa!" Marie fladdrade med händerna åt Estelle och gick för att hämta den gula klänningen. Estelle suckade igen och öppnade resväskan. Den var rymlig, och hon antog att hon kunde få ner fyra dagsklänningar också, förutom aftonklänningarna och underkläderna hon skulle behöva.

"Det här är kläder nog för att stanna en månad", muttrade hon till sist, medan hon tryckte ner locket och spände remmarna.

"Dumt att ta en halvfull väska ändå", sa Marie muntert. "Och eftersom du åker vagn, behöver du inte oroa dig för att bära den."

"Tur det också." Estelle testade handtaget och stönade åt tyngden. "Kanske borde jag ta ut några saker..."

"Absolut inte, när Mr Yates är här och kan bära den åt dig!" Marie grep henne om axlarna och såg henne i ansiktet. "Lyssna på mig, syster", sa hon allvarligt, och Estelle stelnade till. Marie använde sällan den tonen.

"Vad?" frågade hon matt.

"Använd den här tiden som semester och unna dig att ha trevligt."

Estelle halvskrattade och skakade på huvudet. "Jag skulle inte kalla att hantera en tilltagande vägglusinvasion för semester!"

"Ferndale Hall har fullt städmanskap; även om hushållerskan är ur spel kommer du bara att behöva ge order. Njut. Slappna av. Och ta dig tid att lära känna Mr Yates ordentligt, innan du fattar några oåterkalleliga beslut."

Åh, så *det här* var den allvarliga poängen Marie hade byggt upp till. Mer nyktert nickade Estelle.

Den andra fördelen med att Estelle var borta några dagar skulle vara rejäla måltider på Ferndale Hall och en mun mindre att mätta hemma. Det skulle spara några slantar och hjälpa lite. Hon skulle återvända med Lord Ferndales senaste betalning och de skulle räkna ut det bästa sättet att närma sig banken. Det där enda kravbrevet hade sopat bort alla deras små men hårt vunna framsteg så snabbt att det var svårt att tänka ut hur de skulle gå vidare.

Kanske var några dagar borta med något så vardagligt men frustrerande som vägglöss precis vad hon behövde?

När Estelle kysste sina systrar adjö gav Louise hennes böcker till Lord Ferndale åt Felix, som bar dem i ena armen. Han tog emot dem utan invändning. Med den fria handen lyfte han lätt Estelles resväska.

Det stämde inte med hennes första intryck, när han knappt hade burit in en enda bok i butiken från högen ute på gatan. Hon hade tyckt att han var disträ och otränad. Sedan slog sanningen henne. Han var inte svag alls, men han hade varit distraherad av just den bok han letat efter.

Med en suck fick Estelle medge att hon gjort Felix en stor orätt i att döma honom så fort. Hon hörde ett litet stön när han öppnade butiksdörren och såg hans halsmuskler spännas av vikten.

Ett fniss slapp ur henne. Han kämpade med ansträngningen, men han gjorde sitt yttersta för att inte visa det. På något sätt höjde det honom ännu mer i hennes ögon, att han gjorde sitt bästa för att hjälpa utan att klaga.

Ute i solskenet dök Ferndales vagn upp. Kusken saktade in de två hästarna till stopp utanför Baxter's Fine Books. Felix häst var löst bunden bakom och följde efter. Han skulle förmodligen rida hem på den medan Estelle reste med Miss Yates och Lord Ferndale.

Hon klev in och satte sig bredvid Miss Yates, medan Lord Ferndale satt mitt emot, och Felix räckte hennes resväska till kusken att lägga i bagaget.

Till Estelles förvåning steg Felix in i vagnen och slog sig ner mitt emot henne medan han hälsade på sin farfar och gammelmoster igen.

Det fanns ont om plats i fotutrymmet, och hans långa ben gjorde att hans knän var oroväckande nära att nudda hennes.

Lord Ferndale höjde ett myndigt ögonbryn åt sitt barnbarn. "Du rider inte hem?"

"Jag tänkte ge Hannibal en respit", svarade Felix med sitt sedvanliga oemotståndliga grin. "Han hittade en plätt rödklöver utanför kyrkan och han blir sprallig nu."

"Intressant", sa Lord Ferndale, men bjöd sedan inte på mer.

Miss Yates la handen mot bröstet som tecken på oro. Sedan kliade hon sig över bröstbenet. "Det kliar redan. Jag bävar för vad som väntar oss på godset."

Felix lugnade henne. "Allt ska ordna sig, moster, vi har Miss Baxter som ska rädda oss."

Estelle försökte att inte le för mycket åt berömmet, men det var rätt så behagligt. Och han log i sin tur så förtjusande åt henne.

Han fortsatte: "Jo, Miss Baxter visste att jag hade de små bitarna innan jag själv gjorde det. Hon har skarp blick och känner igen tecknen."

Miss Yates skruvade på sig i sätet och stötte till Estelle.

Lord Ferndale gnuggade ett ställe på låret och skrattade. "Ju mer jag tänker på det, desto mer börjar det klia. Är det möjligt att de finns i vagnssätena?"

Vagnen körde över en ojämnhet och Felix knä trycktes mot Estelles ben och brände genom tygskikten.

"Det är högst osannolikt", sa Estelle och kände hur svanken började sticka. "Eftersom Mr Yates bara tillbringade en natt på godset och inte använde vagnen. De kan inte ha spridit sig så långt på så kort tid."

"Vi bör nog byta ämne", föreslog Felix. "Jag befarar att när man talar om sådant börjar man känna efter för mycket och så vidare." Han kliade sig också på armen när vagnen tog ännu en stöt och hans knän knockade mot Estelles igen.

Estelle nappade på Felix goda råd. "Lord Ferndale, jag hoppas att jag inte talar ur tur, men Mr Yates nämnde att ni ibland plågas av hosta om kvällarna. Min syster Bernadette är mycket skicklig med örter och huskurer och har skickat med en flaska tonic som hon rekommenderar för sådana besvär."

Den gamle gentlemannen nickade uppskattande. "Nåväl, det var mycket vänligt av Miss Bernadette. Jag ska sannerligen pröva den. Gud vet att inget som Doctor Rasley har föreslagit har hjälpt."

"Kanske borde jag också skicka bud efter Bernadette att komma till godset, när vi har ordnat med ... öh ... när vi har kommit i ordning, så kanske hon har något för Mrs Sykes?" föreslog Estelle.

Felix, den rackaren, stötte knät mot Estelle fast det inte fanns någon grop i vägen som kunde ursäkta det. Samtidigt log han sitt vackra leende och fick hennes mage att slå volter. Hon försökte blänga på honom, men hjärtat var inte med. Mungiporna ville envist dra sig uppåt.

Miss Yates stod för en välkommen avledning. "Jag är säker på att hon skulle uppskatta en pratstund med Bernadette. Doctor Rasley kan vara ..." hon tonade bort.

"Svår att ha att göra med?" föreslog Estelle.

Felix avbröt. "Gamle Rasley håller väl inte på än? Eller har hans son tagit över?"

"Jag glömmer att du har varit borta", sa Lord Ferndale. "Jo, det är samme Doctor Rasley. Hans son praktiserar i London och har gjort det fullkomligt klart att han inte har några planer på att ta över sin fars praktik, vid något tillfälle."

"Jag såg inte Rasley i kyrkan", sa Felix.

Lord Ferndale hostade diskret och sa: "Han är inte i sitt esse om morgnarna."

"Vi borde verkligen hitta ett sätt att uppmuntra honom att

gå i pension", sa Miss Yates. "Ingen skugga över hans många, *många* tjänsteår..."

Estelle tittade ut genom fönstret när Ferndale Hall kom i sikte. Läkarens opålitliga insats, för att inte tala om hans gammalmodiga, dömande attityd, var skälet till att så många kvinnor kom till Bernadette.

Lord Ferndale suckade frustrerat. "Om läkaren går i pension måste jag hålla möten med stadsrådet för att enas om att tillsätta en ersättare, och jag är rädd att jag kan vara i minoritet."

Ett samfällt frustrerat stön kom från Estelle och Miss Yates, när de insåg det stora problemet för Hatfields gemensamma hälsa.

"Jag missar något", sa Felix och såg på dem alla med rynkade ögonbryn av förvirring.

Lord Ferndale småskrattade. "Du har varit borta ett tag, min gosse. Den lokale domaren är numera Miss Baxters kusin, Joshua Baxter, och med sin kumpan Reverend Millings och flera rådmän som gärna följer deras linje, är jag rädd att borgmästaren och jag ofta blir nedröstade."

Felix jämrade sig. "Å, Gud. Vi är körda!"

"Inte om vi får det nya sjukhuset finansierat", sa Miss Yates stadigt. "Då ska vi ha medel att anställa minst två läkare till, och ni kan ge er på att mina damer i sjukhuskommittén *ska* ha ett ord med i laget om vem som tillsätts. Rådmännen kommer att lyssna på sina fruar!"

"Eller så får de äta ärtgröt i veckor?" sa Lord Ferndale roat.

Miss Yates log snett. "*Kall* ärtgröt."

"Bevare oss väl!" Felix ryste.

"Jag hoppas att den taktiken fungerar, Florence", sa Lord Ferndale och log vänligt mot sin syster. "Sannerligen skulle den fungera på Felix, tror jag, men våra rådmän kanske inte styrs lika mycket av sina magar."

Vagnen saktade in på den cirkelformade infarten och Estelle suckade, såg upp mot det väldiga herresätet och tänkte på den hisnande mängden linne och sängar som måste behandlas. "En utmaning i taget. Låt oss först befria Ferndale Hall från oönskade gäster!"

KAPITEL 14

Estelles nya hem

Felix hade varit tämligen säker på att hans gammelmoster bara spelade hjälplös vad gällde vägglösssituationen för att locka Estelle till Ferndale Hall under falska förevändningar. Hans misstankar bekräftades helt när fru Sykes – som skulle vara krasslig – tog emot dem i stora hallen utan att se det minsta hängig ut.

"Jag hade förstått att ni inte var kry, fru Sykes," sade Estelle och smalnade något på ögonen.

Han borde verkligen inte skratta högt. Han kunde inte ens möta sin gammelmosters blick just nu, för då skulle han förstöra allt. Det skulle vara underbart att få några dagar att lära känna fröken Baxter, borta från staden och hennes tunga ansvar. Välsigne faster Florence och hennes ränker!

"Nå, jag har haft en obetydlig förkylning, fröken Baxter, men jag är alldeles återställd nu," sade fru Sykes muntert. "Har ni kommit för att äta middag, fröken?"

"Fröken Baxter stannar några dagar," sade Felix och gjorde

en gest åt en lakej. "Kan du bära in hennes resväska från vagnen, Matthew? Och det finns ett stort paket med böcker också, ta det direkt till biblioteket till Lord Ferndale, är du snäll."

"Självklart, sir." Lakejen skyndade att lyda, och Felix vände sig till fru Sykes.

"Skulle Gula sviten vara ledig för fröken Baxter?"

Hushållerskans ögon vidgades omärkligt, men högt sade hon bara: "Givetvis, herr Yates! Var så god, fröken Baxter, om ni vill följa med mig, så bär Matthew upp era saker strax och jag tilldelar er en tjänsteflicka."

"Åh, en tjänsteflicka är inte nödvändig," försökte Estelle invända.

"Jo, det är det," formade Felix tyst till fru Sykes över Estelles huvud och nickade ivrigt.

Det här skulle bli strålande!

"Åh, vi skulle aldrig drömma om att inte ge en gäst en tjänsteflicka, fröken Baxter!" sade fru Sykes, beundransvärt oberörd. "Jag tror att Isabelle blir utmärkt. Jag skickar upp henne med te om en liten stund."

Estelle såg ut som om hon skulle till att invända ytterligare, men efter en snabb blick på fröken Yates, som log och nickade gillande, mumlade hon till slut ett tyst "tack" och vände sig om för att följa efter fru Sykes uppför trappan.

"Åh, fru Sykes," hörde han henne säga medan de gick, "jag är inte här bara för nöjes skull. Jag är rädd att det finns ett litet problem..."

Fru Sykes var alltför väl skolad för att skrika högt, precis som hon inte visat någon större reaktion när Felix bad henne att ge Estelle sviten som var reserverad för de högst rankade besökarna, en som kungligheter bott i mer än en gång, men hon stannade ändå upp ett ögonblick och såg tillbaka på Felix med hopknipna läppar.

Felix grimaserade. Vägglössen var helt hans fel, och det visste han. Han tänkte inte lämna allt hårt arbete till Ferndales personal de kommande dagarna, hur kapabla han än visste att de var. Han skulle ta i med, och arbeta vid deras sida för att reda upp röran han orsakat.

"Gula sviten?" Hans farfar puffade till honom och skrattade djupt. "Nå, säg mig, Felix. Gör du verkliga framsteg med fröken Baxter?"

"Jag vet inte," sade Felix med fullkomlig ärlighet.

"Nå, nu har vi henne på rätt plats." Hans gammelmoster krokade sin arm i hans och log upp mot honom. "Vem kan motstå kombinationen av din charm och Ferndale Halls skönhet?" Hon gjorde en svepande gest omkring dem, och Felix log när han såg upp på målningarna av sina förfäder på väggarna. De såg stränga ut de flesta av dem, med undantag för hans hemliga favorit, hans mormors mormor, Lady Elizabeth. Hon hade samma ljusa hår och blå ögon som han, och i mungipan lekte den svagaste antydan till leende, som om hon strax skulle börja skratta.

Han såg fram emot att få berätta all familjehistoria för Estelle. Att anförtro henne arvet, som förvaltare för kommande generationer. Han kunde inte föreställa sig någon bättre än Estelle, med hennes målmedvetenhet och pliktkänsla.

Och förstås skadade det inte att hon var en av de vackraste kvinnor han någonsin sett. Han kastade ännu en blick uppför trappan och tänkte redan på hur snart han skulle få se henne igen. På hur vacker hon skulle vara vid middagen med ögonen glänsande i skenet från Ferndale Halls kandelabrar.

Sedan fnissade han för sig själv åt deras senaste måltid här tillsammans, när hon använt kandelabern för att skymma hans vy. Han måste instruera lakejerna att sätta fler ljus på sidoborden i stället. Ingenting på bordet som hon kunde gömma sig bakom!

"Är det där mina böcker från fröken Louise? Så förträffligt!"

Felix släpade tillbaka uppmärksamheten till sin farfar. "Jag tror det. Ska jag packa upp dem åt dig?"

"Våga inte röra mina böcker!" Lord Ferndale kramade paketet mot bröstet som en skattsamlare.

"Rätt, rätt, uppfattat!" Felix höll upp händerna, skrattande. "Men jag gjorde ett eller två inköp i bokhandeln som du kanske vill se. Jag hämtar dem genast, ska jag?"

Estelle drog ett lugnande andetag när fru Sykes visade henne in i Gula sviten, som herr Yates hade anvisat henne. Hon och hennes systrar hade ibland bott på Ferndale Hall tidigare. Bara för några dagar sedan hade hon stannat över natten efter att regnvädret hindrat henne från att resa tillbaka till stan. Då hade det varit i ett bekvämt, litet rum av praktiska skäl. Hon hade aldrig i hela sitt liv bott i ett rum så vackert och betydelsefullt som detta. Det var svårt att stå emot lusten att snurra runt av förtjusning åt det otroliga utrymmet och de vackra möblerna. Som namnet antydde var väggarna målade gula från de höga, dekorativa taken till de vita panelerna. En serie landskapsmålningar hängde från bildlisten längs en vägg. Ljuset flödade in i rummet när fru Sykes drog isär de tjocka, gyllene draperierna. Ett mjukt andetag undslapp Estelle när hon insåg att landskapsmålningarna föreställde samma utsikt, vid olika årstider.

En bred ek med sina gröna sommarblad gav välkommen skugga en het dag. Bortom eken låg en förtjusande sjö som slingrade sig bakom en annan trädrad och gav illusionen av att sträcka sig mycket längre.

Gula sviten bestod av flera rum, det första ett vackert inrett sällskapsrum, det andra det största sovrum Estelle någonsin varit i. Sängen hade en enorm, snidad huvudgavel i ek som vittnade om lång historia och samhörighet. Där var lejon och vapensköldar inristade.

Fru Sykes gjorde en snabb nigning för Estelle och sade: "Jag hoppas att det faller er i smaken, fröken Baxter?"

"Jag är närapå mållös," medgav Estelle, "Det är ..."

"En smula överväldigande?" sade fru Sykes med ett leende.

"Lite," medgav Estelle, "Men det känns också inbjudande och varmt." Hon vände sig om för att granska mer av sviten, knappt troende att hon skulle få bo här, möjligen mer än en natt. Fröken Yates påståenden om att de behövde henne för att bli av med vägglöss måste vara kraftigt överdrivna. Fru Sykes verkade vid god hälsa. Om detta var en fint för att föra Estelle och Felix samman, så fungerade den. Hon blev allt mer förälskad i detta rum för varje hjärtslag.

I hörnet under fönstren stod låga hyllor med böcker, skyddade från direkt solljus. Där fanns en nätt schäslong som lockade läsaren att dröja kvar. Fullständigt perfekt.

"Era väskor kommer strax, liksom Isabelle för att bistå er. Ring i klockan om ni behöver ytterligare hjälp."

"Men fru Sykes, jag har kommit hit för att bistå er själv i den där andra ömtåliga saken. Min syster Bernadette har packat många örter och buketter som kommer att hjälpa oss."

Fru Sykes svalde. "Finns det verkligen *vägglöss*?"

"Jag är rädd för det. Ser ni, herr Yates bodde på The Swan, och återvände sedan hit till sitt rum i huset, och nästa dag på samkvämet så..."

"...hade de där fördömda bitarna," avslutade Felix hennes mening när han klev in med Matthew bärande hennes resväska och Bernadettes örtväska. "Jag tänkte att ni skulle behöva det här förr snarare än senare."

"Herr Yates," gjorde fru Sykes en snabb nigning för Felix.

Matthew bugade för Estelle och lämnade de tre ensamma i rummet.

Värme spred sig i Estelle vid åsynen av Felix strålande leende. Han borde inte vara så glad, med tanke på besväret han stod i begrepp att orsaka hela hushållet, men ändå stod han där, full av sin vanliga glädje.

"Vi har vårt arbete utstakat," sade Estelle medan hon öppnade väskan och tog fram Bernadettes paket. "Fru Sykes, det här är örter att tillsätta i byken. Den här vätskan ska stänkas på golvtiljorna. De här ska läggas i botten av byrålådorna eller mellan vikta lakan."

Den obevekliga hushållerskans uttryck förblev stadigt. "Tack, fröken Baxter." Sedan tycktes hennes röst nästan vackla när hon, som hjälpte alla andra, bad om detsamma tillbaka. "Jag är inte särskilt bevandrad i örter och sådant. Skulle ni kunna instruera Isabelle om vilka som ska plockas i köksträdgården?"

Felix klev in. "Vad sägs om att jag hjälper till också? Jag är ju trots allt orsaken till den här röran. Jag känner mig rätt ansvarig."

Fru Sykes ögonbryn höjdes så omärkligt att Estelle undrade om hon inbillat sig det.

"Det behövs inte, herr Yates," sade hon.

Fru Sykes såg ut att vara kluven mellan att vilja börja behandla deras ohyra och att inte vilja lämna herr Yates ensam med deras gäst.

Isabelle kom och nigningen vid dörren. "Vi kokar kopparkärlen i denna stund, fru Sykes."

"Bra," sade fru Sykes och höll upp ett av paketen. "Jag tillsätter den här blandningen i vattnet."

Ack då, det var fel örtblandning. Estelle måste göra något, annars skulle Bernadettes arbete gå till spillo. Hon lade huvudet på sned mot det andra paketet och fru Sykes bytte dem. Estelle nickade att hon nu hade rätt.

Med en liten överdrift sade hon: "Jag skulle innerligt gärna vilja se köksträdgården. Jag har hört så mycket fint om den, och min syster Bernadette bad mig om en utförlig rapport."

"Ja, fröken," sade Isabelle lydigt och neg. "Jag visar er var den är."

Felix sade: "Jag skulle också väldigt gärna vilja se köksträdgården. Jag har bara varit tillbaka en kort tid och har försummat mina plikter här på godset."

Estelle tillade: "Bernadette gav mig en lista över växter som hjälper. Jag är säker på att de flesta växer här."

Fru Sykes nickade vördnadsfullt. "Trädgårdsmästarna skär av dem åt er."

"Jag hjälper mer än gärna ..." Estelle tystnade när insikten gick upp för henne. Hon var inte här för att arbeta, hon var här för att ge råd, punkt. Hon hade lika gärna kunnat skriva en lista över vad som behövdes. I själva verket hade de kanske varit bättre betjänta om Bernadette kommit i stället för henne. Men så... hon kastade en cynisk blick på Felix. På något vis trodde hon inte att Bernadette hade blivit inbjuden.

Felix erbjöd henne sin arm och hon lade sin hand i armvecket och lät honom ledsaga henne till trädgården medan fru Sykes och Isabelle gick till tvättkamrarna.

"Det här är en så strålande trädgård." Estelle såg sig omkring. De höga tegelmurarna skyddade trädgårdarna från vind och väder, och växthusen som byggts mot murarna gav ett kontrollerat klimat åt växter som krävde det. De prydligt uppdragna raderna av grönsaker och örter frodades i sina upphöjda bäddar. I denna trädgård fanns inga växter som enbart var till prydnad, allt hade sin nytta, och ändå var det vackert. Två trädgårdsmästare arbetade, den ene band upp ärter mot störar, den andre rensade jordgubbslandet. Båda reste sig och bugade respektfullt när hon och Felix kom gående.

"Det är söndag, Willis, borde du inte vila?" sade Felix glatt till den äldre mannen.

"Kärringa körde ut mej ur ‘uset, sir, å pågen med mej. Sa

att hon inte stod ut me oss i vägen hela dan. Tänkte vi kunde lika gärna få lite gjort."

"Kära nån, gå och fiska eller något!" Felix sade det med ett leende, men Estelle såg att han verkligen menade det. Han ville att hans folk, de som arbetade på godset, skulle njuta av sin lediga tid, och plötsligt blev hennes hjärta varmt för honom. Det var en vänlig gest som utan tvekan skulle göra honom än mer omtyckt av personalen. Hennes kusin Phoebe missunnade sina jungfrur till och med en halv ledig dag i veckan, och gav dem söndagsmorgnarna med förbehållet att de måste gå i kyrkan, så stackars flickorna fick knappt två timmar för sig själva. Och här stod Felix och sade åt trädgårdsmästarna att gå och fiska!

"Innan ni går, kan ni peka oss i rätt riktning?" Felix vände sig till Estelle. "Fröken Baxter letar efter flera örter."

"Gå å hämta en korg, påg," sade Willis till sin son, och pojken sprang snabbt i väg. Willis bugade respektfullt för Estelle. "Vad kan jag hjälpa er me, fröken?"

Hon räknade upp listan, och Willis nickade innan han ledde henne till rabattens kant och knäböjde för att börja skära väldoftande lavendel åt henne och lägga i korgen som sonen snart kom tillbaka med. Därefter kom rosmarin, som hon visste trivdes här från sticklingarna Bernadette hade skänkt dem. Sedan vidare till skattkammaren i växthusen, däribland citroner och deras blom. I en stor lerkruka växte en liten lager. Hon hade hört talas om lagerblad, och även om det inte stod på Bernadettes lista plockade Estelle några blad – inte för många eftersom plantan fortfarande var en liten buske – för att torka dem. Bernadette skulle säkert vilja ha dem.

Det slog Estelle, när de gick in igen en halvtimme senare med Felix bärande två korgar fyllda med örter och blomster, att tjänstefolket på Ferndale Hall var ovanligt vördnadsfulla mot henne. Hon hade trots allt varit här ganska många gånger genom åren, och alla tjänarna var Hatfieldbor som hon känt hela sitt liv. De hade aldrig tidigare bugat och fjäskat riktigt så mycket som de gjorde just nu. Hon granskade Felix misstänksamt. Detta måste vara hans verk.

"Herr Yates," frågade hon, när de var på väg till stillrummet, förbi lakejer och tjänsteflickor som skyndade kors och tvärs med ämbar av hett vatten och bylten av linne att tvätta, "vad har ni egentligen sagt till er personal om mig?"

"Jag ber om ursäkt?" sade Felix, pannrynkad av förvirring.

Estelle försökte att inte tänka på hur bedårande han såg ut med det uttrycket, för annars skulle hon glömma vad hon behövde fråga honom. "Tjänstefolket är mycket mer vördnadsfulla mot mig än jag är van vid. Vad har ni sagt dem om mig?"

Hennes hjärta slog lite snabbare medan hon väntade på hans svar.

"Ah." Polletten trillade ner. "Ni tror att jag har utropat er till Ferndale Halls framtida härskarinna."

Hon var nära att skrika av chock. "Sänk rösten!" väste Estelle när en förbipasserande tjänsteflicka tappade fotfästet och skvätte vatten ur sin spann efter att ha hört honom. Tjänsteflickan fann snabbt fattningen och skyndade vidare.

"Åh, kära nån! Nå, om ni inte hade gjort det förut, så har ni gjort det nu!"

Felix log oförbätterligt. "Det hade jag inte, det lovar jag. Men ni är den första dam jag någonsin har tagit med hem till huset. Jag tror att de kanske bara, tja, tar det säkra före det osäkra?" Hans blå ögon var mjuka när han såg ner på henne. Hennes kropp började sjunga i svar. "Kanske hoppas de att om de gör intryck på er så blir ni mer benägen att acceptera mig. De kunde inte önska sig en bättre husfru än er, och det vet de nog."

Hon kunde gå vilse i de där blå ögonen. Och hon ville inte heller klandra hans logik. "Nå," hon ville skratta men fruktade också hur mycket personalen kunde prata, "den där tjänsteflickan kommer utan tvekan att sprida vad hon hört bland resten av personalen vid dagens slut."

"Utmärkt. Då kan jag vara helt säker på att ni blir behandlad med den respekt ni förtjänar," svarade Felix muntert.

Han misstolkade henne med flit, men hon fann det omöjligt att bli arg på honom. Hur bar han sig åt? "Det var inte vad jag menade... ni är alldeles oförbätterlig, herr Yates!" Hon halvskrattade dock när de nådde stillrummet och Felix ställde ner en korg för att öppna dörren åt henne.

Det var stilla i stillrummet, doftande av torkande örter och tvål som härdade. Det var också dunkelt, eftersom det bara fanns små fönster i norr. Felix ställde korgarna på den långa bänken längs ena sidan av rummet och Estelle började sortera kvistarna i knippen, skilda åt mellan dem som behövde användas färska och dem som måste torkas för att verka bättre. Bernadette skulle vara från sig av glädje i det här stillrummet, men ändå var Estelle glad att ingen annan var här.

Dörren lämnades med avsikt på vid gavel, men hon var ändå mycket medveten om att hon och Felix var helt ensamma här inne. Hennes sinnen kändes skärpta, som om hon kunde känna honom röra sig i rummet. Utan att behöva titta visste hon att han stod alldeles nära intill henne, och såg på med uppenbart intresse när hon sorterade de olika knippena.

Estelle kände hur kinderna hettade och hur andetagen blev korta när deras ärmar snuddade vid varandra. Pulsen steg när han klev närmare. Lite i taget minskade han avståndet mellan dem. Hennes händer blev stilla, och hon rörde sig inte, förtrollad i det svaga ljuset av hans närhet. Stillrummet var tänkt att vara svalt, men hon kände kroppsvärmen stråla från honom. Hans ögonlock sjönk när blicken gled ner mot hennes läppar. Med plötsligt torr hals svalde hon.

"Estelle," sade han, hennes namn som en längtansfull fråga.

Med ett skälvande andetag svarade hon: "Felix."

Hans ögonlock lyftes igen och deras blickar låste sig. Sedan sade han: "Jag skulle väldigt gärna vilja..."

"Ja." Estelle slöt det oändligt lilla avståndet mellan dem och tryckte sina läppar mot hans. Värme strömmade genom hennes kropp. Nerverna dallrade. Mjukheten i hans läppar, örtaromerna och kittlingen av kyssen dansade tillsammans i hennes blod. Hon drog sig undan en bråkdels sekund för att ta luft, och sedan var de där igen, och njöt av ögonblickets under. Hans mjuka, nu allt varmare läppar var balsam för hennes själ. En växande förståelse av vad kyssen betydde för dem båda tog form, men hon ville inte tänka. Hon ville bara känna. Lämna bekymren bakom sig och leva i glädje. Om så bara för en liten stund.

Hans armar slöt sig om henne i en varm och öm omfamning. Hennes gjorde detsamma och hennes händer lekte med lockarna i hans nacke. De andades båda lite häftigare nu, med så många nya förnimmelser.

"Förträffligt," sade han när han bröt sig loss och dubbelkontrollerade att de förblev ostörda.

Estelle ville att kyssen skulle fortsätta; hon längtade efter mer. Samtidigt uppskattade hon hans riddarlighet. Det var en sak att personalen talade om henne som en möjlig härskarinna på Ferndale Hall, men om de blev ertappade så här skulle skvallret vara långt mer skadligt till sin natur.

"Vi borde nog sortera växterna," sade Estelle, även om hon var så trollbunden av hans vackra ansikte att hon inte vände tillbaka till sorteringsbänken själv. De stod bara där, och såg på varandra i förundran.

Fru Sykes röst hördes in i stillrummet utifrån, hennes steg överdrivna som om hon avsiktligen inte ville avbryta en öm stund. När hon nådde dörröppningen fortsatte hon att tala och vände ryggen åt dem för att hänga upp en trädgårdshatt på en krok. Felix stal en blixtsnabb kyss från Estelle och klev sedan bort till bordet och utropade högt: "Fru Sykes, så trevligt att ni gör oss sällskap. Fröken Baxter satt just och lovordade våra trädgårdsmästare, och er själv så klart."

Estelle kvävde ett skratt med handen.

Fru Sykes vände en varmt tacksam blick mot Estelle. "Nå, det var synnerligen nådigt av er, fröken Baxter! Min nåd, vilka förträffliga mängder örter. Nå, herr Yates." Hon gav Felix en sträng blick. "Ni kommer bara vara i vägen här inne, varför springer ni inte i väg nu?"

"Jag skall hålla mig ur vägen, fru Sykes, men jag känner mig förfärligt skyldig för att ha fört vägglöss till huset. Jag kan inte lämna allt arbete åt er och pigorna, särskilt inte på en söndag. Vad kan jag göra?"

Fru Sykes betraktade Felix ett ögonblick innan hon tydligen drog slutsatsen att han menade allvar. Hon nickade uppskattande åt honom. "Det var rart av er, herr Yates. Det är en väldig massa vatten som ska pumpas och bäras. Jag är säker på att ni kan ta ett pass vid pumpen."

"Det ska jag sannerligen!" Felix klämde Estelles hand i smyg innan han begav sig mot dörren. "Ta hand om fröken Baxter åt mig, fru Sykes. Visa henne allt om huset!"

"Ni kan lämna henne i mina händer, herr Yates." Fru Sykes skrattade hjärtligt när han gick, skakade på huvudet, innan hon gav Estelle en menande blick. "Ja sannerligen, fröken Baxter. Låt oss börja visa er allt om huset. Jag är säker på att den kunskapen kommer väl till pass framöver."

Estelle rodnade.

Långt upp över öronen.

KAPITEL 15

Slaget om Ferndale Hall

Ferndale Hall luktade starkt av medicinalörter framåt middagstid den kvällen, men ingen brydde sig. Om man fick välja mellan örtdoft och att föda vägglöss skulle alla gladeligen ta växterna alla dagar i veckan, det var Felix övertygad om. Hans muskler var behagligt ömma efter att ha arbetat med vattenpumpen större delen av eftermiddagen, men till slut hade tvättpigornas krav på fler hinkar upphört och han hade pumpat upp en sista hink för att hälla över sitt svettiga huvud. Vid det laget hade han för länge sedan kastat skjorta och kavaj, och han tyckte sig ha sett Estelle kika på honom från ett fönster ovanför pumphuset.

När han blinkade bort vattnet ur ögonen och tittade igen, var hon dock borta.

Han hade inte sett Estelle sedan han lämnat henne i stillrummet, och märkte att han redan saknade hennes närvaro. När hon visade sig i dörröppningen till salongen där familjen alltid samlades före middagen, hoppade han upp och skyndade över för att eskortera henne in.

"God kväll. Vill du ha ett glas sherry? Du är alldeles strålande vacker." Hon bar en ljuvlig klänning i gul- och vitrandig siden, det mörka håret uppsatt ovanpå huvudet, några lockar som smickrande inramade ansiktet. Hennes kinder rosade sig vid hans komplimang.

"En sherry vore underbart, tack, Mr Yates," mumlade Estelle, och han följde henne till soffan för att låta henne slå sig ned bredvid hans gammelmoster innan han gick till skänken för att hämta henne ett glas.

"Jag har Bernadettes tonic här till er, Lord Ferndale," sade Estelle, och han vände sig om och såg henne räcka hans farfar en flaska med propp. "Två teskedar i ett glas vin till middagen."

"Nå, tack, min kära!" Lord Ferndale tog emot flaskan. "Jag hoppas bara att den inte förstör vinets smak."

Estelle skrattade. "Bernadette försäkrar mig att den knappt smakar något alls. Den kan göra er sömnig, så jag skulle rekommendera att ni drar er tillbaka snart efter middagen."

"Jag ska ta med min bok till sängkammaren och läsa där i stället för att sitta i biblioteket," förkunnade Lord Ferndale högtidligt.

Felix räckte Estelle hennes sherry, och hon smuttade blygsamt på den medan Miss Yates började återge ett samtal hon haft med en av damerna i Hatfield efter kyrkan i morse. Felix lyssnade inte, alltför upptagen med att stirra på Estelle, och fick hastigt rädda sitt uppenbara etikettbrott när hans gammelmoster sade: "Tycker inte du också, Felix?"

"Men självklart, moster Florence," sade han skyndsamt,

och hann se Estelle dölja ett leende. Hon visste att han inte hade lyssnat, förbaskat också! Men det var så svårt att fokusera när hon satt mitt emot honom och såg så bedårande ut...

"Felix, jag vill att du rider över till Benburys gård någon gång den här veckan," sade hans farfar då. "Fick en lapp om att de oroar sig för taket. Vi kan inte ha läckor när höstregnen börjar, så åk och undersök åt mig, vill du? Duktig pojke."

Det skulle bli en vacker ritt till Benburys gård, genom en charmerande skogsdunge. Felix bestämde där och då att han skulle hitta ett lämpligt damridsällskap med damsadel i stallet åt Estelle och ta med henne på en ritt följande dag. Ett ypperligt tillfälle att vara ensamma, och dessutom att visa henne egendomen.

Han fick chansen att vara ensam med henne betydligt tidigare, dock, när både hans gammelmoster och farfar drog sig tillbaka tämligen omgående efter middagen, och lämnade honom och Estelle att stirra på varandra över det avdukade middagsbordet redan klockan sju.

"Biblioteket?" föreslog Felix, och Estelle nickade.

Så hans hjärta lyfte av den enkla gesten. De lämnade biblioteksdörren vidöppen för anständighetens skull, men satte sig ändå nära varandra i bekväma läsfåtöljer.

"Du vet att det här är mitt favoritrum i hallen," sade Estelle, "men Gula Sviten är en mycket nära tvåa."

"Vad glad jag blir," sade han. "Biblioteket är nästan mitt favoritrum också."

"Nästan?" sade hon med ett leende, lade huvudet på sned och höjde ett nätt ögonbryn frågande.

Minnena av deras ljuvliga kyssar tidigare i dag spelade upp

sig i hans huvud. "På sistone har jag blivit rätt förtjust i stillrummet."

Båda fnissade tyst åt det.

"Men biblioteket *skulle* kunna bli mitt favoritrum," antydde han hoppfullt.

Hon lutade sig in på hans inbjudan och han levererade en kyss mot hennes mjuka läppar.

"Nu är det det," retades han.

Han kastade en blick mot dörröppningen och lyssnade efter steg. Ingenting. Som om hela hushållet hade givit dem avskildhet. När han vände tillbaka till Estelle, bjöd hennes glänsande ögon och antydan till leende in till en kyss till. Han uppfyllde gärna önskan.

Hans hjärta dundrade mot revbenen när deras läppar möttes. De passade ihop så perfekt.

Så länge han levde skulle han aldrig få nog av kyssar från sin älskade Estelle.

Det här.

Detta var hur kärlek verkligen kändes. Ljuvligt, berusande och ändå välkomnande på samma gång. Inte det minsta kliande, det hade varit helt fel väg.

Detta var kärlek. Det måste det vara.

Han, Felix Yates, var förälskad i Estelle Baxter.

Och det var underbart.

Steg hördes i hallen. De var överdrivna för effekt. Estelle drog sig undan och låtsades läsa sin bok. Han tittade mot dörröppningen och log. Det var Mr Thorne, som kom för att släcka ljusen i ljuskronan.

"Jag insåg inte att ni fortfarande satt och läste," sade

betjänten med en bugning. Han tilltalade Estelle som om hon redan vore husets härskarinna och frågade: "Önskar ni ytterligare något förfriskande, Miss Baxter?"

Estelle gav ett blygt leende och sade: "Tack, Thorne, kanske en liten sherry?" Sedan såg hon på Felix och han nickade att han gärna tog en han också.

Personalen gav henne redan den respekt hon förtjänade, och hon bar upp det magnifikt. Hon skulle bli en utmärkt härskarinna över hallen.

Betjänten nickade och bugade igen. I förvissning om att han snart skulle vara tillbaka smög Felix intill Estelle och de delade en snabb kyss till, för att sedan säras innan någon annan kom. När Thorne återvände stod de och bläddrade bland hyllorna, sinnebilden av oskuld.

När Thorne ställde Felix sherry på ett närbeläget bord, mumlade han orden: "Utmärkt, sir."

Han kunde inte låta bli att känna att betjänten lät honom förstå att alla godkände Estelle.

"Thorne, var snäll och låt personalen veta att alla som behövde arbeta extra i dag, på grund av ... min indiskretion, ska få ledigt i morgon eftermiddag. Jag tänker inte beröva dem deras rättmätiga vilodag."

Thorne log och sade som vanligt: "Utmärkt, sir."

När Thorne gick, vände sig Estelle mot honom och sade: "Det är väldigt vänligt av dig att göra så."

Felix ryckte på axlarna. "Det hade varit snällare av mig att aldrig ta hem vägglössen från början. Jag borde ha känt igen tecknen, jag har haft dem förut, i Grekland."

"Likafullt är jag säker på att detta är orsaken till att personalen är så plikttrogen. De arbetar hårt, men de vet att de är uppskattade."

"Det är de," höll Felix med. Han drog djupt efter andan, belåten över hur storslaget Estelle skulle leda personalen i en inte alltför avlägsen framtid. "Den här situationen var mitt fel. Jag orsakade problemen, och ändå var det andra som fick göra arbetet för att rätta till det. Det känns inte bra. Jag borde ha hjälpt mer."

Det förvånade Estelle. "Men du bar vatten hela dagen, och du tog ut dig."

"Aha, så det *var* du i fönstret?"

Estelle rodnade ljuvligt, vilket gav svaret.

Han småskrattade för sig själv, nu när han visste att han sett henne titta på honom. Han hade verkligen inte försökt briljera, men arbetet hade gjort honom varm och vattnet fanns ju alldeles där. "Jag är inte rädd för hårt arbete när det behövs," sade han.

Hon nickade och sade: "Det har jag nu bevittnat många gånger. Och jag är ledsen att jag dömde dig fel från början."

"Det är vatten under broarna," sade han och viftade bort det. "Jag är bara glad att jag inte är det minsta lik min far. Där hade vi en man som var rädd för arbete."

Estelle grep hans hand och kramade den uppmuntrande, och manade honom att fortsätta. Hennes hand i hans kändes så perfekt. Så rätt.

"Jag såg inte mycket själv, för jag var i barnkammaren för det mesta, och därefter var jag i skolan. Men han var en fruktansvärd slarver. Han gjorde min mor så förfärligt olycklig också. Hon dolde det så gott hon kunde, men tecknen fanns där."

Estelle nickade med intresse, snarare än med medlidande i blicken. Det var precis det tonfall han behövde för att fortsätta.

"Hon gifte om sig, och hon är lycklig nu, bosatt på Irland med sin andre make. Jag skulle vilja besöka henne inom en snar framtid, men jag vill inte heller lämna min farfar och moster Florence så snart efter att jag kom hem. Jag beundrar dem båda så mycket. Och de behöver min hjälp här på Hallen. Jag har ett kommunfullmäktigemöte i morgon kväll som jag ska närvara vid med honom, och av vad jag hört är siffrorna inte till hans fördel."

Hon nickade och han uppskattade att hon förstod hans dilemma. "Lord Ferndale och Miss Yates har också blivit goda vänner till min familj de senaste åren," höll Estelle med. "Jag kan se att båda är förtjusta över att ha dig hemma."

Sherryglasen glömdes bort när de stal några kyssar till. Var och en kändes mer perfekt och mirakulös än den förra. För ett ögonblick var han nästan tacksam över att ha fört vägglöss till hallen, eftersom det hade gett honom så mycket mer tid att lära känna Estelle. Felix hade kunnat stanna i biblioteket och kyssa henne hela natten, och det hade han förmodligen gjort, men efter en stund tog hon ett steg tillbaka med ett blygt leende och rödkyssta läppar och önskade honom god natt.

Vid frukosten var Felix farfar sprudlande glad. "Min kära Miss

Baxter, ni måste framföra mina varmaste gratulationer till Miss Bernadette. Jag har inte sovit så här gott på en evighet!"

"Det gläder mig att höra, och det kommer det säkert att göra för min syster också." Estelle strålade mot honom.

"Trevligt att se Felix uppe tidigt också," sade Lord Ferndale, vänd mot honom medan han levererade den förklädda piken.

"Tidig uppstigning är bra för själen," sade Felix som hälsning. Han hällde upp en kopp te åt sin gammelmoster och serverade sedan Estelle detsamma, tillsammans med en inbjudan. "Miss Baxter, skulle du vilja rida med mig till Benbury i förmiddags? Det är en ljuvlig ritt. Jag har fått försäkringar om att det finns en häst i stallet som är en lämplig damhäst, och även om det är några år sedan kära moster Florence slutade rida är hennes damsadel fortfarande i utmärkt skick."

Han höll andan i väntan på att hon skulle tacka ja.

"Tack, det skulle jag gärna."

Tack och lov. Han var rädd att han hade gått för långt i går kväll och att hon kunde ha fått andra tankar. Att rida tillsammans skulle ge honom en chans att visa omfånget av Ferndales ägor och visa upp Estelle för arrendatorerna. Han var säker på att de skulle tycka om henne, precis som personalen i hallen gjorde.

Knappt en timme senare skrittade de längs floden under det fläckvisa skuggspelet från bokar och almar som växte längs gränsen.

"Du rider väldigt väl," konstaterade Felix, "även om jag tror att du sade att du hyrde en häst när du var här sist?"

"Ja, vi har inte egna hästar, men jag har haft gott om tillfällen att rida. Far brukade ta med mig på bokinköpsresor över hela England; jag har varit i många städer så långt bort som Wales och Cornwall, och till och med i Edinburgh vid ett tillfälle! Vi reste oftast till häst med mindre packning eftersom det går mycket snabbare. Om vi köpte många böcker packade vi dem i en koffert och lät dem skickas i förväg."

"Så du är välberest, då," noterade Felix.

Hennes röst lät vemodig när hon svarade: "Bättre än de flesta unga damer, antar jag, men jag skulle inte kalla det välberest att aldrig lämna den här ön, inte när jag samtalar med en gentleman som rest ända till Grekland!"

Felix log och skakade på huvudet. "Jag har funnit att människor är mycket lika överallt, även om de talar olika språk. Deras drivkrafter skiljer sig inte åt."

"Det var rätt filosofiskt sagt av dig, Felix."

"Nå, jag har ju varit i Grekland, de gamla filosofernas hem; något måste ha smittat av sig!"

Hon skrattade, och glädjen svällde i hans bröst. En fin dag, en god häst och en vacker kvinna som skrattade åt hans skämt; vad mer kan en man egentligen begära? Deras samtal flöt lätt och glatt. Skratten kom ofta när den varma sommarbrisen strök över dem. Felix började tro och hoppas att Estelle verkligen var kvinnan för honom, och för Ferndale Hall.

Snart kom de ut ur träden till en åker med mognande säd.

"Däråt, längs häcken." Felix pekade. "Jag skulle inte för allt i världen trampa ner bondens gröda."

Några minuter senare var de vid mangårdsbyggnaden, och familjen Benbury skyndade till för att möta dem. Felix svängde ur sadeln och räckte tyglarna till bonden medan han lyfte ner Estelle från hennes häst, och njöt av känslan av henne i sina armar de få korta ögonblicken innan han satte ned henne på fötterna.

"Men det är väl Miss Baxter?" sade Mrs Benbury, med ett leende som nyfiket vandrade från Estelle till Felix och tillbaka. Hon neg lätt och sade: "Välkommen tillbaka till Ferndale, Mr Yates."

"Jag tackar, och jag känner mig mycket välkommen," sade Felix när han steg av sin häst och hjälpte Estelle att stiga ner i hans armar. Han var tvungen att släppa taget fort, annars skulle han kanske inte kunna motstå att kyssa henne, trots åskådare.

Estelle strålade glatt mot bönderna. "Vilket ljuvligt boningshus ni har, Mrs Benbury! Och hej, lilla Mary."

Estelle hukade sig, och det var då Felix fick syn på den lilla flickan som blygt gömde sig bakom sin mors kjolar, tummen i munnen. "Jag tror att jag kan ha något i fickan som du skulle tycka om... vad är det här?" Hon vecklade upp ett litet oljeskinnspaket och blottade en syltbakelse, och den lilla flickans ögon lyste upp.

Estelle kände familjen redan, insåg Felix. Hon hade vetat att lilla Mary Benbury var blyg, och hade gått till köket och bett att få en liten godsak av Kocken att ta med till flickan.

Han behövde inte lära henne ett dugg om Ferndales ägor. Hon kände dessa människor bättre än han.

"Det var väldigt snällt av er, Miss Baxter," sade Mrs Benbury varmt.

Lilla Mary tackade Estelle blygt och stoppade syltbakelsen i munnen i ett enda stycke. Felix dolde ett leende och vände tillbaka blicken mot bonden, en stadig man i ungefär hans egen ålder.

"Min farfar sade att det är problem med ert tak. Vill du visa mig?"

"Aye, sir, och tack för att ni kom så snabbt."

Mrs Benbury bjöd in Estelle i köket på ett glas färsk mjölk medan Felix klättrade upp på vinden med Mr Benbury för att inspektera skadan; han klättrade ner igen tio minuter senare och tog tacksamt emot ett eget glas mjölk.

"Jag håller med, Jacob," sade han till bonden. "Ingen idé att lägga nya skiffer på taket när bjälken är röten sådär, och det är inget du kan göra på egen hand. Jag ska ordna några karlar och en ny bjälke, och så får vi det gjort inom en vecka om vi kan. Bäst att laga innan mer regn förvärrar skadan."

Estelle satt vid bordet med lilla Mary i knät, och Mary visade Estelle två axdockor och berättade ivrigt en historia. Felix kände hur hjärtat smälte när han såg dem; han kunde se framför sig hur underbar mor Estelle skulle bli. Han ville höra barn skratta när de åkte kana nerför ledstängerna i den stora trappan på Ferndale Hall, precis som Felix själv en gång hade gjort. Det gamla huset behövde väckas till liv igen.

Estelle såg upp på Felix och log, innan hon gestikulerade mot sin överläpp. Han blinkade förvirrat innan han insåg att han måste ha en mjölkmustasch. Hastigt fiskade han upp en näsduk ur fickan för att torka bort den.

De tackade Benburys för deras vänliga gästfrihet och satt upp för att rida vidare. När de vinkade till den lilla familjen sade Estelle:

"Mary borde ha en riktig docka."

"Nå, härskarinnan på Ferndale skulle kunna lägga en i hennes julkorg," sade Felix varsamt.

"Det skulle hon sannerligen," höll Estelle med, och hon log mot honom. "Du ser till deras tak?"

"Självklart! Jag träffar farfars förvaltare i eftermiddag. Det här borde ha gjorts för länge sedan; jag tror att jag ska beordra besiktningar av alla egendomens hus. Se till att allas tak är täta innan vintern."

"Du är långt mer ansvarstagande än jag först trodde," sade Estelle. "Du kommer att bli en mycket god herre över Ferndale... oavsett vem som blir härskarinna."

Han kände sig tre meter lång av hennes beröm. Ingen hade någonsin sagt något sådant till honom tidigare, och en oväntad klump satte sig i hans hals. "Tack," sade han tjockt.

Hon log mot honom, innan leendet blev busigt. "Kapplöpning till den där höga eken," sade hon, och hon dök ner över hästens hals och satte av i galopp innan han ens hann samla upp tyglarna.

"Fuskare!" skrattade han. "Kom igen, Hannibal, vi kan inte låta en dam vinna; vår ära står på spel!"

Hästen var fullkomligt nöjd med att springa, men Felix höll honom medvetet tillbaka för att låta Estelle vinna av den enkla anledningen att han ville se henne lycklig, rosig och skrattande i sin seger.

Ärligt talat verkade hon bli vackrare varje gång han såg på henne.

När de kom tillbaka till Ferndale mötte moster Florence och Mrs Sykes Estelle med välkomnande leenden och fler frågor om att lösa "problemet för handen", som de blygsamt kallade vägglösskatastrofen.

Att se de tre kvinnorna samarbeta med sådan harmoni värmde Felix hjärta ännu mer. Hade det någonsin funnits ett tydligare tecken på att Estelle inte bara var kvinnan i hans framtid, utan också kvinnan för Ferndale Hall?

Han må ha närt fantasier om hur lätt det skulle vara att sköta Ferndale Hall – med Estelle vid sin sida – men den eftermiddagen tog ner Felix på jorden med hemsk snabbhet. Baron Ferndale presiderade över kommunfullmäktiges möten. Vilket betydde att de inte kunde börja förrän han var där, och han kunde inte gå förrän alla ärenden var avklarade.

Detta skulle bli en del av Felix osmakliga framtid.

Joshua Baxter var där, i sin ansedda roll som stadens magistrat. Reverend Milings hade också en plats, som stadens andlige ledare. Doktor Rasley hade en plats, och den gamle gentlemannens närvaro fick Felix att förstå varför mötena började mitt på eftermiddagen i stället för efter middagen – eftersom Rasley själv började snarka efter den första timmen.

Hade inte någon nämnt att Dr Rasley inte gick i kyrkan för att tidiga morgnar inte passade honom? Tidiga kvällar verkade också tänja på hans gränser.

Det fanns också en Mr Wellworth, och Felix uppfattade inte riktigt vad den mannen gjorde för staden. Det spelade ingen roll, han stod på Joshua Baxters sida han med. Åh, och Mr Burton, juristen, som också ingick i Mr Baxters läger.

Det fanns förstås ytterligare tre ledamöter som stod på hans farfars sida, däribland apotekaren Mr Lennox, samt borgmästaren och en annan rådman som hans farfar hade utnämnt. Men de var rejält i minoritet.

Felix fick inte rösta, eftersom han bara hade observatörsstatus. Siffrorna landade gång på gång fem mot fyra, till förmån för Joshua Baxters falang. Minuterna kändes som timmar och tömde hans sista reserver av godmodighet. Detta var värdefull tid han kunde ha ägnat åt att kyssa Estelle.

Hans farfar tog upp en diskussion om sjukhuskommitténs rapport som han ville föra in i mötesprotokollet. Det sattes under omröstning, men han förlorade, så han kunde inte ens ta upp frågan.

Hur skulle de kunna åstadkomma någon framsteg i den här staden om de inte ens lät en rapport bli uppläst?

Hemfärden med hans farfar var fylld av frustration. "Vilket kolossalt slöseri med tid," erkände Felix när de väl var trygga i vagnens sköte.

"När du tar dig an baronvärdigheten tar du det goda med det onda," sade hans farfar.

"Jag insåg inte att det skulle vara så dåligt," stönade han.

"Det var särskilt bedrövligt i kväll," medgav farfar med en tung suck. "Normalt röstar de åtminstone för att läsa upp rapporter från några av stadens kommittéer."

"Varför skulle man inte vilja ha ett sjukhus?" Det var den delen som gjorde Felix rasande.

Den gamle mannen skrattade och sade: "Åh, de vill ha ett sjukhus, de skickade mig bara en signal om att det måste ske på deras villkor, där de vill ha det. Och jag fruktar att de försöker pressa fram en förändring av sjukhuskommitténs sammansättning, för att ta in fler av deras fruar."

"En maktdemonstration?" Felix var inte främmande för lite intrig. "Låt mig gissa, Mrs Baxter vill sitta i sjukhuskommittén?"

"Mitt i prick," skrattade Lord Ferndale.

Felix tittade ut genom vagnsfönstret och sade: "Det hade förmodligen gått bättre för er om jag inte hade varit där."

"Du ska inte komma och hitta ursäkter för att utebli från nästa," sade farfar strängt. "Jag behöver vittnen till deras obstruktion."

De skrattade båda åt det, för att dölja faktumet att kommunfullmäktigemötena var fullständigt vedervärdiga och verkligen behövde en omorganisering. Tänk att blockera ett sjukhus som kunde hjälpa alla i staden på grund av en personlig schism! Felix kunde inte begripa det.

Tisdag morgon vid frukosten såg Felix fram emot att rida ut igen med Estelle för att utforska fler av Ferndales ägor. De kunde inspektera några fler hus och se efter läckande tak eller trasiga fönster. Och hitta lite tid för fler kyssar.

Estelle krossade hans sinne med en nonchalant kommentar om att deras "lilla problem" var väl under kontroll och att hon behövde återvända till Hatfield och sina systrar.

Kyla lade sig i hans mage. Han såg på sin farfar med vad han hoppades var en diskret men bedjande blick. Det var för tidigt för henne att åka. Hon kunde inte återvända till stan utan ett frieri, och han hade varit alldeles för upptagen med att njuta av hennes sällskap och hennes lovord för att komma till skott. Vilken dumskalle han var!

Om han inte hade behövt gå på kommunfullmäktigemötet i går kväll hade han kanske hittat ett sätt att fråga också. Det hade sannerligen varit bortkastad tid.

Farfar gav honom en förintande blick som sade att Felix slösat bort sin chans, sedan harklade han sig och lät besegrad. "Jag är förfärligt ledsen, Miss Baxter, eh, en av mina vagnshästar blev lite halt på vägen tillbaka från Hatfield i går kväll. Om ni inte har något emot att stanna en natt till, bara för att vara säker på att hon är frisk och stadig?"

Vilken dundrande stor lögn det där var, tänkte Felix och dolde ett leende bakom handen.

Farfar tog i ännu tjockare än apelsinmarmeladen: "Om ni inte är missnöjd med Gula Sviten? Är den inte i er smak?"

"Å kära nån, Lord Ferndale. Gula Sviten är förtjusande. Jag blir behandlad som kungligheter här."

Farfar nickade godmodigt. "Det var bra, för vi har haft någon enstaka hertig som bott där på resa. Men jag är förtjust över att höra att den håller er standard." Han levererade den sista raden med ett grin, och Estelle gav ett mjukt skratt och slappnade av i axlarna.

"Som ni älskar att skämta. Gula Sviten är ljuvlig och jag skulle innerligt gärna stanna en natt till. Jag är bara bekymrad för mina systrar, som tvingas sköta mina många göromål utöver sina egna."

Sedan vände sig Estelle till Felix och hon såg misstänksam ut över denna nya försening, men var ändå nådig i sin uppskattning av bekvämligheterna. Hon sträckte sig efter ett nytt rostat bröd, och hans farfar reste sig ur sin stol och gav tecken åt dem båda att ställa sig vid fönstret.

Med låg röst sade Lord Ferndale: "Vi kan inte fortsätta hitta halta ursäkter."

"Den var bra, vi skulle kunna säga att hästen fortfarande är halt..."

"Sluta. Vi kan inte ha henne här hur länge som helst. Sätt fart med uppvaktningen, gossen."

Felix nickade och förstod hur allvarligt läget var. Solen sken klart över ängen och vattnet glittrade på sjön. En idé slog honom, och han hade kunnat sparka sig själv för att han inte agerat tidigare.

KAPITEL 16

En picknick med Felix

Estelle kunde inte höra exakt vad Lord Ferndale och Felix talade om, men hon hade en stark känsla av att hon var ämnet för deras samtal, eftersom båda kastade förtäckta blickar åt hennes håll. Sannerligen var ingen av dem några mästare i vare sig finess ... eller lögn. Hon trodde inte för ett ögonblick att någon av deras hästar var halt. Inte på Ferndale. De hade alltför många duktiga människor som tog hand om boskapen och sannolikt hästar i reserv även om någon var öm. Men hon kunde omöjligen förolämpa dem efter all möda de lagt ned på att hon skulle ha det bekvämt.

Hade hon sovit i ett rum där en hertig tidigare hade legat? Inte undra på att hon sovit så gott. Tack och lov hade ingen varit i det rummet på så länge att risken för vägglöss var obefintlig.

Felix och Lord Ferndale stod vid fönstret med huvudena tätt ihop, säkert i färd med att planera någon förtjusande liten blåsning. Hon kunde inte bli arg på dem för att de sökte lite nöje i livet. Det krävdes mycket arbete och samordning för att sköta godset. Om de hittade sätt att skapa små stunder av glädje längs vägen, blev livet så mycket trevligare.

Hon älskade deras sällskap, liksom Miss Yates. Och hon kände sig helt välkomnad av tjänstefolket, som var så vänliga och respektfulla. Ack, det gjorde bara att hon fick desto sämre samvete över att ha lämnat sina systrar åt att sköta bokhandeln på egen hand.

Tänk om fler räkningar hade kommit?

Tänk om kusin Joshua hade dykt upp?

Som om han hört hennes tankar vände Felix sitt gyllene huvud och log mot henne. "Miss Baxter, det ser ut som att vi får ännu en vacker dag. Ska vi låta personalen ordna en picknick åt oss?"

Estelle kunde inte minnas när hon senast hade unnat sig ett sådant ljuvligt tidsfördriv. Och när skulle hon få en chans igen? Hon tryckte ned skuldkänslorna.

Bara en dag till. Det skulle hon unna sig.

"Tack, det är väldigt omtänksamt av dig. Jag skulle bli förtjust."

Lord Ferndale knuffade till Felix med armbågen.

Vad planerade de där männen?

Hon fick snart veta det när hon följde Felix på den härliga promenaden förbi rabatter av annueller som sträckte sig ned mot sjön. Han bar ingen picknickkorg, vilket fick henne att undra om det där bara varit en förevändning för att gå åt det här hållet?

De kom till båthuset och fann att personalen höll på att ordna ett idylliskt ställe under en pil som växte vid sjön. Felix visade henne till den korta bryggan, där en roddbåt var utrustad med filtar och kuddar och ett stort parasoll för att skydda hennes ansikte mot solen.

Det var utsökt, och hon tänkte hela tiden att hon måste drömma, för det var så perfekt.

Felix räckte ut handen för att hjälpa henne i båten. Värme spred sig genom hennes ådror vid hans vänliga och varsamma beröring, och hon tog god tid på sig innan hon släppte. Båten gungade lite under dem, men snart satt Felix mittemot. Han slog upp parasollet åt henne, eftersom de snart skulle ro ut mot mitten av sjön där skuggan inte nådde.

Estelle sjönk ned i sätet och lät handen dingla över relingen, vattnet kittlade hennes fingrar. Om det fanns en bättre definition av salighet hade hon ännu inte funnit den. Hon ägnade de nästa ögonblicken åt att etsa allt i minnet. Doften av nyklippt gräs i luften, dagens värme, den stilige, gyllene gentlemannen som försiktigt rodde dem omkring. När de tog sig ut i solen gjorde parasollet sitt. Däremot satt Felix och hans gyllene lockar i full sol. Till hennes förtjusning tog han av sig kavajen och rullade upp skjortärmarna så att ett par imponerande solbrända underarmar blottades. Hon borde inte vara så fixerad, men hon hade känslan av att han visade upp sig för henne, och bara henne, när han tog i med årorna och musklerna spelade.

Hon kunde inte hindra det lyckliga leendet från att spricka upp över kinderna. Driften att titta tillbaka mot herrgården för att se om Lord Ferndale eller Miss Yates tittade på dem var stark, men hon stod emot och föredrog att vila blicken på Felix.

"Det här är ljuvligt, tack," sa Estelle. Hon hade haft så få tillfällen i livet att verkligen koppla av och vältra sig i små lyxigheter. Hon förvisade alla tankar på bokhandeln ur huvudet. Till och med Crafty var bortglömd för ett ögonblick.

Felix rodde dem till en avskild plats bakom några träd som skymde all utsikt mot Ferndale Hall eller personalen som dukade upp deras picknick.

Han lade upp årorna och de låg och flöt en stund i stillhet.

Sedan sträckte Felix sig efter sin kavaj och Estelle suckade, när hon insåg att han kanske skulle täcka armarna igen och att den vackra uppvisningen skulle vara över.

Det gjorde han inte. I stället tog han upp något ur fickan och rörde sig försiktigt i båten, höll balansen för att inte få den att gunga för mycket. Sedan placerade han sig framför henne på knä.

Estelle satte sig rak i ryggen och lät parasollet falla. Som tur var hamnade det i båten och inte i vattnet.

Båten gungade till lite vid hennes hastiga rörelse, men snart fann de jämvikten igen. Om ändå hennes hjärtslag kunde lugna sig lika snabbt! Pulsen fyllde öronen och dränkte hans ord. Han sa något mycket allvarligt, medan han höll fram ett pärlarmband som såg mycket gammalt ut. Som om det kunde vara ett arv från Ferndale.

Tiden saktade in. Hon svalde och det slog lock för öronen. Hon kunde till sist höra hans ord och den viktigaste meningen nådde fram.

"... äran att gifta sig med mig?"

Halsen blev torr. Hennes ansikte hettade av förtjusning

och förlägenhet. Han måste ha hållit ett så vackert tal och hon hade knappt hört något av det.

"Jag hoppas att det här inte kom helt överraskande?" sa han, och uttrycket föll.

Ack då, trodde han att hon avböjde? "Nej."

"Är det där ”nej” för att det inte är en överraskning eller ... ”nej” till den andra, mycket viktiga frågan?" Han såg riktigt orolig ut medan han väntade på hennes svar.

"Ge mig ett ögonblick att hämta andan," fick hon fram. Hon ville att det här ögonblicket skulle bli perfekt. Den vackra dagen, det glittrande ljuset som dansade på sjön, den gyllene mannen som hon nu sett två gånger utan skjorta, detta otroliga gods ... och ja, pengarna och tryggheten som följde med. Allt hon kunde önska eller behöva i livet, nu och i åren som kom, erbjöds henne. Hennes känslor för Felix var verkliga. De var goda känslor, och om det ännu inte var kärlek, började hon tro att de var väldigt nära den destinationen.

Allt jag behöver göra är att gifta mig med den här mycket stilige, ljuvlige, glädjefyllde mannen.

Med tanke på vilka fördelar deras äktenskap skulle föra med sig till hennes systrar och hur lycklig det skulle göra alla – och där inräknade hon sig själv – vore det själviskt och dumdristigt att säga nej.

"Ja," sa hon. "Ja, Felix Yates, jag ska gifta mig med dig."

Felix sjönk ihop av lättnad så att båten gungade.

De skrattade båda tillsammans av lättnad och glädje när båten väl stabiliserat sig igen.

Felix höll fortfarande fram armbandet mot henne och sa:

"Jag trodde ärligt att mitt hjärta skulle stanna och att jag hade läst situationen mycket dåligt."

"Inte alls. Jag behövde bara memorera allt med det här ögonblicket."

"Det här glömmer jag sannerligen inte i brådrasket," sa han medan han lade armbandet runt hennes handled och knäppte låset. Hennes hud tycktes lysa där det satt, arvspärlorna glänste. Solsken fyllde henne. Felix tog sedan hennes hand i sin och kysste hennes fingrar. Han såg upp på henne genom ögonfransarna och hennes hjärta slog kullerbytta.

Varsamt, så att de inte skulle få båten att gunga för mycket, lutade de sig mot varandra och beseglade hennes ja med en kyss.

Värme blommade inom Estelle vid beröringen. Så länge hon levde skulle hon aldrig glömma detta magiska ögonblick.

"Jag älskar dig så innerligt," sa han med en skälvande andning när kyssen tog slut. "Jag ska göra det till mitt livs uppgift att se till din fortsatta lycka."

Hon tog hans stiliga ansikte mellan sina händer och kysste honom igen för säkerhets skull. Deras läppar passade så perfekt ihop. Gjorda för varandra.

"Du har redan skänkt mig mycket lycka. Det blir ingen uppoffring alls att vara din hustru, Felix Yates."

Picknicken förflöt i ett lyckorus, eftersom personalen hade ställt i ordning allt och sedan hållit sig ur vägen. De åt inte mycket, nöjda med att bara vara tillsammans och njuta av stunden.

Och så många fler kyssar.

De avslutade måltiden tidigt och Felix fann ett par ur

personalen på andra sidan det lilla båtskjulet. Han sa att de skulle få njuta av det som blev över.

Estelle höll Felix i handen och de gick tillsammans tillbaka till herrgården för att ge Lord Ferndale och Miss Yates deras underbara nyheter.

Till Estelles glädje var Lord Ferndale förtjust, och Miss Yates kramade och kysste dem båda. De spelade till och med förvånade över utvecklingen och påstod att det var "så hastigt", fast hon var rätt säker på att de känt till Felix planer. Felix hade förmodligen varit tvungen att hämta det där arvegodsarmbandet ur Lord Ferndales kassakista för att kunna ge det till henne.

De firade med vin och sherry ur källaren och Lord Ferndale utbringade en skål för det lyckliga paret.

Lord Ferndale sa: "Du kommer att bli en utmärkt värdinna på Ferndale Hall. Och jag är glad att Felix ansåg att armbandet skulle tillfalla dig."

"Det är vackert. Jag ska alltid vårda det," sa Estelle.

"Det där var min mormors armband," sa Miss Yates till Estelle. "Lady Elizabeth. Det är hon i porträttet där, den ljushåriga kvinnan som liknar Felix. Han tyckte att det var mycket passande att du skulle få det."

"Jag är så hedrad, Miss Yates." Estelle ville gråta åt hur mycket armbandet symboliserade hennes upptagande i familjen.

"Åh snälla, vi är ju så gott som familj nu. Kalla mig moster Florence."

Estelle trodde nästan att hon skulle fälla riktiga lyckotårar. Ansiktet värkte av allt leende.

"Följ med mig," sa moster Florence lågt till Estelle medan Felix och Lord Ferndale var upptagna med att klappa varandra på ryggen. "Jag har något mer till dig, min kära."

Estelle följde gärna med. Hon följde efter Miss Yates upp till första våningen och sedan uppför ännu en trappa. Därefter ledde Miss Yates henne genom en smal korridor och låste upp en dörr i änden som visade sig leda till ytterligare trappor.

Det var tur att Estelle inte hade druckit för mycket vin, med så många trappor att klättra, och sedan skulle de ju ned igen.

"Vart är vi egentligen på väg?" frågade Estelle nyfiket när Miss Yates började gå upp.

"Vindarna. Det finns något här jag vill att du ska få."

Estelle betvivlade att något rum på Ferndale Hall tilläts bli särskilt dammigt, men vindarna visade sannerligen tecken på att inte användas mycket. Luften här uppe kändes stilla och mättad av årens gång, de få möblerna var täckta av hollandtyg, kistor och lådor staplade längs väggarna.

"Här borta." Miss Yates vinkade till Estelle att komma till en stor, läderklädd kista. "Hjälp mig att lyfta på locket, var snäll."

Tillsammans lossade de läderremmarna och lyfte på locket, och Miss Yates tog bort en enkel längd vit linneseg som låg över innehållet. "Där," sa den äldre damen med nöjd ton. "Fullt dugligt."

Kistan var gjord av ceder och luktade lite av kamfer, uppenbarligen för att hålla mal borta. Estelle blinkade ned på innehållet ett ögonblick innan hon förstod vad hon såg.

"Är det där *siden*, Miss Yates?" Vikta längder av siden, i mer än ett dussin färger och nyanser, en del enfärgade, andra med mönster eller broderier, alla mycket, mycket dyra i Estelles ögon.

"Det är det. Femtio år gammalt i år, men aldrig använt." Miss Yates lyfte upp en längd smaragdgrönt siden och vecklade ut det, så att det måste vara minst åtta yard av det fina tyget. Det böljade och glänste i solljuset som strömmade in genom vindfönstret och upplyste en väg av dammkorn.

"Varifrån kom det?" frågade Estelle.

"Det var tänkt till min brudutstyrsel." Miss Yates log lite vemodigt innan hon räckte ut det smaragdgröna sidenet runt Estelle och draperade det som en klänning.

"Åh." Estelle ville inte snoka, men Miss Yates berättade ändå.

"Jag var förlovad en gång. En underbar ung man som jag träffade i London. Han bad mig gifta mig med honom en ljus sommardag, mycket lik den här. Vi planerade att gifta oss till Mickelsmäss och min mor tog mig till London; vi köpte det här sidenet den dagen och tog hem det, i avsikt att sy nya klänningar för mitt liv som gift kvinna. Men innan vi ens hann börja klippa kom nyheten; min Henry föll av hästen på säsongens första jakt och ... gick bort."

"Jag är så ledsen," sa Estelle mjukt. Livet kunde vara så grymt, oavsett hur mycket bekvämlighet en människa föddes in i.

Miss Yates tog upp en annan längd siden, den här i gyllengult, och höll det mot sig. Hennes urblekta blå ögon var långt borta, förlorade i minnen från en annan tid.

"Jag hade kunnat gifta mig med en annan," sa hon, och

hennes ton var mer tröstande än skrytsam. "Jag hade möjligheter och frierier, men ingen av herrarna fick mitt hjärta att slå fort som min Henry gjorde." Miss Yates lade det gyllene sidenet över sina axlar och log, och i leendets båge och kindbenens höga båge kunde Estelle se den stora skönhet Florence Yates måste ha varit för femtio år sedan.

"Min bror pressade mig aldrig, och han och kära Emily, Gud vare henne nådig, fick mig aldrig att känna att jag måste lämna Ferndale. Jag har haft ett gott liv, Miss Baxter, tyck inte synd om mig. Men det här sidenet har legat oanvänt länge nog. Jag vill att du ska ha det, annars kommer det bara att ligga här och mögla i ytterligare femtio år!"

Det fanns ingen möjlighet för Estelle att tacka nej, inte efter den där gripande berättelsen. I stället klev hon fram, öppnade armarna, och Miss Yates tog emot omfamningen och vilade huvudet mot Estelles axel. De stod där, tätt samman i sina insvepta alnars siden, tills ett harklande vid trappläpet fick Estelle att le.

"Följde du verkligen efter oss upp hit, Felix?" frågade hon.

"Jag står knappt ut med att ha dig ur sikte längre än några minuter," erkände han muntert. Hans ord fick henne att le så mycket att hon skulle värka i en vecka.

Felix steg närmare, stirrade storögt och frågade: "Vad är allt det här?"

"Min bröllopsgåva till din brud," sa Miss Yates raskt och släppte Estelle. Estelle låtsades att hon inte såg hur den äldre kvinnan torkade ögonen. "Ser hon inte fullkomligt strålande ut i det där gröna, Felix? Det plockar fram det gröna i hennes ögon."

"Jag avgudar Estelle i grönt," höll han med, "men jag måste erkänna att jag aldrig sett henne vara något mindre än vacker i någon färg. Jag tror faktiskt att hon till och med skulle kunna bära en jutesäck med framgång."

"Jutesäck, minsann!" fräste Miss Yates, men log ömt åt honom. "Inget annat än det finaste för blivande Lady Ferndale, din lilla ligist!"

"Det ser onekligen ut så," sa Felix och kikade ned i kistan. Hans ögonbryn for upp, och blicken gled i sidled mot Estelle. Hon kunde se hur han i tankarna beräknade värdet av det som fanns i kistan.

Det var frestande – åh så frestande – att tänka på att sälja sidenet, eller åtminstone en del av det. Hon skulle kunna betala de åttio punden till banken med en gång om hon gjorde det, men Estelle tänkte inte förolämpa Miss Yates så. Gåvan var inte avsedd för det.

"Det måste finnas nog med siden till tjugo klänningar här," sa hon eftertänksamt. "Skulle det vara i sin ordning för er, Miss Yates, om jag lät sy en eller två klänningar åt var och en av mina systrar också?"

Miss Yates gav ifrån sig ett lustigt tsk-ljud, som om frågan vore tokig. "Självklart får du det, min kära; vilken förtjusande tanke! Och du kommer att behöva bomull och muslin till underkjolar och foder också; köp det på manufakturaffären så skickar jag dem en lapp om att kontot ska stå på mig."

Estelle försökte avböja, men allt hon sa tycktes bara inspirera moster Florence och Felix till ytterligare generositet. Ju mer hon försökte hålla dem på mattan och få dem att vara förståndiga, desto mer beslutsamma blev de två att ösa gåvor över henne. Hon fick nypa sig i armen hela tiden för att inte ryckas med i den här nya världen av vackra ting, när hennes verklighet i Hatfield var allt annat än sådan.

När de väl tagit sig nedför vindstrappan igen och Felix hade skickat upp två lakejer för att bära ned kistan, hade Miss Yates på något sätt också förklarat att hon tänkte köpa så många nya skor, handskar och hattar som Estelle kunde tänkas behöva till sina nya klänningar, och tillräckligt för hennes systrar också.

KAPITEL 17

Den andra lådan

Estelle hade kunnat sväva hem i en lyckobubbla. Ferndales vagn var ett mycket gott andrahandsval. Felix, hans farfar och gammelmoster stannade kvar på Ferndale Hall för att förbereda bröllopet, medan hon reste ensam till Hatfield.

Hon klev in i bokhandeln och dörren pinglade. Louise tittade upp från disken och gav till ett glädjetjut. På några sekunder låg de i varandras armar, som om de varit åtskilda i månader och inte bara några dagar.

"Friade han?" frågade Louise.

Värmen steg i Estelles ansikte.

Marie kom in och klagade: "Måste du låta så där, Lou?" Sedan fick hon syn på att Estelle hade kommit tillbaka och kastade sig om halsen på dem båda. "Åh, nåväl, ni får skrika när det är goda nyheter som detta. Jag trodde ni trampat i Craftys rester."

Oväsendet drog in Bernadette och Mrs Poole i bokhandeln, och alla fyra försökte krama Estelle samtidigt.

"Flickor, flickor," sa Mrs Poole, "låt Estelle andas." Trots att Mrs Poole själv hade bidragit rikligt till trängseln.

Systrarnas kärlek fyllde henne med glädje. Estelle strålade och skulle just berätta allt i rätt ordning när Bernadette blurade ur sig: "Han har väl friat, eller hur?"

"Ja," nickade Estelle, och insåg att det var omöjligt för dem att tala sansat. Uppfylld av lycka kramade hon sina systrar igen. Den här gången en och en.

Louise tog Estelle om axlarna och sa: "Du har väl tackat ja? Va?"

I en bråkdels sekund funderade hon på att försöka skämta, men hon hade det inte i sig. Dessutom avslöjade hennes leende ansikte henne. "Ja," bekräftade hon.

De överöste henne med kärlek och gratulationer. Då fick Bernadette syn på armbandet runt hennes handled och skrek till, och fick henne att hålla upp det så att alla kunde beundra det.

"Vänta tills ni ser Miss Yates gåva," sa Estelle med ett grin. "Den gåvan kan jag dela med er allihop."

"Var vill ni ha den, Miss Baxter?" De två lakejerna som åkt bak på kuskbocken släpade in kofferten fullpackad med siden genom bokhandelns smala dörr.

"Vi får den aldrig uppför trappan. Ställ den här bakom disken så tömmer vi den, och så ber vi Mr Thomas bredvid att förvara den tills ni kan ta tillbaka den tomma kofferten till Ferndale," bestämde Estelle.

Alla var sprickfärdiga av nyfikenhet på vad som låg inuti.

Estelle var lika otålig att få dela det med dem. En vördnadsfull tystnad föll när hon lyfte locket. Marie sträckte ut en förundrad hand för att smeka ett ljusrosa siden broderat med pyttesmå vita blommor.

"Det är det vackraste jag någonsin sett." Marie nästan viskade. "Var fick Miss Yates tag i dem?"

"De var till hennes brudutstyrsel. De är femtio år gamla, kan ni tro?" Estelle berättade för sina systrar Miss Yates ganska vemodiga historia när dörrklockan pinglade och den sista röst hon ville höra sa:

"Vad är det ni tittar på, flickor?"

Estelle slog igen locket, nästan så att Louise fingrar kom emellan, och vände sig om, med ett påklistrat leende. "Men Cousin Joshua. Och Cousin Phoebe. Vilken trevlig överraskning." Hon höll handleden med pärlarmbandet under disknivå. Hon var inte riktigt redo att kusinerna skulle få veta om hennes förlovning än.

"Vi fick fler böcker från far," sa Marie neutralt. "Ett bevis på att han är i högsta grad vid liv."

Vilket praktlög... och så olikt Marie att dra till med något sådant! Marie hade alltid varit samvetsgrant ärlig. Estelle kastade en sidoblick på sin syster, men Maries uttryck var lugnt och oberört.

Cousin Joshua, däremot, såg ut som om ett svart moln lagt sig över hans huvud. Han frustade och puffade, vände sedan på klacken och gick ut genom dörren igen, med Phoebe kvittrande i hans kölvatten.

De drog alla lätta suckar av lättnad. Tack och lov blev detta inte en långdragen konfrontation som tidigare gånger. Estelle var för fylld av lycka över sitt förestående giftermål med Felix för att låta någon förstöra det. Särskilt Joshua.

"Nå, det blev vi av med honom utan att han fick reda på sidenet, men vilken lögn, Marie!" Estelle såg förbluffat på sin syster. "Jag trodde inte att du hade det i dig."

"Det var ingen lögn. En till låda med böcker från far kom, igår." Marie log brett mot henne. "Men vi packade upp dem och bar upp dem allihop redan. Jag sa faktiskt inte till Cousin Joshua att det var det vi tittade på."

"Fanns det ett brev? Var är han nu?" frågade Estelle ivrigt.

"Inget brev." Marie grimaserade. "Åtminstone inte som vi hittat ännu. Jag tänkte att det kunde ha stuckits in i någon av böckerna och vi har inte hittat det än, det var därför vi bar upp dem allihop. Ville inte råka sälja boken med ett brev i."

Bernadette och Louise hade öppnat kofferten igen och stirrade åter på sidentygerna. Estelle log mot dem. "Jag vill att ni väljer två var. Jag sa det till Miss Yates och hon tyckte det var en underbar idé att ni skulle få lite av det också till nya klänningar, och här finns det nog för tjugo klänningar."

"Minst," höll Louise med och plockade upp ett bedårande salviagrönt siden. "Är du verkligen säker, Estelle?"

Från ingenstans dök Crafty upp och hoppade ner i lådan med tyger.

Alla skrek åt katten att hoppa ur, medan hon rullade runt och ställde till besvär.

Mrs Poole grep katten medan Marie varsamt drog tyget från klorna och lyckades att inte riva upp trådarna.

"Självklart är jag säker." Estelle lade armen om Louise

midja. "Du kommer att vara bedårande i det där gröna. Du kan bära det på mitt bröllop."

"Nå, låt oss få upp alltsammans," sa Mrs Poole praktiskt och viftade bort Crafty. "Vi kan lägga ut dem i er fars rum så länge för att hålla den där katten borta, medan ni bestämmer vilka modeller ni vill ha uppsydda. Jag känner några flickor som syr en riktigt rak söm och som gärna tar på sig arbetet att göra din brudutstyrsel, Estelle."

"Åh, men det har vi inte råd med..." Estelle tystnade, tänkande. De hade fortfarande banklånebetalningen att oroa sig för, men – skulle hon be Felix om pengar? Nu när de var förlovade kändes det inte riktigt lika hemskt. Han hade ju i princip bett henne låta honom hjälpa till, och det verkliga hjälpen hon behövde var ekonomisk.

Bernadette sa: "Vi kommer att sakna dig när du gifter dig, men du kommer bara att vara på Ferndale Hall och det är bara en timmes ritt. Jag undrade också," hon log och gjorde en liten paus, "skulle Lord Ferndale ha något emot om jag odlade lite örter i hans trädgård? Växthusen skulle passa för ingefära."

Lousie och Marie låtsades mätta upp tyger, men de hade tystnat, så de måste lyssna efter svaret.

Estelle blinkade, lite förvirrad. "Nå, jag... kan inte tänka mig att Felix och jag flyttar till Ferndale Hall så snart..."

"Varför inte då?" sköt Bernadette tillbaka.

"Jag har faktiskt inte tänkt i de banorna. Lord Ferndale driver godset och Miss Yates är husets fru. Jag kan omöjligt utgå ifrån att Felix och jag skulle behövas förrän Lord Ferndale går bort, och det hoppas jag dröjer länge än. Åh, förresten, han tackade er mycket nådigt för toniken."

Bernadette strålade åt komplimangen, men blev sedan allvarlig. "Miss Yates kan inte förväntas bära lasset mycket längre. Hon är nästan sjuttio."

Under tiden höll Louise ett av de krämfärgade sidenen mot ett livligare blått och flämtade över hur vackert de såg ut tillsammans, med ett nöjt: "Åh ja."

Marie sa: "Hon har rätt. Miss Yates har mer än fullgjort sin plikt på Ferndale, hon borde få mer ledighet."

"Låt oss inte gå händelserna i förväg. De har Mrs Sykes, som är mycket kapabel," sa Estelle, medan tankarna snurrade kring förväntningarna på hennes nya plikter. Hur skulle hon kunna ha uppsikt över både Ferndale Hall och bokhandeln samtidigt?

"Så, böckerna som kom," sa hon och bytte ämne, "Marie, får jag se dem?"

"Självklart," vek Marie prydligt ihop sidenet hon hållit och lade tillbaka det i kofferten. "Och håll Crafty borta!" Hon stängde locket bestämt.

"Jag kilar in till Mr Thomas." Mrs Poole rodnade en aning, men de avstod från att reta henne. "Be honom bära upp den där och ställa in den i Mr Baxters rum."

Uppe på övervåningen gick Estelle och Marie igenom bokhögen, tog upp dem en och en och gav dem en försiktig skakning innan de lade dem i en bestämd hög. Marie hade redan börjat sortera några.

"Den här högen ska in i vår nästa annons i The Times. Här finns värdefulla titlar som jag vet att samlare vill ha. Den här högen är för böcker som vi kan ställa i hyllorna här i butiken, och den här högen är för Louise att binda om."

Välsigne Maries organisationsförmåga. Hon kunde sina titlar. Många av dessa var på franska, och medan de försiktigt vände böckerna upp och ner för att se om några brev skulle skakas ut, fick Estelle syn på illustrerade sidor.

"Herregud!" Det var inte hennes fel att boken föll upp på en viss färgplansch som fick henne att rodna från pannan till tårna.

Marie kastade en blick och fnissade. "Vi kan behöva en egen hög för böcker att förvara under disken."

Mer nervöst fnitter bröt fram, medan de fortsatte. När Marie skakade ur den sista boken, suckade hon uppgivet. "Inget brev."

Estelle delade besvikelsen. "Så frustrerande."

"Åtminstone finns det böcker, och vi kan sälja många av dem på beställning, så far gjorde det bra."

"Men utan ett brev, hur ska vi veta när han skickade dem?" frågade Estelle.

Marie lutade sig tillbaka och sa eftertänksamt: "Du såg fram emot att han skulle föra dig till altaret."

Estelle nickade, och det stack hett bakom ögonen. "Och vi har ingen aning om när han kommer tillbaka."

Marie klappade hennes hand och sa: "Nå, då får du låta nästa i ordningen utföra den plikten."

Estelle skakade på huvudet och sa: "Nästa i ordningen är..."

"Cousin Joshua!" sa de båda samtidigt.

Estelle ryste till.

Marie, den där rackarn, kacklade av munterhet. "Kan du tänka dig hur mycket han skulle avsky det? I samma stund som han överlämnar dig överträffar du honom i rang! Och han skulle vara tvungen att sköta sig för en gångs skull, för hela Hatfield skulle se om han bar sig illa åt."

"Å kära nån!" Estelle drog ett lugnande andetag. "Vi borde skjuta upp bröllopet tills far kommer hem." Det lät lojalt att säga det, även om hon blev allt fonder om Felix timme för timme och mest undrade hur snart de kunde gifta sig.

"Det gör du inte. Jag tänker njuta av att se Joshua och Phoebe vrida sig när de tvingas gratulera dig med sammanbitna tänder."

"Kanske är de bortresta?"

Marie blev allvarlig. "Ni tror väl inte att de kommer att protestera mot lysningen?"

Det fanns ingen gräns för hur gemen Cousin Joshua kunde bli. "Felix talar med Reverend Millings i eftermiddag för att läsa upp den första nu på söndag."

"Kommer Gamle Svavelpredikanten att hålla gudstjänsten?"

Estelle grimaserade och kände igen det privata smeknamn många hade för kyrkoherden. "Troligen."

Marie slog sig ner bredvid Estelle och gav henne en kamratlig puff. "Själva vigselakten kanske blir något att härda ut, men efteråt är du Mrs Felix Yates och i praktiken – om än inte på pappret – husets fru på Ferndale Hall. Vi bokar extra vagnar och hästar för att ta inbjudna gäster från St John's till Ferndale. Vi placerar Joshua och Phoebe vid ett bord långt borta så att du knappt märker att de är där."

"Det är mycket att ordna," sa Estelle och masserade tinningen.

"Och vi kommer att vara med dig varje steg på vägen," sa Marie.

Under de följande två veckorna upptog bröllopsförberedelserna Estelles alla vakna stunder. Hon var oerhört tacksam för Mrs Poole, som tog allt med ro. Bokhandeln sjöd av den vanliga mängden besökare som ville köpa böcker, men också av en ovanlig mängd sömmerskor och hantverkare som kom för att ta mått till klänningar och ge prisuppgifter för tjänster.

En annan daglig besökare var Felix, som ofta dök upp med omtänksamma små gåvor till alla och alltid köpte några extra böcker att ta med hem. Han påstod att de var till Lord Ferndale, och de accepterade den milda osanningen utan invändningar.

Eftersom de hade så mycket att göra bad Estelle Louise att vänta med reparationer som krävde den stinkande limmet.

"Det kan jag inte," invände Louise. "Den nya leveransen av Minerva-böcker har kommit. De håller inte en vecka i lånehyllan om jag inte byter deras pappband mot tunga pärmar och klotband."

Estelle vädjade: "Vad sägs om att vi väntar med att fylla på lånehyllan till efter bröllopet?"

Louise lutade huvudet: "Jag kan väl alltid läsa dem varsamt först. Kan ju inte ha något olämpligt i våra hyllor, ifall någon anmäler oss till Svavelpredikanten."

"Välsigne dig," sa Estelle och gav sin syster en kram.

Hon spikade fast en ny bit säckväv på Craftys klösstolpe och tittade sedan bakom disken efter inälvor. Usch. En till. Åtminstone trampade hon inte i den den här gången.

Efter att ha städat upp låste hon upp ytterdörren och började gå igenom deras korrespondens.

Dörrklockan pinglade när en kund kom in.

Inte en kund, tyvärr. Det var Joshua och Phoebe, med Lille Kladd i Phoebes armar och de andra två Baxterpojkarna efter. Den äldste, Benjamin, ställde sig bredvid sin far med armarna i kors i imitation av Joshuas aggressiva hållning. Han hade nyligen växt på höjden och utvecklat en hotfull snedsmilegrop som han uppenbarligen lärt vid sin fars knä.

Brutus gled bakom en hög hylla för att titta på böcker. Phoebe satte ner Lille Kladd. Han rusade mot Crafty, som sov på en lägre hylla. Han greppade katten om mitten och tryckte upp henne i ansiktet. Katten gav ifrån sig ett mjukt obekvämt jam och vände blicken mot Estelle som för att säga: "Ser du det här?"

"Sätt ner det där djuret, Barnaby!" ropade Phoebe.

Lille Kladd gjorde så. Hans kladdiga händer och ansikte var nu täckta av mörk katthår.

Åtminstone får han inte lika mycket sylt på böckerna, tänkte Estelle.

"Ni ska gifta er," förkunnade Joshua högtidligt.

"Tack, det ska jag," sa Estelle och noterade hans totala avsaknad av gratulationer.

Joshua frustade lite och sa: "Kommer er far tillbaka före tilldragelsen?"

Han skulle inte få förstöra hennes glädje. Hon skulle inte låta honom. "Jag hoppas innerligt det. Men i hans frånvaro..."

"... faller skyldigheten på mig," avslutade han åt henne.

Så det var därför han var här, för att göra sitt bästa för att förstöra hennes dag. Han kunde ha sagt *ära* i stället för *skyldighet*, men han erkände åtminstone faktumet. Estelle fick till ett artigt: "Det verkar vara så."

Klockan pinglade igen och Estelle kände hur lättnaden spred sig vid tanken på att det kanske var en kund som kunde avleda, och att Joshua inte skulle ställa till en scen inför dem.

Det var Felix, som dök upp som en skyddsängel. Han måste ha tillbringat natten på Red Lion för att vara här så tidigt.

"Mr Yates," sa Joshua och nickade knappt märkbart.

"Mr Baxter," svarade Felix, med så lite betoning på "Mr" att han lika gärna kunde ha utelämnat det.

Felix log soligt mot Joshua, och Estelle fick kväva ett skratt. Hon hade aldrig sett sin kusin gå från överlägsenhet till extrem obekvämhet så snabbt.

"Jag hörde lysningen igår," sa Joshua, vänd till Felix. "Ni ska gifta er med min kusin, Miss Baxter."

Felix svarade: "Det ska jag. Och jag tackar för era gratulationer."

Han hade förstås inte framfört några.

"Ni sökte inte mitt tillstånd, Mr Yates." Joshuas ton var iskall, och för ett ögonblick stelnade Felix till och sneglade mot Estelle.

"Vi behöver inte ert tillstånd, Cousin Joshua," sa Estelle snabbt. "Eftersom jag är fem och tjugotre, är ni inte längre min lagliga förmyndare i min fars frånvaro. Jag kan samtycka till mitt eget giftermål."

Nu var det Joshuas tur att stanna upp, och han rynkade pannan och såg bort som om han räknade år i huvudet.

"Min födelsedag var i april," tillade Estelle, "som ni kanske vet, om ni hade bemödat er att uppmärksamma någon av våra födelsedagar de senaste två decennierna eller så."

"Vilken respektlöshet!" utbrast Phoebe och frustade högljutt för att visa hur upprörda de gjorde henne. Bra.

Joshua viftade henne till tystnad och såg tillbaka på Felix.

"Hennes far har inte återvänt," sa Joshua med en befallande ton. "Det finns ingen som kan föra henne till altaret."

Felix leende mattades knappt, men en skymt av tvivel fanns där, för Estelle hade blivit så förtrogen med hans uttryck och lade märke till den subtila förändringen. Hennes favorituttryck hos honom var när han log mot henne och såg ner på hennes läppar, för det betydde att de snart skulle dela ännu en vacker kyss.

"Jag antar," sa Felix, "att eftersom ni är hennes närmaste tillgängliga manliga släkting, så skulle den äran tillfalla er?"

Joshua rätade på sig. Phoebe såg också oerhört belåten ut. De tänkte väl inte vägra?

Joshua sa: "Som det råkar vara kan jag *möjligen* inte vara tillgänglig."

Vad sa han? tänkte hon.

"Jaså?" sa Felix samtidigt.

Phoebe stod och gottade sig. De hade uppenbarligen kokat ihop hinder för att lägga i vägen för Estelles giftermål med

Felix, och var självgoda över att en av deras planer kanske skulle fungera.

Över min döda kropp, tänkte Estelle.

Joshua fortsatte. "Ni får skjuta upp bröllopet tills jag är det."

"Jag förstår," sa Felix. Av hans uttryck att döma verkade han nedslagen. "När kan ni vara tillgänglig?"

Joshua gjorde sig lång och grep tag i kavajslagen. "Nå, ser ni, det är det som är haken. Jag vet inte. Om Matthew Baxter lever, bör han föra sin dotter till altaret när han återvänder. Jag skulle usurpera hans plats genom att göra det i hans ställe. Om vi å andra sidan visste med säkerhet att han aldrig återvänder, då kunde jag träda in. Men det skulle också innebära att Matthew Baxter inte längre är i denna världen."

Han hade repeterat den där vackra tiraden, det var Estelle säker på. Den var alltför bekväm. Hon tänkte inte låta honom komma undan med det. "Jag är säker på att när min far kommer tillbaka, blir han förtjust över att ni ställde upp när han var upptagen på kontinenten."

"Ja, ja," viftade Joshua bort hennes argument. "Om vi å andra sidan visste att han inte längre fanns hos oss..."

Felix sköt in: "Ingen fara, jag är säker på att min farfar skulle vara förtjust över att utföra uppgiften."

"Vad?" sa Joshua och Phoebe samtidigt.

Felix strålade som om han hittat en sexpence i julpuddingen. "Lord Ferndale hjälper mer än gärna till och representerar vilken familj som helst i församlingen när man ber honom." Han vände sig mot Estelle och hela hennes kropp kändes lättare över hur snabbt han hade undergrävt dem. "Jag är säker på att han skulle stå upp för Estelle i hennes stund av behov. Så om ni inte är tillgänglig, ingen fara, vi har en annan väg."

Joshua stammade och blinkade flera gånger, och sa sedan: "Jag sa aldrig att jag *inte* var tillgänglig, bara att jag möjligen inte är det. Jag ska stämma av med min affärsman och... återkomma."

Felix strålade. "Tack, Mr Baxter. Jag ser fram emot att höra ett ja. Och snart." Det sista ordet hade järn i sig.

"Kom nu," sa Joshua skyndsamt, samlade ihop familjen och mötte varken Estelles eller Felix blick. Phoebe snappade upp Lille Kladd och marscherade ut.

"Kan jag stanna en stund?" frågade Brutus bakom hyllorna.

"Gör som du vill, du vet vägen hem," sa Joshua och gick utan honom.

Felix tog de sista stegen fram till Estelle och de omfamnade varandra med lättnad.

"Tack, så mycket," sa Estelle. "Jag vet inte hur jag skulle ha hanterat honom ensam."

Felix kysste henne och sa mjukt: "Du behöver inte hantera något ensam längre, min älskade."

Hon tog ett djupt andetag och såg upp på honom. "Du bad mig låta dig hjälpa till, och du har redan gjort så mycket, men..."

"Säg mig."

Hon fiskade i fickan och drog fram brevet från banken. "När far for till Frankrike för att leta efter böcker tog han ett banklån. Ett ganska stort. Vi förstod, för han behövde medel till resa och bokinköp, och vi har hållit jämna steg med betalningarna på lånet... fram till nu."

Felix tog brevet och läste det, med rynkad panna. "Men sa ni inte att er far definitivt lever?" frågade han, uppenbart förbryllad.

"Jo, men eftersom den senaste lådan med böcker kom utan daterat brev, kan vi inte bevisa det för banken. Jag personligen tror att Cousin Joshua var den som försåg banken med ryktet om fars död från första början." Hon ryckte olyckligt på axlarna. "Jag kan inte göra något åt det; banken talar inte ens med mig eftersom jag är kvinna."

"De kommer att tala med mig. Låt mig sköta den här betalningen åt er, Estelle, och nästa vecka åker jag in till London och ber om ett möte. Det enkla faktum att fler böcker fortsätter att komma från er far borde räcka som bevis för att han fortfarande lever. Jag ska få dem att sänka återbetalningarna till den normala nivån igen."

"Tack så mycket." Lättnaden fick axlarna att sjunka. Han hade sagt att hon kunde be honom om hjälp, och han hade levererat. Han skulle komma att hjälpa mycket.

"Jag måste tala med Farfar för att få tillgång till mer medel, men jag skulle kunna lösa hela lånet... kalla det min bröllopsgåva till er..."

"Absolut inte!" Estelle skakade på huvudet. "Tack för att du erbjuder dig, Felix, men jag mår redan tillräckligt dåligt av att be dig om så här mycket. När vi säljer böckerna som far har skickat, har vi gott om pengar till nästa lånebetalning, även om du inte skulle få beloppet nedsatt till vad de ursprungliga avbetalningarna var. Och sedan kommer far hem, snart, hoppas jag," tillade hon trotsigt.

"Det hoppas jag också." Felix vek ihop brevet och stoppade det i fickan. "Nå, jag gör det du låter mig, min älskling, och jag är hedrad att du lät mig." Han kysste henne igen och gav sig av.

Ett ljud bakom henne fick Estelle att vända sig om tvärt, handen mot halsgropen, och hon drog efter andan när hon såg Brutus komma fram mellan bokhyllorna. Hon hade glömt att pojken var kvar. Hur mycket hade han hört? Hon ansträngde hjärnan i ett ögonblicks panik, och försökte minnas om hon sagt något som Cousin Joshua kunde använda mot dem om Brutus berättade vad han hört för sin far.

"Mr Yates verkar vara en mycket snäll man," sa Brutus, och Estelle log trots sig själv.

"Det är han."

"Jag är glad att ni gifter er med honom. Ni förtjänar någon snäll." Brutus tvekade och gav henne sedan ett blygt leende. "Och om ni är gift med någon rik, kan far inte tvinga bort er från bokhandeln."

Estelle slappnade av. Brutus stod på deras sida! Hur Joshua och Phoebe hade uppfostrat ett så godhjärtat barn var henne övermäktigt. Hon vinkade honom närmare. "Skulle Ni vilja hjälpa mig en stund, Brutus? Jag har några böcker att ställa i hyllorna. Jag kan visa hur vi organiserar dem efter ämne och författare..."

Brutus ögon lyste upp, och han nickade ivrigt. "Åh, ja tack! Jag skulle älska att hjälpa till. Jag älskar böcker," lade han till.

"Jag vet att du gör," sa Estelle och gjorde en mental notering om att beställa in fler böcker som skulle passa en pojke i Brutus ålder. Även om Cousin Joshua aldrig skulle betala, kunde Brutus läsa dem i butiken och Estelle var säker på att hon skulle hitta andra köpare. "Här. Kan du bära de här? De är ganska tunga."

"Jag är stark," sa Brutus beslutsamt och lät henne stapla böcker på hans spinkiga armar. "Ni kan lita på mig, Cousin Estelle."

Kanske kunde hon det, faktiskt. Han var ung, men tillräckligt gammal för att lära sig. Och med Ruth till hjälp också, kanske skulle det bli tillräckligt med extra händer för att Estelle skulle kunna lämna sina systrar att sköta bokhandeln någon del av varje vecka, åtminstone.

KAPITEL 18

I otakt

Felix visslade glatt för sig själv när han hoppade ner från Hannibals rygg och klappade hästen innan han lämnade över honom till en stallknekt. "Se till att han får en ordentlig avtorkning och gott om havre. Jag tog det lugnt på vägen tillbaka från London, men det har varit en varm dag," instruerade han.

"Javisst, herr Yates!" Stallknekten rörde vid skärmmössan med respekt, ledde bort Hannibal, och Felix tog trappstegen upp till Ferndale Halls stora portar två i taget.

"Välkommen hem, herrn," intonerade Thorne när han tog Felix rock och hatt.

"Jag var bara borta en natt, Thorne!"

"Ja, men till London, herrn, och vi vet alla vilket lastbarhetens näste det är." Det ena ögonlocket fladdrade i en skymt av en blinkning, och Felix skrattade.

"Du har inte fel, Thorne. Jag står inte ut med stället. För

mycket folk och för lite luft, särskilt en het sommardag. En sval sejdel öl vore precis vad som behövs medan jag sköljer av mig vägdamm..."

"Jag låter genast skicka upp en, herrn."

En stor öl, ett svalt bad och rena kläder senare kände sig Felix lagom uppfriskad. När han var på väg ner igen stack han in huvudet genom bibliotekets dörr och log när han såg sin farfar sitta bekvämt i en fåtölj med en bok i knät.

"Vilken överraskning att hitta dig här, Farfar! Får jag slå mig ner?"

Lord Ferndale tittade upp, log och tog av sig glasögonen. "Fräck rackare, var annars skulle du hitta mig? Naturligtvis, kom in, kom in. Hur var din resa till London? Givande, hoppas jag?"

"Det var den sannerligen!" Felix tog plats mitt emot sin farfar. "Tack för din introduktionsrekommendation till Lord Ellesmere; jag är säker på att banken hade låtit mig stå och stampa bra mycket längre utan ingripande från en av deras förvaltare."

Lord Ferndale nickade en smula självgott. "Det lönar sig att hålla brevväxlingen vid liv med gamla vänner, Felix, låt det bli en läxa för dig."

Felix tänkte skuldbelagt att det fanns flera vänner han stod i brevskuld till, inte minst för att meddela dem att han skulle gifta sig, och nickade botfärdigt. "Din poäng är mottagen, Farfar."

"Och avslutades dina affärer med banken framgångsrikt?"

Han strålade av framgång. "Det gjorde de, jag reglerade låneinbetalningen så som jag lovade Estelle, och när jag visade bankmännen det sista brevet fröknarna Baxter fått från sin far, som de vänligen anförtrodde åt mig, visade det sig vara daterat på exakt samma dag som bankmännen hade fått underrättelser om mr Baxters bortgång. Vilket ju bevisade att deras underrättelser var rent struntprat." Felix log nöjt. "De ville inte säga vem som hade lämnat uppgifterna, men enligt min mening kunde det bara ha varit Joshua Baxter."

"Den där bringar bara bekymmer," muttrade Lord Ferndale. "Jag borde ha gjort mer för att hindra att han blev tillsatt som fredsdomare." Han skakade på huvudet i avsmak. "Men det var året efter att din farmor dog..."

"Du var i sorg, Farfar, klandra inte dig själv. Jag ska hålla ett vakande öga på Joshua Baxter, det lovar jag; han unnar inte Estelle och hennes systrar något gott och jag tänker inte låta honom plåga dem." Felix hade hållit för sig själv saken med Joshua Baxters försök att lägga sig i hans och Estelles bröllop; inget gott skulle komma av att hans farfar blev arg över det, och om Joshua Baxter inte gjorde det rätta och förde Estelle till altaret, ja, då visste Felix att Lord Ferndale gärna skulle få äran.

"Hur som helst gick banken med på att återgå till den ursprungliga betalningsplanen, så att fröknarna Baxter kan hoppa över septemberbetalningen på grund av den stora inbetalning jag gjorde." Felix log belåtet. "Jag fick dem också att lova att de inte ska vidta några ytterligare åtgärder utan mer tydliga bevis på mr Matthew Baxters frånfälle. Och att gå till mig först, så att Estelle inte oroas av några plötsliga krav."

"Verkligen!" Lord Ferndale gav en gillande nick. "Det var mycket väl gjort, Felix; väl hanterat rakt igenom. En solid förhandling; du gick in med pappren i ordning och gick ut med precis det resultat du önskade."

En varm känsla spred sig i Felix bröst vid farfaderns beröm. Han duckade med huvudet, en smula blyg, men Lord Ferndale var inte färdig.

"Jag har tänkt att det är dags att jag lämnar över mer av Ferndales finanser till dig, efter ditt giftermål förstås. När du och Estelle har slagit er ner här, kan du och jag ägna lite tid åt att gå igenom böckerna."

"Självklart, sir! Allt jag kan göra för att lätta bördan från dina axlar."

Lord Ferndale log varmt mot honom. "Du har vuxit upp till en fin ung man, Felix. Jag är väldigt stolt över dig. Det vill jag att du ska veta."

Felix kinder brann och ögonen kändes märkligt heta. Han lyckades mumla ett tack, och sedan, gudskelov, bytte farfadern ämne, lutade sig över till ett sidobord och tog upp ett brev som han räckte mot Felix.

"Det här kom till dig idag."

"Åh!" Brevet var fortfarande förseglat, såg Felix när han tog det, och så vände han det och såg adressen skriven med hans mors fasta hand. Det skulle precis ha funnits tid för hans brev, där han meddelade sin mor om sin förlovning, att nå Irland och ett svar att komma tillbaka, beräknade han medan han bröt sigillet och vek upp brevet. Han log medan han läste.

"Hon bjuder in mig att ta med Estelle till Irland på besök. En bröllopsresa."

"Det låter som en strålande idé," sade Lord Ferndale gillande. "Åk strax efter bröllopet och res på hösten, innan vädret blir ruskigt och ni får en hård sjöresa. Fira jul hos din mor och kom hem till våren."

"Estelle vill resa," sade Felix lyckligt. "Vilken lysande plan! Så länge du klarar dig utan mig så länge?" försäkrade han sig.

"Naturligtvis gör vi det. Och det var, vad, sex eller sju år sedan du senast såg din mor? Du borde ta din brud för att träffa henne. Faktiskt insisterar jag på det!"

"Jag ska tala med Estelle om det i morgon. Det är lördag; jag tänker ta med en eller två pigor och ett par lakejer och åka och låta dem städa deras bostad. Ge familjen Baxter och Mrs Poole en paus."

"Det var mycket vänligt och omtänksamt av dig, Felix. Jag är säker på att fröken Baxter uppskattar det, precis lika mycket som hon uppskattar att du tog itu med banken för hennes skull." Lord Ferndale satte på sig glasögonen igen och öppnade sin bok. "Och nu får du allt ge dig av, min bäste gosse, och låta mig läsa. Jag vill hinna avsluta det här kapitlet före middagen."

Skrattande lämnade Felix sin farfar i fred. Han hade ändå mycket att göra, inte minst att börja planera resan för att ta Estelle till Irland!

Följande morgon anlände Felix till bokhandeln tidigt och pigg med ett par lakejer som bar in en resväska i butiken. Estelle satt bakom disken och skrev i en liggare, och hon såg upp och gav det vackraste leende när hon fick syn på honom, så att hans hjärta hoppade av glädje och stegen skyndades på när han ilade mot henne. Innan han tog det sista steget tittade han dock snabbt ner för att se efter något farligt och klafsigt på golvet.

"Det där är en god vana att ha," sade Estelle med ett skratt, "men jag hann redan hämta Craftys morgongåva idag."

Han avgudade den här kvinnan så mycket. Felix gav henne ett brett leende följt av en snabb kyss. "Jag vet att lördag brukar vara din städdag, men jag har tagit med hjälp och tänker ge dig, dina systrar och Mrs Poole lite andrum."

"Åh, du är för omtänksam, tack!" sade hon, med ännu ett av de där hjärtesmältande leendena, som försvann från hennes ansikte alldeles för snabbt för Felix sinnesro.

"Men du verkar ledsen. Vad är det som står på?"

"Vi har fortfarande inte hört från min far. Det är irriterande."

Felix tog hennes händer i sina och kysste hennes knogar. "Jag är ledsen. Men för att lätta upp..." han släppte hennes händer och stack ner i fickan, där han tog fram sin mors brev. "Jag har hört från min mor. Hon skickar sina hjärtligaste gratulationer och lyckönskningar."

"Så fint!" sade Estelle, och hennes ögon ljusnade.

"Hon säger att hon inte kan vänta med att träffa min nya brud, och att vi måste besöka henne i Irland snart. Jag tänkte att vi kunde resa senast till hösten, och kanske stanna hos dem ett tag och sedan besöka landsbygden, stanna över jul och vintern, och sedan återvända på våren."

Estelle drog undan handen, och uttrycket blev tveksamt. "Det där är ... mycket."

"Men hon har bjudit in oss, och jag har inte sett henne på

väldigt många år. Du kommer att älska henne, det vet jag. Och jag är säker på att hon kommer att avguda dig."

Estelles röst slog över i en högre ton. "Vi skulle vara borta i sex månader!"

"Det skulle behöva bli så," sade Felix med en rynka mellan ögonbrynen, osäker på varför det här verkade oroa henne. Estelle ville ju resa, eller hur? Och här fanns en gyllene möjlighet! "Det vore farligt att segla hem på vintern."

Hon utbrast: "Det är omöjligt. Jag kan inte vara borta från bokhandeln så länge!"

Felix förstod verkligen inte vad hon menade. "Du kommer inte att driva bokhandeln. Du kommer att vara min hustru."

Estelle svalde och såg förkrossad ut. "Måste jag ge upp det här?"

Allt for runt i Felix huvud. Hur kunde de här goda nyheterna landa så illa?

"Jag trodde att du hade accepterat det?" Hur skulle hon någonsin kunna vara ny husfru på Ferndale Hall och samtidigt sköta Baxter's Fine Books? Det var logistiskt omöjligt.

"Kära nån, Felix, nej. Det kan jag inte!"

Hans hjärna slog igen så fort att han bara kunde blinka en stund tills han fick luft igen. "Vad... vad säger du?" Felix tyckte att hjärtat kunde ge upp när som helst. Han kunde för sitt liv inte förstå var den här lycksaliga vägen mot lycka tagit en sådan fruktansvärd vändning.

Estelle ville fortsätta arbeta i bokhandeln även efter att de gift sig? Vilken galenskap var detta?

"Jag trodde att jag tog dig bort från det här slitet?" sade han.

"Slit? Det här är mitt liv. Jag älskar det!"

Hans värld rasade. Han hade sagt till Estelle hur mycket han älskade henne, och hon hade inte sagt just de orden tillbaka. Han hade hoppats att de skulle komma snart. Men hon älskade bokhandeln?

"Älskar du den mer än mig?" Hettan stack i ögonen och han kunde mycket väl falla sönder om hon sade att hon gjorde det.

"Vad?"

"Du hörde mig. Jag tycker att det är viktigt att vi vet det här när vi just ska gifta oss och det är ett ganska stort steg." Han väntade med andan i halsen på hennes svar.

Varje sekund han väntade var en kniv i magen. Tystnaden hängde tung mellan dem. Hur hade de kommit så här långt utan att diskutera vad deras äktenskap verkligen innebar?

Han stod inte ut att vänta längre. "När vi gifter oss kommer vi att bo på Ferndale Hall. Jag har ansvar gentemot min farfar och egendomen. Det är därför du behövde träffa personalen, eftersom du skulle bli husfru på gården."

"Men inte genast, väl?" kontrade hon.

Han hade inget att svara med på det.

"Det är för mycket," sade hon medan tårar föll från hennes ögon och rev i hans hjärta. "Du gör för mycket och ... jag tycker att du begär för mycket."

Det krävdes all hans kraft att inte torka bort tårarna åt henne. Han ville göra allt för henne för att hjälpa, men han hade uppenbarligen tagit i för mycket. "Det är så jag hjälper," sade han hest, nästan bönfallande.

En tung suck fick hennes axlar att sjunka när hon sade: "Det här är mitt liv, och du ber mig att ge upp det."

"Du vill också resa. Du har sagt så. Jag kan möjliggöra det, men logiskt skulle det alltid innebära månader borta från Hatfield, oavsett om det är Irland eller kontinenten. Jag förstår inte din tvekan. Jag hoppas innerligt att det här bara är fråga om bröllopsnerver i sista stund, för annars är du inte rimlig. Trodde du verkligen att jag skulle komma och bo här efter att vi –"

"Var tyst!" Hon slog handen över munnen, chockad över sina egna ord.

Han pressade samman käkarna också, och väntade. Tystnaden åt sig in i honom som rost.

"Det här är mitt fel," sade Estelle till slut och skakade långsamt på huvudet. "Det här har gått för fort. Jag hade inte tänkt igenom det tillräckligt och allt är en ganska stor chock. Men jag hade, på ett märkligt sätt, tänkt att vi kunde dela vår tid mellan här och Ferndale. Bara... inte så snart."

Han öppnade munnen för att tala och hon höjde handflatan för att stoppa honom.

"Det handlar inte bara om oss, Felix. Det är så många andra inblandade. Mina systrar och Mrs Poole, och unga R— fröken Millings behöver oss och kusin Brutus behöver en fristad och..."

Han kunde inte hålla tillbaka längre. "Jag har också ansvar. För min farfar och gammelmoster och Mrs Sykes och hela personalen på Ferndale, och, med tiden, människorna i Hatfield."

"Men det här är mitt hem!"

"Som fortfarande kommer att finnas här. Jag förstår inte. När folk gifter sig bor de tillsammans."

"Och vad gör jag? Blir en finklädd dam som lever på dina pengar?"

"Det har du ju inte haft något emot hittills!" I samma ögonblick som orden lämnade hans mun visste han att han gjort bort sig. Så fruktansvärt. Han önskade av hela sitt hjärta att han kunde ta tillbaka dem, men de hängde över dem som Damoklessvärdet.

KAPITEL 19

Olyckligt valda ord

Estelle tänkte att hon kanske skulle kräkas upp frukosten. Varför grälade hon med Felix när de skulle gifta sig?

"Kanske borde du gå ... tills vi båda har klara huvuden," sa hon och hoppades få en stund för sig själv att tänka. Verkligen tänka på riktningen hennes liv tog, som gick bort från bokhandeln och allt hon någonsin känt till eller föreställt sig för sig själv.

"Jag tycker att jag ska stanna." Felix stod orubblig framför henne. "Vi behöver reda ut det här, för om några dagar ska vi gifta oss och då är det för sent att reda ut det."

En huvudvärk pulserade bakom hennes ögon och hon fräste till. "Om du ångrar dig, så avblås det då för all del."

Han ryckte tillbaka och flämtade. "Nej!"

Hon hade gått för långt, men hon tycktes inte kunna tänka klart i stundens hetta. "Skjut upp det några veckor tills ... jag vet inte."

"Jag har redan satt saker i rullning för vår resa till Irland."

Estelle sjönk ihop mot disken. "Du går bara och ordnar saker och tror att du hjälper, men ser du inte att du gör det värre? Att du förväntar dig att jag ska bo på Ferndale är en sak, men åtminstone är det mycket närmare än Irland!"

"Du sa att du ville resa!" vädjade han, och hans bedrövade uttryck rev i hennes hjärta.

Hon knöt händerna till frustrerade nävar. "Det sa jag. Det vill jag! Men... jag kan inte!"

"Jag tror inte att du vet vad du vill!"

"Jag tror inte att *du* gör det heller!"

Felix drog sig tillbaka och stirrade på henne.

"Vet du?" fortsatte Estelle, knappt medveten om vad hon sa men desperat att på något sätt få honom att sluta ställa dessa frågor, sluta pressa henne att fatta ett beslut hon på inget sätt var redo att fatta. "Vet du ens vad du vill, Felix? Förutom, tydligen, att jag ska komma och göra ditt liv lättare genom att ta driften av Ferndale Hall från dina händer? Åh, det var ganska uppenbart att Miss Yates och Mrs Sykes visade mig hur allt går till. Och vad ska du göra medan jag gör allt jobbet? Fortsätta ditt sorglösa, muntra liv?"

Hon var inte helt rättvis, och det visste hon, men hon kunde inte tyckas stoppa sig själv. "Du vill ta mig från mitt arbete här bara för att jag ska arbeta åt dig. Fina klänningar och pengar köper mig inte, Felix!"

"Jag har aldrig trott att jag kunde köpa dig," sa han tyst.

"Du trodde bara att jag skulle falla i ditt knä som allt annat i ditt liv alltid har gjort, var det så? Du har aldrig gjort en hederlig dags arbete i hela ditt liv. Du har aldrig behövt kämpa för något, jag tror inte ens att du vet vad arbete är!"

Felix drog ett djupt andetag. "Du är arg. Vi behöver ta ett andetag, kyla våra temperament. Ta lite tid och lugna ner oss."

"Vi har inte tid att reda ut det här, Felix," sa Estelle, och plötsligt blev allt mycket klart för henne. "Jag borde aldrig ha gått med på att gifta mig med dig över huvud taget, och definitivt inte när min far inte ens är här."

"Estelle, gör inte så här." Han bleknade. "Det här vill jag inte..."

"För allt det här har väl handlat om vad du vill, eller hur? Inte om vad jag vill. Du såg en sårbarhet på grund av min situation och utnyttjade den."

"Du är inte rättvis!" Han började se arg ut. "Du känner mig inte ens!"

"Precis!" nästan skrek hon åt honom. "Det gör jag inte! Så vitt jag vet är du lika oanvändbar som din far var, och du såg bara en kompetent kvinna och tänkte att jag skulle göra ditt liv enklare – exakt vad din far gjorde med din mor! Det här är bara historien som upprepar sig, och jag tänker inte vara en del av det!"

Av alla de arga ord som kommit ur Estelles mun, var det de som knäckte Felix. Han tog ett steg tillbaka och kände det nästan som om hon hade gett honom en örfil. Det skulle ha gjort mindre ont.

"Du tycker att jag är som min far." Orden var knappt mer än en viskning.

Estelle ryckte på axlarna, tittade ner och mötte inte hans blick. "Jag kände inte din far," var allt hon svarade.

"Varför i all världen skulle du gå med på att gifta dig med mig, om det är din uppfattning om mig?" Hon mötte fortfarande inte hans blick, och orsaken gick upp för Felix. "På grund av pengarna. Du gifter dig med mig för mina pengar."

"Alla gifter sig för pengar," sa hon, fortfarande utan att titta på honom.

Felix kände det som om hon vred om en kniv i hans hjärta. Han tryckte en hand mot bröstet, plötsligt med andnöd.

Det blev tyst länge. Estelle pillade med några papper på skrivbordet och sa ingenting.

"Den sista lysningen ska läsas i morgon, och sedan ska vi gifta oss nästa fredag," sa Felix och försökte desperat hålla rösten jämn. "Vill du gifta dig med mig eller inte, Estelle?"

Hennes händer slutade röra sig, men hon tittade fortfarande inte på honom. Tystnaden drog ut.

"Jag antar att det var det, då," sa Felix och kunde knappt tro de ord som föll från hans läppar. Han vände sig bort, med hängande axlar, och gick mot dörren. När han kom fram dit såg han tillbaka på Estelle. "Jag är säker på att du inte vill se mig drälla omkring. Jag ska göra den där resan till Irland för att hälsa på min mor – det är år sedan, och jag vill gärna se henne – men jag åker ensam."

När han grep efter dörren for Crafty fram till hans fötter. "Åh nej. Inte den här gången, katt." Han böjde sig ner och vände katten, gav henne en liten puff för att skicka tillbaka henne in i bokhandeln. "Du stannar här."

Crafty gick därifrån, viftade nonchalant på svansen, som om hon inte ens hade övervägt att försöka rymma. Felix skakade på huvudet. Om han inte hade släppt ut den där förbaskade katten, skulle Estelle ha bildat sig en bättre uppfattning om honom från början? För sent nu. Kanske var hennes uppfattning om honom fastslagen från den dagen. Med säckiga axlar drog han upp bokhandelns dörr och gick ut.

Han kisade i det starka solskenet; efter skumrasket i bokhandeln gjorde det ont i ögonen. Det måste vara skälet till att de sved, även om han inte riktigt kunde förklara varför kinderna var våta. När han stegade mot vagnen hejdade han sig när han kom att tänka på lakejerna och pigorna, som just då var på övervåningen och hjälpte till att städa.

Nåväl, de kunde lika gärna stanna och göra klart arbetet. Han skulle åka tillbaka till Ferndale Hall och skicka tillbaka vagnen efter dem. Han kunde inte stanna här, inte en minut till.

Han borde gå in i kyrkan och säga åt prästen att inte läsa upp lysningen i morgon, och att ställa in bröllopet, insåg Felix när vagnen skramlade förbi St. John's, men han ville verkligen inte ha med Reverend Millings att göra just då; utan tvivel skulle den helvetespredikande prästen ha ett och annat att säga om kvinnor som orsaken till all synd, och det ville Felix bara inte höra.

Just nu orkade han inte möta någon.

Självklart var den första människa han såg precis den han helst inte ville se när han steg in i herrgården igen; hans farfar råkade just då gå från trappfoten till sitt arbetsrum och vände sig om och såg på honom med en förbryllad rynka mellan ögonbrynen.

"Vad i all sin dar gör ni här igen, pojke? Jag trodde att ni skulle tillbringa dagen med Miss Baxter?"

Felix hals snörde ihop sig. Han skakade på huvudet.

Lord Ferndales ansikte mörknade. "Vad har ni gjort?" sa han, och hans röst var mycket kall.

"Jag behöver packa," fick Felix fram. "Jag ska till Irland."

"Inte förrän jag har rett ut det här tramset, ni ska ingenstans!" Lord Ferndale pekade mot sitt arbetsrum. "In här! Nu!"

Det här kommer att bli det värsta samtalet i mitt liv, tänkte Felix. På något sätt fick han sina skakande ben att bära honom framåt, tills han kunde sjunka ner i en stol i arbetsrummet och sätta huvudet i händerna.

Allt förvandlades till stoft i hans händer. "Jag har ställt till det, Farfar," sa han tonlöst.

"Uppenbarligen," bet Lord Ferndale av, stampade runt skrivbordet och satte sig i sin stol. "Vad hände?"

"Jag... tog saker för givna," medgav Felix dystert. "Jag frågade inte Estelle vad hon ville, eller gjorde klart vad jag ville. Jag antog bara att hon skulle gå med på mina planer utan att ta hänsyn till vad hon behöver."

"Hm." Lord Ferndale sniffade hörbart. "Låter precis som er fjant till far. Han tänkte inte det minsta på någon annan under hela sitt värdelösa liv."

Felix stönade högt. Han hade tillbringat hela sitt liv med att försöka vara motsatsen till sin far, som hade varit familjen Yates svarta får och en enorm besvikelse för Lord Ferndale. Det gjorde ont att både Estelle och hans farfar verkade tycka att Felix var alltför lik honom; ännu en besvikelse.

"Men ni är inte er far, och jag säger inte det bara för sakens skull, det är sanningen," sa Lord Ferndale bestämt, och Felix såg upp och mötte sin farfars borrande blick. "Ni är mycket smartare och förnuftigare än han var, för det första. Så säg mig, vad ska ni göra för att reparera röran ni orsakat? För att fly till Irland är inte svaret."

"Jag vet inte vad jag annars ska göra!" ropade Felix. "Hon vill inte gifta sig med mig."

"Och om hon inte vill det, beror det på att ni inte har försökt tillräckligt."

"Jag har gjort allt jag kunnat," han letade febrilt efter svar, men allt han kunde erkänna var: "Hon älskar mig inte. Hon älskar bokhandeln."

"Jag såg hur hon såg på er, pojke. Hon skulle kunna älska er om ni bara gav henne halva chansen!"

"*Hon* ger *mig* ingen chans!" Arg studsade Felix upp på fötter och gick ut ur arbetsrummet, och ignorerade sin farfars irriterade uppmaning att komma tillbaka. När han raskt strök genom hallen fick han syn på sin gammelmoster som kom nerför trappan och vände bort, fullständigt oförmögen att möta ännu en människa som ville tillrättavisa honom.

Han hamnade ute igen, i köksträdgården där minnena av Estelle överföll honom. Trädgårdsmästarna tog en titt på hans åskmoln till min och gjorde sig osynliga.

Felix sparkade till en rosmarinbuske. "Varför?" ropade han åt busken. "Varför ger hon mig inte en chans?"

Busken svarade inte, och Felix sjönk ner på en bänk och blängde på den.

"Varför gav jag henne inte en chans?" sa han tyst efter några minuter. "Varför frågade jag inte vad hon ville, i stället för att göra antaganden och storslagna gester för att försöka imponera på henne?"

Han visste att Estelle hade ett ansvar för sina systrar i sin fars frånvaro, och han hade inte riktigt tagit hänsyn till det alls. Han hade varit alltför upptagen med att oroa sig för sina egna framtida ansvar för att tänka på dem Estelle måste hantera här och nu. Bokhandeln och hennes systrar; de hade varit Estelles prioriteringar långt innan Felix dök upp, och det var inte rätt av honom att förvänta sig att hon bara skulle släppa dem för att han hade pengar att kasta på problemet.

"Jag kan inte bara förvänta mig att hon ska gå sin väg i sex månader," sa han högt. "Inte när hennes far fortfarande är borta. Det är inte rätt mot henne." Ärligt talat var det inte rätt att kräva att hon skulle gifta sig med honom just nu heller; självklart ville Estelle att hennes far skulle vara med på hennes bröllop!

"Jag kan vänta. Hon är värd att vänta på. Hur länge det än tar!" Felix for upp på fötter och undrade om vagnen redan hade vänt för att åka tillbaka till Hatfield. Nå, om den hade det, skulle han sadla Hannibal och rida dit.

Och den här gången tänkte han inte gå ifrån Estelle på grund av något fånigt gräl. Han kunde göra kompromisser, vilka kompromisser hon än behövde.

För Estelle var värd det.

Hon var värd allt.

KAPITEL 20

Mycket bättre ord

Eländet sköljde över Estelle inför hur illa hennes värld hade vänt. Och hur snabbt. Personalen på Ferndale Hall gjorde just i denna stund glatt hennes liv, och hennes systrars liv, så mycket lättare, och hon hade tolkat Felix hjälp som inblandning.

"Jag har blivit tokig," sa hon när hon sträckte sig efter Crafty och drog katten intill sig. Pälsen var mjuk och varm, och med ett sjunkande hjärta insåg hon att katten var tyngre än vanligt. När hon strök kattens sidor kände hon den utåtgående rundningen på magen och suckade igen.

Crafty buffade huvudet mot Estelles haka och ramlade sedan ner på disken. "Jag är en idiot," sa Estelle till sig själv, medan tårar stänkte ner i Craftys päls. Katten gav ifrån sig ett missnöjt mjau över att få vatten droppat på sig, for upp och försvann i väg.

Estelle torkade ansiktet och snörvlade ljudligt. Det fanns inget annat för det; hon gömde huvudet i händerna och snyftade. Skuldkänslor ökade hennes sorger. Deras skulder var under kontroll, tack vare Felix, och de hade vackra tyger till nya klänningar tack vare Miss Yates. Hon borde vara Englands lyckligaste brud, men i stället var hon ett eländigt vrak som hade kastat allt i ansiktet på Felix.

Och åh, tygerna! Hon borde lämna tillbaka alltsammans, men de hade redan klippt upp det mesta och Mrs Poole hade ett halvdussin lokala flickor som sydde frenetiskt för att få dem färdiga till bröllopet... och åh nej, hon skulle bli tvungen att möta Reverend Millings och säkert tvingas lyssna på en av hans förfärliga predikningar och...

"Estelle?" sa Maries röst mjukt, en oändlig tid senare. "Vad är det som står på?"

"Allt," jämrade hon sig i händerna. "Jag har förstört allting."

"Jag hämtar Louise. Hon vet vad vi ska göra."

En minut senare var Estelle omgiven av sina systrar och deras bekymrade ansikten. Hon brast ut i en ny gråtattack. "Jag har varit hemsk mot Felix och jag kallade honom värdelös och nu blir det inget bröllop och allt är mitt fel," hasplade hon ur sig i ett känslorus.

Louise drog bort Estelle från disken och slöt henne i sin famn. "Såja, såja, jag är säker på att det inte är så farligt."

"Det är värre," snörvlade Estelle högt och Bernadette räckte henne en näsduk. "Vi grälade och han ska ställa in bröllopet."

Marie frågade: "Varför skulle ni gräla? Ni är ju perfekta för varandra."

"Det är det som är problemet. Jag tyckte också att han var så perfekt, men han gjorde för mycket och tog över. Och ännu värre, han trodde att jag bara skulle sticka och lämna er att sköta bokhandeln utan mig!"

Bernadette skrattade.

Estelle slutade genast gråta och stirrade på sin yngsta syster.

Bernadette ryckte på axlarna. "Vad är det för fel med det?"

Detta var inte det svar Estelle väntat sig. "Jag behövs här. Att driva bokhandeln är ett stort ansvar."

Louise, Marie och Bernadette bytte blickar. Louise sa: "Vi är inte småbarn. Vi klarar oss alldeles utmärkt."

"Men far..."

"... Kommer tillbaka. Någon gång," påminde Marie henne. "Bara för att han satte dig i ansvar betyder det inte att du måste alltid vara den som bestämmer. Han sa att vi skulle använda vårt eget omdöme, och det har vi gjort. Vi kommer att fortsätta använda vårt omdöme. Vi klarar oss väldigt bra. Vi började prata om det redan innan du tackade ja till Mr Yates. Jag pratade till och med med Reverend Millings, och även om han inte låter oss betala Ruth lön har han sagt att hon kan komma och arbeta ordentligt hos oss så länge vi lägger två shilling i kollektbössan för henne varje söndag. Hon kommer att göra det väldigt bra bakom disken med lite träning, så vi kommer inte ens att vara underbemannade."

"Och Brutus har frågat om jag kan lära honom bokbindning," inflikade Louise och såg rätt nöjd ut. "Jag sa ja, förstås, och jag tänker använda ditt rum som torkrum, så vi kan utöka min bindningsverksamhet."

Estelle letade efter skäl att invända och allt hon fick fram var: "Så, ni menar att jag inte behövs?" De hade redan ordnat att ersätta henne, till och med gjort upp planer för hennes rum, utan att säga ett enda ord om det!

Bernadette satte händerna i sidorna i frustration och höjde rösten. "Det har vi aldrig sagt! Sluta vrida på allt! Inte konstigt att ni grälade om du vänder på folks ord sådär!"

Ett nytt tjut började i Estelle men Bernadette avbröt henne. "Mr Yates är det bästa som hänt dig. Det är en sak att vara nervös, men en helt annan att kasta bort din chans till lycka."

"Han ville ta mig till Irland. Vi skulle vara borta i upp till sex månader!"

"Irland!" Louise såg förbluffad ut. "Herregud, vilket äventyr! Din lyckost!"

"Nej, men... men..." hon kunde inte säga att hon inte ville åka till Irland. Lögnen brände på tungan.

"Du blev rädd," sa Bernadette när Estelle inte fick fram ett begripligt ord. "Du ska föreställa den förnuftiga storasystern, men du beter dig som en bebis!"

"Det gör jag inte!" höjde Estelle rösten i förnekande, fast hon lät gnällig och barnslig till och med i sina egna öron. Långsamt vände hon sig till Louise och Marie, som ryckte på axlarna och skakade på huvudet.

Louise sa: "Jag tycker att du gör det. Mr Yates är underbar. Han är stilig, omtänksam och han kommer att ta utmärkt hand om dig. Inte bara dig, faktiskt, han ser också till att vi andra blir omhändertagna. Han sa till mig i går att han beställt fyra sprillans nya bokpressar från London!" Hennes ansikte strålade av lycka. "Jag sa att han var för generös, och vet du vad han sa? Han sa att han aldrig haft en syster, och nu har han tre, så han tänker minsann skämma bort oss!"

Estelle såg sig omkring på dem och såg uppriktigheten i deras ansikten, liksom deras omtanke om henne. De menade vartenda ord, insåg hon. Och inte bara det, de var alla vuxna kvinnor, även Bernadette; de var inte hennes småsystrar längre. De hade satt sig ner tillsammans – medan hon var förblindat distraherad av Felix – och lagt en plan för exakt hur de skulle klara sig utan Estelle. En bra plan också, Estelle tvivlade på att hon kunde ha kommit på en bättre.

Marie rättade till glasögonen och sa: "Vi finns här för dig när du kommer tillbaka från Irland. Och bokhandeln finns kvar också. Jag är säker på att far är hemma då med. Du kommer verkligen inte att ha något att oroa dig för."

"Vi klarar oss," sa Bernadette och räckte Estelle ännu en näsduk när Estelle snörvlade högt. "Men om du stannar här och surar och inte gifter dig med Mr Yates, driver du oss alla till vansinne med hur du drev bort den raraste mannen för de dummaste av skäl."

"Men jag vill ta hand om er," sa Estelle och insåg sanningen i sina känslor. "Jag är orolig för vad som ska hända er när jag är borta."

"För allt i världen!" ropade Louise. "Släpp den här bördan av plikt eller förväntan eller vad det nu är som får dig att bete dig så dumsnålt och gå ut och gift dig med den mannen!"

Herregud, hennes systrar kunde verkligen sätta henne på plats när de var så här. Estelle var inte säker på att de någonsin alla gått ihop mot henne på det här sättet förut; det var rätt nedslående.

Men hon hade en illavarslande känsla av att vartenda ord de sagt var sant.

"Är jag verkligen så dum?" frågade hon försiktigt.

"JA!" skrek de tre i kör.

Yrseln kom över henne och Estelle trodde att hon kanske skulle svimma. "Vad har jag gjort?"

Louise slog ihop händerna, skakade på huvudet och halvt skrattade. "Hon fattar! Äntligen!"

Klarhet bröt igenom hennes elände. "Jag vill inte förlora Felix."

Marie skakade på huvudet och sa till ingen i synnerhet: "Jag förstår inte människor som är kära. De beter sig så fånigt."

"Jag är kär!" sa Estelle och insåg plötsligt sanningen. "Jag älskar Felix Yates, och jag har... jag har skickat bort honom! Å kära nån. Hur kan jag ställa till rätta?"

Bernadette lade handen på Estelles axel och sa: "Gå och hämta honom, toka."

"Men han har åkt till Irland! Han sa att han skulle åka själv för han var säker på att jag inte skulle vilja se honom..."

"Jag är tämligen säker på att han inte har ridit direkt till Bristol för att gå ombord på en båt," sa Marie torrt. "Resor av det slaget tar tid att ordna. Han är på Ferndale Hall och packar. Jag är säker på att du kan hinna ikapp honom."

"Och om jag inte hinner ikapp honom, tar jag reda på var i Irland hans mor bor och följer efter honom dit." Estelle satte käken bestämt.

"Där är min storasyster som inte låter något stoppa henne när hon vill något," sa Bernadette stolt. "Vad väntar du på?"

"Du har rätt!" Estelle rusade ut genom dörren. En stund

senare rusade hon tillbaka in och sprang mot trappan, ropande "Jag behöver min ridkostym!"

"Jag följer med och hjälper dig byta," sa Louise, skrattande medan hon följde efter Estelle uppför trappan. "Lugna dig, Estelle. Du kommer att hinna ikapp honom."

Bara ögonblick senare var Estelle på körgården bakom Red Lion och återbekantade sig med Somerset Valley Four.

Just när hon skulle ge sig av uppenbarade sig kusin Joshua, med sin ofelbart förskräckliga tajming, och fångade henne i valvet.

"Vart är du på väg?" frågade han. Det lät mer som ett befallande krav.

Hon hade inget tålamod kvar för honom och ropade: "Låt oss vara ifred!" och smackade sedan åt hästen att trava iväg.

"Kom genast tillbaka!" ropade Joshua, men han var bakom henne och Estelle låtsades att hon inte hade hört.

Att betala tillbaka bara en liten del av Joshuas ohövlighet kändes inte bra, för det fick henne genast att oroa sig för hur han kunde ta ut sitt humör över hennes systrar. Han skulle säkert gå rakt in i bokhandeln och ge dem en avhyvling.

Hur gärna hon än ville vända tillbaka och hjälpa dem, hade de försäkrat henne om att de klarade att ta hand om sig själva. Joshua skulle säkert sätta dem på prov, men hon måste låta dem hantera den irriterande mannen på egen hand.

Just nu hade hon ett trumslag i bröstet: *Kom till Felix. Kom till Felix.*

Hade han redan ställt in bröllopet? Han kunde ha ridit direkt till kyrkan efter att ha lämnat bokhandeln, för att säga till Reverend Millings att inte utlysa de sista lysningarna i morgon. Det skulle vara helt och hållet hennes fel om han hade gjort det; hon hade ju sagt åt honom att göra det.

Jag är en sådan dåre, jag hoppas bara att jag inte är för sen för att säga till Felix att jag älskar honom. Jag ska aldrig sluta säga att jag älskar honom.

Hjärtat var nära att brista vid tanken på att aldrig se honom igen. Aldrig mer se hans breda, glada leende eller höra honom dra ett skämt i ett uppenbart försök att roa henne. Kyssa honom. Plötsligt mindes hon Miss Yates ord om sin sedan länge förlorade fästman: "Ingen av herrarna fick mitt hjärta att slå fort så som min Henry gjorde."

Felix får mitt hjärta att slå så, tänkte Estelle och manade på Somerset Valley Four att trava fortare.

Jag älskar honom verkligen, insåg hon. Hon kunde inte föreställa sig resten av sitt liv utan Felix i det.

Vid sin sida. Var de än bodde.

Men först måste hon komma fram till honom.

Om han redan hade rest till Irland skulle hon faktiskt be Lord Ferndale om hans mors adress och åka dit för att hitta honom. Och hon skulle be så innerligt om ursäkt till Lord Ferndale och Miss Yates för att hon ställt till det så, hon ryste vid tanken på hur besvikna de måste vara!

Så många motstridiga tankar virvlade genom hennes huvud medan Somerset Valley Four förde henne genom Hatfields gator. St John's kyrka låg strax framför dem. Hon skulle stå ut med att Brimstone vigde dem om hon bara kunde rätta till sina dumma misstag.

Synen av Felix som närmade sig kyrkan från andra hållet

fick henne att rysa av skräck. Där var han, hennes framtids man, men han var på väg att ställa in deras bröllop.

Hon drog Somerset Valley Four till stopp och gled ur sadeln ner på vägen. Tårarna gjorde världen suddig när hon sprang mot Felix. "Förlåt mig, förlåt mig!" ropade hon.

Felix stannade sin häst och steg av, hållande i tyglarna. Hans ansikte såg förgråtet ut, ögonen röda. Det var hon som hade gjort detta mot honom.

Hon måste ställa till rätta detta fruktansvärda fel. "Snälla, Felix, jag är så väldigt ledsen. Jag förstår om du vill ställa in, men gör det inte än. Jag älskar dig. Jag älskar dig verkligen och det känns så gott att äntligen få säga det. Jag har varit en sådan dåre och jag..."

Felix band Hannibal vid ett vattentråg på gatan, sedan sträckte han sig efter henne och höll henne hårt.

"Min älskade Estelle, säg mig att detta inte är någon febrig dröm och att du verkligen är här?"

"Jag är här, och jag är så ledsen."

"Är allt väl?" Han höll hennes ansikte i sina händer. "Hur – nej, det ska jag inte säga."

Estelle snörvlade och log genom tårarna. "Du var på väg att fråga hur du kunde hjälpa, eller hur?"

"Skyldig," sa han med ett blygt leende.

"Snälla, ställ inte in bröllopet. Jag vill verkligen gifta mig med dig, Felix, om du fortfarande vill gifta dig med mig. För jag älskar dig, och det förstår jag nu. Mina systrar gick ihop mot mig och hjälpte mig att se hur dåraktig jag var. Och hur hemsk jag var när jag anklagade dig för att ta över. Det gjorde du inte, inte alls. Du hjälpte verkligen. Hjälper. Jag tror att jag var arg på mig själv för att du hade hjälpt så mycket. Kanske trodde jag att jag kunde göra allt men jag lät heller inte mina systrar kliva fram och hjälpa till. De är inga barn längre, de är vuxna kvinnor och jag måste sluta fatta beslut åt dem..."

Felix läppar sänktes mot hennes i en känslosam kyss som var lite mindre näpen än deras tidigare, med tanke på deras uppskruvade känslor och de fritt strömmande tårarna.

"Min älskade Estelle," sa han.

Att höra de orden fick hennes hjärta att sjunga. "Jag älskar dig, Felix."

Han sa inget mer medan de kysstes igen, öppet och ganska skandalöst utanför St John's.

När de till sist slutade kyssas sa Estelle: "Jag är så lättad att jag hann ifatt dig innan du nådde kyrkan."

Hans panna rynkades. "Jag skulle inte till kyrkan. Jag trodde att du var på väg dit."

"Jag var på väg till dig."

Han skrattade och kysste henne igen: "Jag var på väg till dig, för att be om förlåtelse och be dig ge oss en ny chans. För att säga att jag inte bryr mig om var vi bor; allt jag bryr mig om är att jag bor med dig."

De skrattade och kysstes igen och höll om varandra.

"Jag vill bo med dig på Ferndale Hall," sa Estelle och kände att orden var sanna i samma ögonblick som hon uttalade dem. "Vi kan hjälpa därifrån om mina systrar behöver oss, men du har rätt. Du gjorde faktiskt klart för mig från början att du behövde mig som husfru på godset – det gjorde din farfar också! – och jag var inte rättvis. Jag vill det, och jag tror att jag kan vara bra på det."

Felix halvskrattade och skakade på huvudet. "Du kommer att vara otrolig på det, något som alla utom du redan förstår fullt ut."

"Och jag vill åka till Irland för att träffa din mor. Jag vill segla med en båt, och kanske till och med åka och se Grekland en dag – fast jag tror verkligen att jag vill vänta tills far har kommit hem med en så lång resa."

"Helt förståeligt!" Felix såg överlycklig ut. "Skulle du vilja skjuta upp bröllopet?" frågade han helt allvarligt. "Självklart vill du ha din far där på din bröllopsdag. Jag väntar gärna på dig så länge som behövs."

Den käre, underbare mannen. Estelle skakade på huvudet. "Nej. Far kan dröja i månader, eller till och med ett år. Jag vill inte vänta så länge med att gifta mig med dig. Dessutom har Louise planer på att ta över mitt rum med de fyra nya bokpressar du beställde åt henne." Hon nöp honom lätt i armen och log upp mot honom. "Du är för generös."

Han skakade på huvudet, fortfarande fånigt leende, och kysste henne igen.

Estelle såg sig omkring och insåg något. "Somerset Valley Four saknas."

"Vad?"

"Hästen jag hyrde. Jag var så distraherad att jag glömde att binda honom."

Felix rätade på sig och räckte fram armen. "Nåväl, min älskling, då ankommer det på oss att hitta det kringdrivande kreaturet och föra honom hem."

De hämtade Hannibal och gick tillbaka mot Red Lion, i tron att hyrhästen skulle hitta vägen tillbaka till gården.

"Jag behöver be dig om ursäkt också," sa Felix. "Jag tog i för mycket. Jag försökte för hårt att imponera på dig och gick över gränsen. Jag borde ha hjälpt med dig i stället för att fatta beslut utan att rådfråga dig. Jag borde ha lyssnat mer i stället för att göra antaganden."

Det kändes så gott att höra de orden, även om hon kände sig alldeles för skyldig för att hon hade trasslat till det så här mycket. "Vi har gjort rätt mycket av en röra, eller hur?"

"Vi kan börja reda ut röran i vår egen ljuva takt. Jag var upphetsad över Irland och kastade mig in i handling i stället för att fråga dig först. Jag måste verkligen arbeta på den sidan av mig. Håll mig gärna vettig när ovettiga tillfällen uppstår."

Estelle torkade bort ännu en tår, den här av lycka. "Du kommer med glädje när den behövs som mest. Snälla, förändra inte det."

De kysstes igen och Estelle kände sig så älskad och omhuldad. När de kom upp för att hämta andan sa hon: "Jag älskar dig så mycket, Felix Yates. Jag vet att när livet drar oss ner kommer du att hitta ett sätt att föra in glädje."

Felix skämtade: "Jag har på känn att vi kommer att tillbringa en god del av vår tid med att leta efter bortsprungna djur."

"Åtminstone blir inte det här dräktigt. Han är en hane, och dessutom valack."

De fnissade och höll varandra i handen medan de fortsatte att leta efter hyrhästen. De vek runt hörnet och såg den vara på väg genom valvet in till sitt hem bakom Red Lion.

"Åhh, klok häst," sa Estelle. "Jag har hört att de har utmärkt lokalsinne och alltid hittar hem."

"Precis som jag alltid kommer att hitta hem till dig, min allra käraste, var det än må vara."

Hennes hjärta kunde inte vara mer fyllt, och ändå hade Felix lyckats göra just det.

"Jag älskar dig så mycket," sa hon, höll hans händer i sina och lutade sig in för ännu en kyss. "Låt oss aldrig gräla igen."

Han kysste henne med en så varsam passion att hon tappade huvudet alldeles. När han drog sig undan sa han: "Jag ska göra mitt bästa för att se till att vi aldrig får skäl att göra det."

En arg mansröst bakom henne sa: "Avsluta denna motbjudande uppvisning omedelbart!"

Estelle suckade djupt.

Felix såg på Joshua, sedan på Estelle, med ögonbrynet höjt i en fråga.

Det var då hon insåg vad han gjorde; han bad om hennes tillåtelse innan han klev in och hjälpte till.

Den vackra mannen. Hon log mot honom och viskade: "Varsågod."

"Åhh, kusin Joshua," utbrast Felix högt. "Er tajming är oklanderlig. Jag kommer strax. Vänta på oss inne i bokhandeln."

Joshuas underkäke föll ner men han snäpte snabbt igen den. Estelle hade aldrig sett honom så mållös.

Felix lämnade över Hannibal till stalldrängen och gav honom ett mynt, sedan erbjöd han Estelle sin arm och de begav sig in i butiken för ännu en fullkomligt onödig konfrontation.

"Vi är ett team," sa Estelle beslutsamt. "Vi klarar det här."

KAPITEL 21

Bröllopsklockor

Knappast hade de stängt butiksdörren bakom sig förrän Joshua började marschera av och an framför dem, skakande ett stadigt finger i deras ansikten. Phoebe stod vid sidan, lutad mot en av bokhyllorna och såg ut som om hon kunde svimma när som helst.

Estelles systrar stannade kvar bakom disken med trötta uttryck. Joshua hade uppenbarligen gett dem en ordentlig omgång och de hade behövt hantera honom själva. Nå, inte ensamma, det fanns ju tre av dem, men de hade hanterat honom utan henne. De stod fortfarande, bokhandeln stod fortfarande.

Och då insåg hon att de verkligen hade hanterat honom. Tillsammans. Och alla tre stod rakryggade, enad front. Självsäkra, mogna kvinnor som kunde stå emot den där tyrannen.

Joshua ropade åt Estelle: "Ni har skandaliserat oss för många gånger. Detta går inte för sig!"

Felix såg först på Estelle, för att försäkra sig om att hon var nöjd med att han klev in och hjälpte till.

Hon strålade mot honom och nickade: "Ja tack."

"Jag kände inte till några offentliga lagar som förbjuder ett snart gift par att visa ömhet", sade Felix med kylig ton.

"Inte du", skrek Joshua och viftade sedan med fingret rakt upp i Estelles ansikte. "Hon!"

Han var så nära att hon kunde se något fastnat mellan tänderna från hans senaste måltid.

Felix harklade sig, klev mellan Joshua och Estelle och höll rösten farligt låg. "Ni ska inte tala till blivande Mrs Yates och baronessan av Ferndale på det sättet. Om jag fick bestämma, skulle ni aldrig mer ha tillåtelse att tala till någon av oss, oavsett ton. Ni är en viktigpetter som utnyttjade min farfars sorg för att nästla er in i en position ni är illa rustad och hetlevrad för att sköta, som en... en blind åsna skulle klara mer kompetent."

Chockad, men uppenbarligen medveten om dårskapen i att skrika åt Felix, pressade Joshua ihop käkarna och mumlade något mellan tänderna.

Felix lade till: "Ni ska behandla min blivande hustru med respekt, annars får ni svara inför min farfar... och inför mig, och ni kommer att finna min knytnäve i ert ansikte om ni någonsin vågar skrika åt henne igen."

Estelle lade handen mot Felix biceps och uppskattade styrkan under skjortan. Han vände sig mot henne och sade botfärdigt: "Jag gick nog för långt igen, eller hur?"

Estelle lutade huvudet i eftertanke och sade sedan: "Jag tycker att du var precis lagom." Sedan sträckte hon på sig och lånade lite av Felix styrka för att stärka sin egen när hon vände sig mot Joshua och gjorde rösten honungsljuv. Piska och morot, tänkte hon; Felix hade hotat och nu kunde hon erbjuda Joshua en nådig reträtt. Med sval ton levererade hon ett inte särskilt dolt hot. "Det vore så synd, och djupt pinsamt för er och Mrs Baxter, om ni blev avvisade från bröllopsfestligheterna på Ferndale Hall."

Hon hade aldrig talat så till sin kusin förut. Hjärtat rusade när nerverna for genom kroppen. Att ha Felix vid sin sida gav henne modet att klara nästan vad som helst. Men det fanns en annan viktig sak hon behövde säga till Joshua.

"Ni ska föra mig till altaret, som överhuvud för familjen Baxter i min fars frånvaro. Ni ska komma i tid och ni ska uppföra er utomordentligt väl. Är det tydligt?"

Han snörpte på munnen som om han ville gå till verbal attack igen, men Felix tog ett steg fram, med knutna nävar vid sidan, och Joshua lyckades hastigt pressa fram ett enkelt: "Bra."

Felix drog sig tillbaka och räckte ut handen efter Estelles.

"Men jag kommer inte att njuta av det", sade Joshua, som uppenbart ville få sista ordet.

Ett skratt undslapp Estelle. Hon hade gott om svar hon kunde ge sin kusin, men det var inte mödan värt. Det verkade vara så lite Joshua faktiskt uppskattade – annat än att skälla på Estelle och hennes systrar – att hon nästan tyckte synd om honom. Hon sneglade på Phoebe, som inte sagt ett ord under hela ordväxlingen.

"Och har ni något att tillägga, frun?" frågade Estelle. "Jag tänkte väl det", sade hon när Phoebe snabbt skakade på huvudet. "Fröken Yates är mycket angelägen om att jag går med i hennes kommittéer, och jag förstår att ni fortsätter att försöka bli inbjuden. Jag har ingen aning om varför ingen har tänkt på att bjuda in er, sannerligen. Ni vore så bra på att vara värdinna för mötena. Jag ser verkligen fram emot att arbeta med er, Phoebe."

Louise fnös av skratt.

Phoebe såg ut som om hon sög på en citron, men hon pressade fram något som liknade ett leende och nickade. "Självklart, Estelle", sade hon.

"Ni kan gå nu", sade Estelle och öppnade dörren ut mot gatan för att visa ut dem.

Estelle såg dem försvinna bort, medan hon och Felix tillsammans stängde dörren om sina kusiner.

Felix log varmt ner mot henne och sade: "Vi är ett utmärkt team."

"Det är vi", instämde Estelle och slog armarna om honom för en underbar kyss.

Hennes systrar hejade på dem från bakom disken. När de särade på sig rusade de tre yngre kvinnorna fram och dränkte dem båda i en hjärtlig omfamning.

"Blir det bröllop igen?" frågade Louise.

"Ja", sade Estelle. "Och tack för att ni hjälpte mig att tänka klart."

Hennes öron fylldes av jubel och rop: "Tack och lov!"

I slutet av den där långa och känslosamma lördagen hjälpte Felix sin personal upp i vagnen. Louise gav pigorna några

Minerva-böcker från deras utlåningshylla som en uppskattande gest.

Bernadette gav Felix ytterligare en flaska tonic till Lord Ferndale. "Jag besöker honom när ni är i Irland, för att försäkra mig om hans hälsa."

"Det är så snällt av dig, Bernadette, du stillar mitt sinne." Han böjde sig och kysste hennes kind ömt. "Ni ser oss i kyrkan i morgon, kom gärna allihop till Ferndales bänk. Mrs Poole också, om ni inte har annat för er."

Mrs Poole rodnade över att bli utpekad.

Estelle hade redan tagit farväl av Felix inne i bokhandeln, så att hon inte skulle ryckas med och ställa till med ännu ett spektakel offentligt. Ändå kände hon dragningskraften mot honom när han just skulle svinga sig upp på Hannibal. "Jag tackar er", sade hon och sänkte rösten så att bara de två skulle höra. "Och mitt hjärta."

"Jag ska alltid vårda dig", sade han och gav henne en mjuk kyss innan han satt upp på hästen.

Systrarna vinkade av Felix och vände sig om för att gå in i bokhandeln igen, varpå Estelle fångade Crafty när katten försökte smita ut mellan deras vrister.

"Åh, det gör du inte, frun! Alldeles för sent för sådana dumheter i alla fall, om jag inte tar miste. Har ni alla märkt hur rund hon har blivit?"

"Kattungar runt slutet av augusti, tror jag," sade Bernadette visligt. "Du kommer att vara i Irland!"

"Och vi tar hand om kattungarna lika väl som vi tar hand om allt annat som dyker upp i din frånvaro", sade Louise och lade armen om Estelle.

Hon suckade lyckligt och sade: "Felix lovade faktiskt att hjälpa till att hitta hem åt dem..."

"Crafty är en så bra råttjägare att hennes ungar alltid är efterfrågade", sade Marie. "Fast kanske Lord Ferndale och fröken Yates vill ha en, till herrgården? Såg du någon katt där, Estelle?"

"Det gjorde jag inte. Jag ska se till att fråga om de vill ha en kattunge", lovade Estelle och tänkte att hon skulle sakna att ha Crafty omkring sig, när hon flyttade till Ferndale Hall. En kattunge vore trevligt, fast hon hoppades att den inte skulle ärva sin mors vana att lämna halvurgröpta gåvor på olämpliga ställen!

Fredagen, dagen för Estelles bröllop med Felix, grydde med strålande sol och några tunna moln på himlen.

Joshua förde henne till altaret stampande med fötterna och mumlande hela vägen, med ansiktet som ett åskmoln. Lågt sade han: "Du kommer inte att vara här och skydda dina systrar när du är i Irland."

Estelle log och nickade mot de många församlingsborna som satt i kyrkan. Vänner från hela Hatfield och avlägsna släktingar de inte sett sedan den senaste stora släktträffen. Många torkade tårar, överväldigade av glädje för hennes skull. "Mina systrar rår mer än väl på er", sade hon till Joshua medan hon fortsatte att le.

Inget han sade kunde dämpa hennes humör. Hur han än

försökte kunde ingenting göra Estelle upprörd denna mest strålande dag.

Vid altaret stod Felix och Lord Ferndale. Hon hade tyckt att hennes blivande make var stilig, men beundran i hans blick gav honom den mest saliga glans; han kunde ha stigit ner från himlen. Lord Ferndale höjde ett ögonbryn mot Joshua och mannen slutade muttra.

Snart lade Joshua hennes hand i Felix, och hennes sinne lyfte.

Inte ens Gamle Svavelpredikantens malande kunde dämpa deras glädje. Felix hade lärt henne att finna glädje i det lilla. Ju mer de gjorde det, desto mer glädje fann de.

Vid ett tillfälle försökte Felix kväva ett skratt när Reverend Millings började dundra om hur det var en hustrus plikt att underordna sig sin man i allt och hålla med honom i alla frågor. Estelle trodde att hon själv skulle brista ut i fnitter, så hon var tvungen att se bort. I jakt på en avledning föll hennes blick på systrarna som satt längst fram i kyrkan på Ferndales bänkrad med fröken Yates och Mrs Poole, alla leende och torkande tårarna från kinderna. Stolthet fyllde henne över hur mycket hennes systrar hade mognat sedan hennes far gav sig ut på sina resor. Deras far var kanske inte här, men han fanns i deras hjärtan och ständiga tankar.

När prästen frågade om Felix tog emot äktenskapslöftena, var Felix röst tjock av känslor när han sade: "Det gör jag."

Ingen tvekan från Estelle när det var hennes tur, men rösten darrade lite när hon bubblade av lycka och upprepade sitt: "Det gör jag."

I den här takten skulle de båda gråta av glädje. De skulle

börja sitt äktenskap så som de ämnade fortsätta, i perfekt samklang och alldeles, fullständigt lyckliga.

Bröllopsgästerna jublade när de tog sin första kyss som man och hustru. Utanför kyrkan överöstes de av lyckönskningar och gratulationer från alla utom Phoebe och Joshua, som höll sig långt bak.

Snart satt de i vagnen som skulle ta dem till Ferndale Hall för deras bröllopsfrukost, och några dagar senare skulle de vara på väg till Irland.

"Du kan återvända till bokhandeln så ofta du behöver", sade Felix till henne när vagnen rullade iväg och Estelle vinkade tillbaka till den jublande skaran.

"Tack." Hon kramade hans hand och visste att han menade det. Hon var tacksam för hans förståelse. "Men jag har på känn att jag ska trivas i mitt nya hem."

Felix puffade på henne. "Vårt hem?"

"Ja", sade Estelle, strålande av glädje och kysste honom igen. "*Vårt* hem."

En vecka senare vinkade fröken Marie Baxter och hennes två systrar, Louise och Bernadette, tillsammans med Mrs Poole, av sin äldsta och oförnuftigt lyckliga syster Estelle och hennes nye make när de for i väg på sin resa till Irland.

När deras vagn försvann ur sikte suckade Marie och såg fram emot lugnet i bokhandeln.

Lite lugn och ro efter så mycket kaos lockade enormt. Hon skulle behöva tiden för sig själv för att landa igen. För många människor och för mycket uppståndelse hade effekten att slå henne ur gängorna. Att komma i ordning igen var precis vad hon behövde.

I morgon skulle vara deras städdag, så det skulle inte finnas några kunder att bekymra sig om; inga extra människor att hantera.

Om lyckan log mot dem kunde handeln i butiken vara stillsam i dag också.

En flicka kan väl få drömma, eller hur?

Korrespondensen var numera en uppgift hon skötte vid frontdisken, tillsammans med sina vanliga konton och bokföringskrav. Estelle hade inget att oroa sig för, eftersom Marie var utmärkt på att sköta pappersarbetet mellan kunderna, och Ruth lärde sig snabbt att hjälpa kunder som kom in i butiken och avbröt ofta bara Marie när ett köp behövde avslutas.

Louise skötte Craftys klösstolpe och kollade bakom disken efter inälvor varje morgon, gud välsigne henne. Det var en uppgift ingen av dem hade velat ta på sig. Mrs Poole hade till slut låtit dem dra lott för att hålla det rättvist.

Marie bröt sigillet på ett brev och steg fram till fönstret för att läsa den spretiga spindelskriften. Hon sköt upp glasögonen högre på näsan, kisade mot papperet och vred det hit och dit för att försöka tyda orden. Herregud, det såg ut som om det skrivits under färd i en dåligt fjädrad vagn.

"Vilken rätt han tar sig!" ropade hon till ingen i synnerhet.

Bernadette stack in huvudet i butiken. "Är allt okej?"

Marie tittade på Bernadette över glasögonen och skakade brevet mot henne. "Läs det här. Vilken rätt vissa kunder tar sig! Det är otroligt."

"Vad är det som är fel?" sade Bernadette och skummade snabbt sidan innan hon sade: "Åh!"

"Ja, åh! Jag tänker inte åka hela vägen till Cumbria för att personligen leverera den här mannens böcker, även om han är en earl!" Marie skakade på huvudet, tog tillbaka brevet och släppte det på skrivbordet. "Vilken fullständigt löjlig idé!"

Vi hoppas att du har haft en underbar stund med Estelles romans med Felix. Vänd blad för att läsa prologen till bok 2 i *Bokhandelns Skönheter*, *Maries Glada Herre.*

Maries Glada Herre

PROLOG

Baxter's Fine Books, Hatfield, England
Augusti 1814

"Cumbria. Vilken fullkomligt befängd idé!"

Marie Baxter, den näst äldsta och utan tvekan den mest känsliga av de fyra Baxter-systrarna på Baxter's Bookshop i Hatfield, Hertfordshire, såg på brevet i handen och suckade frustrerat.

Brevskrivaren må vara en earl, men det fanns helt enkelt inte en chans att hon tänkte resa hela vägen till Cumbria för att leverera två böcker. Hur värdefulla de än var. Hon lyfte pennan och skrev ett svar; spetsen skar i pappret i takt med hennes irritation.

"Jag har varken tid eller lust att tillbringa nästan två veckor i en diligens, inklämd med kreti och pleti, för att leverera två böcker. Det finns personer i Hatfield som jag litar på och som utan svårighet kan utföra detta uppdrag, medan jag

stannar i bokhandeln och håller utkik efter fler av titlarna på er lista.

Högaktningsfullt, M. Baxter."

Varför kunde den mannen inte anförtro en kurir att bära böckerna? Hans självgodhet kände inga gränser! Hon sandade brevet, vek det och gick direkt till Red Lion bredvid för att få med det på nästa postdiligens som tog Great North Road. Den sena eftermiddagen hade blivit kylig och hon drog sjalen om axlar och öron för att hålla värmen.

Dörrklockan pinglade när hon kom in i butiken igen. Katten Crafty kastade sig inte mot dörren som hon väntat sig. Nu när hon tänkte efter hade hon inte sett den rundlagda svarta katten på en liten stund. Antingen hade hon smitit ut när ingen såg på, eller så hade hon hittat en plats att boa på för sina snart födda kattungar.

September 1814

Nästa brev från earlen var inte bättre.

"Jag litar inte på någon annan än er själv för att leverera dessa titlar. Tredje parter är sämre än värdelösa, de är vårdslösa. Böckerna kan möjligen anlända, men i vilket skick? Endast någon med er bredd av kunskap och erfarenhet förstår inte bara deras monetära värde, utan också deras symboliska och djupt inneboende värde för litteraturens värld. Det är därför ni, och endast ni, måste leverera böckerna till mig. Ni kommer att kompenseras i enlighet med er tid och ert besvär. De hade redan varit här och ni hade varit väl på väg hem igen om ni hade gjort som jag bad från början."

Marie rullade med ögonen. Det var inte böner, det var befallningar, och de blev alltmer befallande.

"Vi hade redan avslutat vår affär vid det här laget. Inga fler förseningar. För mig mina böcker.

Renwick."

Hon visade brevet för sin syster Louise, som sträckte på ryggen efter att ha rört i en ny sats illaluktande lim. Den svalare höstvinden ven genom fönstren och nöp dem i nacken, men öppna fönster var enda sättet att vädra ut stanken.

Craftys små kattungar for genom bokhandeln som luddiga svarta hål. När två av dem rullade runt och lekte gick det inte att se var den ena började och den andra slutade.

"De är så bedårande," sa Louise och skrattade när en av ungarna kastade sig över ett släpande skosnöre.

"Det är de, och vi måste hitta hem åt dem mycket snart."

"Varför kan vi inte bara behålla en, så att Crafty får sällskap?"

"För om vi behåller en pojke växer han upp och markerar revir genom att spraya på böckerna. Och om vi behåller en flicka är hon förmodligen lika besvärlig som sin mor. Då står vi utan tvekan med två kullar kattungar att hitta hem åt också," sa Marie sakligt. Någon måste vara praktisk.

"Då ska jag njuta av dem medan de är små och bedårande," sa Louise, skopade upp en förbipasserande unge och tryckte dess mjuka lilla kropp mot ansiktet. "Du borde skriva tillbaka till Earl of Demanding och tala om för honom var han kan stoppa sina krav."

"Jag måste vara trevligare än så! Han skickar ett nytt brev varje gång vi annonserar i *The Times* och ber oss lägga till fler böcker i beställningen. Den uppgår till nästan 100 pund vid det här laget."

Louise visslade mellan tänderna på ett föga fint sätt. "Kanske borde du åka. Estelle skulle definitivt ha gjort det."

Den träffsäkra iakttagelsen stack till i Marie. Hon hade troget lovat sin storasyster att de klarade att driva bokhandeln i Estelles frånvaro.

De fyra Baxter-systrarna hade redan skött bokhandeln i faderns frånvaro. Sedan hade Estelle gift sig med sin käre Mr Yates och befann sig för tillfället i Irland för att besöka hans mor.

Louise hade rätt: Estelle hade för länge sedan gett sig av mot Cumbria och sett resan som ett äventyr. Marie däremot betraktade den som en mardröm. Hon hade aldrig varit längre hemifrån Hatfield än till London, och på den resan hade hon avskytt både färden och staden. Stadens oväsen borrade in i hennes huvud och gav henne den värsta migrän. Det allra sista hon ville var att tillbringa en vecka eller mer åt varje håll i en trång, kvav vagn som skumpade genom varenda grop hela vägen härifrån till nästan Skottland!

Marie kom på ett utmärkt motargument: "Estelle skulle ha tagit böckerna, kommit tillbaka, och sedan omedelbart mötts av en beställning på fler böcker," påpekade hon.

Louise nickade. "Rättvist sagt. Nå, du måste hitta något sätt att övertyga honom, Marie. 100 pund är inget att fnysa åt!" Hon pussade kattungen en gång till, så att den pep i protest, innan hon satte ner den och gav sig uppför trappan igen.

Marie formulerade sitt svar och var så artig som möjligt, vilket inkluderade den avslutande paragrafen:

"Vi är underbemannade för tillfället och jag kan inte lämna ansvaret för bokhandeln. Var vänlig och överväg på nytt er föredragna leveransmetod.

Högaktningsfullt, M Baxter."

Oktober 1814

"Var är ni, och var är mina böcker? Jag behöver dem här till jul!"

Detta sista meddelande från The Earl of Demanding retade Marie ordentligt. De klarade sig hyggligt utan sin far och Estelle, men arbetsbördan hade ökat på sistone. De hade tur som fått extra hjälp av unga Ruth Millings och deras kusin Brutus Baxter i butiken. Brutus hade heller inget emot limstanken och verkade genuint entusiastisk över att få lära sig konsten att reparera och binda böcker, och visade sig vara en skicklig och ivrig lärling åt Louise. De kunde öka antalet titlar de hann reparera och binda under en vecka, vilket var ett välkommet tillskott till bokhandelns inkomster.

Till deras förtjusning hade två lådor med böcker anlänt i snabb följd, och titlarna visade sig vara omåttligt populära. De sålde lätt och hjälpte dem att bygga upp medel för att betala av faderns enorma banklån.

Ännu mer glädjande än böckerna var att hitta en kort lapp från Papa, vilket var en oerhörd lättnad. Den var dock odaterad, vilket var irriterande. Louise upptäckte fyndigt ledtråden om datumet i Papas hastigt nertecknade rad.

Är i Tours igen. Tunga höstregn, vägarna norrut usla i bästa fall.

"Aha! Den förra lappen sa att han hade kommit till Tours," sa Lousie. "Den var faktiskt daterad. Så den här säger att han är i Tours igen, alltså skrevs den här efter den förra." Det måste den nästan ha gjort, eftersom den lappen kommit för nästan tre månader sedan, men det var skönt att få det bekräftat.

"Du är ett geni!" sa Bernadette.

"Jag har mina stunder." Louise log belåtet över att ha löst gåtan.

Marie skrattade till och sa: "Han har uppenbarligen alldeles för roligt." Det var en lättnad att Louise räknade ut det så snabbt. De var ett bra team.

Men om Marie lämnade Hatfield för att resa skulle det arbete som tidigare skötts av fyra systrar landa på bara två axlar medan hon var borta. Hon var den äldsta systern som var kvar hemma

Hon kunde inte åka. Hon kunde absolut inte.

Inte ens med ytterligare två böcker som earlen hade begärt, vilket förde upp hans totala beställning till 110 pund.

Det kom helt enkelt inte på fråga.

Klicka här för att fortsätta läsa *Maries Glada Herre.*

Bokhandelns Skönheter

Estelles Eldiga Beundrare

Maries Glada Herre

Louises Julhjälte

Bernadettes Stiliga Läkare

Matthews Villiga Änka

Om författarna

Catherine Bilson och Ebony Oaten har samarbetat i många år och skapat bästsäljande Regency-antologier med flera författare under lång tid.

På Romance Writers of Australia-konferensen 2024 i Adelaide hade de fullt upp med att driva Indie Book Store när idén till den här serien föddes. En bokhandel skulle få en framträdande roll – de levde ju redan sin fantasi att sälja böcker till läsare.

Varför inte förlägga en historisk serie till själva bokhandeln? Med systrar som var och en finner kärleken i en livlig stad. Omedelbart började de spåna fram komplikationer och hinder – tänk om deras far drog i väg till Frankrike efter att Napoleon förvisats till Elba, för att samla sällsynta böcker? Rollfigurerna kunde ju inte veta att Napoleon bara några månader senare skulle rymma och ställa Frankrike på ända!

På samma konferens vann Catherine dessutom RUBY – Romantic Book of the Year – för sin novell *The Bride Said No.*

Den här novellen hade förstås först sett dagens ljus i en av deras gemensamma antologier.

Ebony hade också vunnit Ruby flera år tidigare, för en av sina sweet romance-romaner, *The Girl and The Ghost*.

Med sina förenade romantikkrafter kunde de väl knappast misslyckas med att hitta på något underbart.

Du kan följa författarna via deras respektive webbplatser och skriva upp dig på deras nyhetsbrev.

OM CATHERINE:

"Jag växte upp i ett herresäte från 1300-talet i norra Wales och tillbringade större delen av min ungdom med att hitta på historier om människorna som en gång kan ha bott där. Jag rymde och gifte mig med en stilig australier några år senare och bor nu med honom och våra två söner i Queenslands eviga solsken.

Jag skriver originalromaner i Regency-miljö, Austen-inspirerade variationer och amerikansk pionjärromance. Jag skriver också samtida romance och romantisk spänning under pseudonymen Caitlyn Lynch."

OM EBONY:

Ebony kommer från Melbourne, Australien och arbetade tidigare som journalist på flera lokaltidningar runt om i staden. Sedan gav hon sig på att skriva romance och har inte sett sig om. Hon gifte sig med en walesisk "boyo" och de uppfostrar sin son i Melbourne, där det kan vara stekhett ena dagen och ösregna nästa.

Om Catherine Bilson

Catherine har många titlar tillgängliga på svenska.

Historisk romantik

Rodnande unga damer

www.shenaniganspress.com/se

facebook.com/ShenanigansPress

Om Ebony Oaten

Ebony Oaten har några kortare, charmiga Regency Romance-romaner tillgängliga som e-bok och i tryckt format.

Kurtisens komplikationer

Äktenskap och inga visor
Ebony Oaten

Fröken Remingtons stålsatta beslutsamhet
Ebony Oaten

Alla vägar bär till grevar
Ebony Oaten

Hennes frestelse i juletid
Ebony Oaten

Ebony Oaten har också några heta Regency Romance-noveller tillgängliga som e-bok och i tryckt form.

Regency-eskapader

BOOK 1
Länge leve Baron E
Ebony Oaten

BOOK 2
En ros med många törnen
Ebony Oaten

BOOK 3
Komma upp i världen
Ebony Oaten

BOOK 4
Det är något speciellt med fröken Mary
Ebony Oaten

BOOK 5
Het augustinatt
Ebony Oaten

BOOK 6
Den Skandalösa Lady Charlotte
Ebony Oaten

www.ebonyoaten.com

 facebook.com/EbonyOaten

 threads.com/@ebony_mckenna

www.ingramcontent.com/pod-product-compliance
Lightning Source LLC
LaVergne TN
LVHW101146250826
846485LV00031B/177

* 9 7 8 1 9 2 3 7 2 7 5 6 4 *